ALUN
COB
GWYLLGI

Gomer

Cyhoeddwyd yn 2013 gan
Wasg Gomer, Llandysul, Ceredigion SA44 4JL.
www.gomer.co.uk

ISBN 978 1 84851 715 8

Cyhoeddir gyda chymorth ariannol
Cyngor Llyfrau Cymru.

Argraffwyd a rhwymwyd yng Nghymru gan
Wasg Gomer, Llandysul Ceredigion.

Er cof am Elmore Leonard
(1925–2013)
meistr y math yma o beth

———————————————

13

Fysa petha ddim yn gallu bod llawar gwaeth, meddyliodd Felix, a gwaed yn diferu allan o'r twll bwled yn ei foch. Rhedodd ei dafod dros y darnau teilchion o'i gilddant lle'r adlamodd y fwled drwyddo a ffrwydro allan drwy'i foch. Fysa nhw'n *gallu* bod yn waeth hefyd, meddyliodd wedyn, os bysa'r bwlet 'na wedi bownsio'r ffordd arall. Cilagorodd ei lygad chwith, ei ben yn gwyro tua'r llawr, a sbecian ar y dyn mewn dillad du yn cychwyn tân ar waelod cyrtans agored wrth ymyl ffenest ystafell y Travelodge gyda'i daniwr sigaréts. Nid oedd dim y gallai Oswyn Felix ei wneud am y sefyllfa, roedd ei gorff wedi'i glymu at y gadair freichiau â thâp gludiog trwchus, arian. Dechreuodd darnau o ymennydd Judy Fisher farbeciwio a hisian wrth i'r fflamau ddawnsio drostynt yn awchus a dringo defnydd rhad y cyrtans. O'i sedd ar lawr yn pwyso ar ongl yn erbyn y wal fer dan y ffenest, edrychodd Judy Fisher ar Felix â'i llygaid marw yn hanner agored a'i thafod yn ymddangos wrth ei gwefus fel pe bai am ddweud rhywbeth. Tydi Judy

Fisher ddim yn mynd i ddweud dim wrth neb, byth eto, meddyliodd Felix wrth weld y dyn mewn du yn estyn tun hirsgwar gwyn, maint dwrn, o boced ei siaced. Dechreuodd hwnnw chwistrellu hylif yn bisiad tenau clir o big coch y tun ar hyd y gwely wrth ochr y ffenest a gweithio'i ffordd yn ôl tuag at y fflamau.

Gorweddai'r Ffarmwr, fel yr oedd Judy Fisher yn ei alw, ar ei fol wrth ddrws yr ystafell, gyferbyn â'r gwely, â thair bwled yn ei frest. Roedd y carped gwyrdd tywyll wrth ymyl y Ffarmwr yn troi'n lliw brown wrth i'w waed ddianc o'i gorff ac ymledu tuag at Felix . . .

1

27 diwrnod ynghynt

GWTHIODD Llŷr Osian ei hun allan o'r draen, fel sliwen allan o ddwrn. Llyncodd aer oer drwy'i geg mewn talpiau gwancus wrth hel y budreddi allan o'i lygaid â'i ddwy law, ei ddau benelin ar y llawr pridd caled, rhewllyd. Roedd ei wisg flodeuog wedi'i rhwygo oddi arno wrth iddo wasgu ei ffordd drwy'r twneli oedd bron â bod yn amhosib o dynn. Roedd y llanc pedair ar bymtheg mlwydd oed yn noethlymun ac yn gweld ei wynt, fel hyrddiadau allan o drên stêm, yn diflannu i'r gwyll yng ngolau tila lleuad fain.

Doedd ganddo ddim syniad beth i'w wneud nesa. Ni theimlai ddim gorfoledd o gael ei ryddid, ond yn hytrach deuai panig ac ofn drosto oherwydd ei anufudd-dod. Ble roedd o? Dinas? Pentref? Cefn gwlad? Cymru? Lloegr? Lle uffar oedd o?

Daliodd ei wynt am rai eiliadau er mwyn gallu clywed y synau o'i gwmpas. Distawrwydd llethol. Gwelodd gyferbyniad yn nhywyllwch y tirlun o'i flaen: yr awyr dywyll yn cyfarfod â düwch topiau coed mewn coedwig drwchus a distaw, eu brigau'n llonydd yn nhrymder y nos. Mae hi'n rhy ddistaw i fod yn ddinas, meddyliodd Llŷr, ei gorff yn crynu er nad oedd yn gallu teimlo'r oerfel yn pigo'i groen drwy fudreddi drewllyd y garthffos, cymaint oedd grym yr adrenalin yn gyrru trwy'i gorff eiddil. Roedd Llŷr wedi colli tair stôn o leiaf yn ystod cyfnod ei gaethiwed, ac nid oedd deuddeg stôn a hanner yn ormod i hogyn chwe throedfedd ei gario, hyd yn oed cyn iddo gael ei gipio.

Roedd ganddo syniad nad oedd wedi gweld yr haul, nac yn wir y lleuad, ers tua phedwar mis, ond mewn gwirionedd dim ond am bedwar deg a phump o ddiwrnodau y bu Llŷr Osian Morgan, myfyriwr oedd ar ganol cwrs gradd Hanes ym Mhrifysgol Aberystwyth, yn gaeth.

Y tro diwethaf iddo fod yn ymwybodol o'r awyr agored oedd y noson pan ddaeth ei arholiadau ail flwyddyn i ben, nos Wener, 27 Mai. Roedd Llŷr wedi bod allan yn dathlu, yn crwydro o dafarn i dafarn, drwy'r dydd gyda'i ffrindiau. Erbyn iddi dywyllu tua naw, roedd Llŷr wedi meddwi'n dwll ac yn cerdded ar ei ben ei hun fel ysbryd ar hyd y Promenâd Newydd â'i gefn at y pier, sigarét heb ei thanio yn hongian yn llac o'i wefusau. Mwmial canu 'Wonderwall' wrtho'i hun roedd o, ei lygad chwith wedi'i chau'n dynn – er mwyn iddo allu gweld un pafin yn unig – ac yn chwilota ym mhocedi blaen ei jîns am daniwr sigarét nad oedd yn bodoli pan ddiflannodd ei fyd.

Deffrodd Llŷr rhywdro wedyn yn ei gartref newydd: ystafell fawr heb ffenestri, waliau a tho o goncrit llwyd ag ambell staen gwyn lle roedd y calch wedi crio drwodd. Roedd yno ddau ddrws haearn yn wynebu ei gilydd, un gwely dwbl haearn, ac arno fatres sbring noeth wedi'i difwyno, a chadair ddur wedi'i sodro'n dynn wrth drawst dur unionsyth ar y wal gyferbyn â'r gwely, rhwng y ddau ddrws. Cymerodd Llŷr un olwg ar ei ddillad newydd, sef ffrog laes a phatrwm blodeuog lliwgar arni, cyn penderfynu mai jôc gan ei ffrindiau oedd yr holl senario. Curai ei ben yn boenus ac roedd y ddau fylb golau noeth, oedd wedi'u suddo i'r nenfwd â chewyll haearn yn eu gwarchod, yn gwichian yn isel ond yn annioddefol o sgrechlyd i'w glustiau sensitif. Gorweddai ar rŷg tenau a budur ar y llawr rhwng y gadair a'r gwely. Wrth iddo wthio'i hun i fyny ar ei ddau benelin, saethodd ias boenus i lawr ei gefn. Gwelai freichled haearn ar ei ffêr chwith uwchben ei draed noeth a chadwyn drwchus ynghlwm wrthi'n cyfrodeddu'n nadreddog i ffwrdd oddi wrtho, a honno wedi brathu'n sownd wrth un o goesau blaen y gadair oedd ynghlwm wrth y wal. Sylwai fod toiled ychydig ymhellach i ffwrdd ar hyd y wal oddi wrth y gadair; nid oedd sedd blastig ar ei borslen gwyn sgleiniog. Ma hyn yn jôc, meddai Llŷr wrtho'i hun, fath â horyr mŵfi. 'Dach chi 'di bod yn gwatshiad gormod o tortshyr porn, hogia,' gwaeddodd wedyn er y boen yn ei ben, a dechreuodd edrych o gwmpas yr ystafell am gamerâu neu unrhyw beth arall allai roi llonydd i'w feddwl. Yna, agorodd y drws ac ymddangosodd y dyn ofnadwy am y tro cyntaf ym mywyd y myfyriwr, y dyn ofnadwy a'i lygaid llonydd. Addawodd Llŷr Osian iddo'i hun sawl gwaith na fyddai'n sôn wrth neb am yr hyn ddigwyddodd iddo wedyn.

Wythnosau'n ddiweddarach gwthiodd Llŷr ddau rôl cyfan o bapur toiled i mewn i'r bowlen wen a thynnu'r handlen gan obeithio gwneud iddi orlifo. Nid oedd y dyn ofnadwy yn ei fwydo'n gyson, ac weithiau ni châi ei fwydo o gwbwl, am ddiwrnodau ar y tro. Erbyn iddo ddod i stwffio'r toiled gyda'r papur roedd Llŷr wedi dechrau mynd o'i gof oherwydd diffyg maeth, a diffyg gobaith yn ei enaid. Erbyn hyn roedd y dyn ofnadwy wedi tynnu'r gadwyn oddi am ei droed – oherwydd bod Llŷr erbyn hyn yn wan fel oen newydd ei eni, siŵr o fod. Gallai gyfri ei asennau'n hawdd uwchben y gwagle lle'r arferai ei fol cwrw fod. Nid oedd y dyn ofnadwy byth yn cyfathrebu ag ef er bod Llŷr wedi ceisio pob tacteg i ddechrau sgwrs, ond roedd o'n gwybod mai Cymro oedd y dyn oherwydd ei ebychiadau prin.

'Cymra fe!'

'Agor e!'

'Plyga!'

Ni ddaeth y gorlif, diflannodd y ddau rôl cyfan yn ddidrafferth i dwll dyfrllyd y bowlen a chafodd Llŷr syniad. Sylwodd am y tro cyntaf ar y dŵr yn atseinio fel pe bai mewn gwagle tu ôl i'r wal oddi tan y toiled. Fel ffynnon mewn ogof. Tynnodd unwaith eto ar yr handlen gan droi ei ben i wrando ar y dŵr yn sblasio, fel plentyn yn chwarae mewn bath, wrth iddo lifo i ffwrdd. Penderfynodd y foment honno mai hwn oedd ei unig obaith o ddianc. Arhosodd am ei gyfle. Er nad oedd patrwm pendant i symudiadau'r dyn, roedd Llŷr wedi nodi yn ei feddwl fod mwy o angerdd, mwy o lafoer ac ebychu a ffyrnigrwydd yn perthyn i'r trais ar yr adegau cyn i'r dyn ofnadwy ddiflannu am ddiwrnodau ar y tro.

Ac felly, wedi disgwyl rhai oriau ar ôl ymosodiad oedd bron â bod yn annioddefol o frwnt, dyma Llŷr Osian Morgan yn rhoi ei flanced wely denau dros y toiled. Gorweddodd ar ei gefn wrth ochr y bowlen a chicio'r toiled â holl nerth ei ddwy droed noeth. Rhyddhawyd y toiled o'i sylfaen goncrit yn syth. Dawnsiodd tylwythen deg gobaith yn ei fron a dechreuodd Llŷr chwerthin fel dyn gwallgo wrth weld y dŵr yn dechrau dianc o'r rhwyg rhwng pibell y toiled a'r wal. Dynesodd swnami ysgafn o ddŵr tuag ato o'r agoriad ar y llawr oddi tan y bowlen. Ciciodd y toiled unwaith eto gan ei ddymchwel ar ei ochr ac achosi i ffrwd o ddŵr dasgu ar draws y stafell allan o bibell gopr ar y wal nes roedd bron â chyrraedd at y gwely haearn. Caeodd ei lygaid yn dynn a gweddïo ar ryw dduw, nad oedd o bellach yn coelio ynddo, cyn edrych i mewn i'r twll yn y llawr. Codai aer oer a glân allan o'r gwagle tywyll a gwelodd Llŷr, ymhen ychydig, fod agoriad y twnnel o frics coch yn diflannu i ddüwch llwyr yn gyfochrog â wal ei gell. Ar ôl iddo chwifio'i law i mewn yn y gwagle a theimlo'r dŵr yn nawsio mynd ar ei waelod, credai y buasai'n gallu ffitio iddo'n eithaf hawdd.

Un cyfla, dyma fo! meddyliodd wrth i arswyd a phanig yrru iasau a chryndod drwy'i holl gorff eiddil.

Yna, mwyaf sydyn, daeth yr ysgytwadau i ben ac edrychodd Llŷr i ddüwch diderfyn ei ffawd, twll carthffosiaeth ei garchar, â thawelwch sicr mynach ar ei wely angau. Am y tro cyntaf ers y noson feddw honno 'nôl yn Aberystwyth, filiwn o flynyddoedd ynghynt, roedd ei ffawd yn ei ddwylo fo'i hun.

Plymiodd yn bwyllog, ei freichiau o'i flaen, i mewn i'r düwch anhysbys, ei galon yn curo fel petai'n ceisio dianc o'i gorff er mwyn aros yn y gell.

Awr yn ddiweddarach, wedi colli'r unig ddilledyn a wisgai ac wedi anobeithio fwy nag unwaith wrth i'r twnnel dynhau o'i gwmpas, llwyddodd Llŷr Osian Morgan i wasgu'i ffordd i fyny twnnel atodol ac allan o'r draen. Nid oedd wedi teithio'n bell.

Gwawriodd arno ymhen ychydig nad oedd unrhyw adeilad yn agos ato. Nid oedd dim o'i gwmpas ond coed ifanc a chysgod tywyll ambell ddraenen drwchus. Dan ddaear, meddyliodd – dwi wedi bod dan ddaear yr holl amser.

Dechreuodd gerdded i mewn i'r tywyllwch o'i flaen gan anelu i ffwrdd oddi wrth y draen a chwifio'i ddwylo o'i flaen i ffeindio'i ffordd. Roedd y gwair anniben yn wlyb dan ei draed noeth ac roedd yn sathru ar gerrig a moch coed wrth fynd, heb brin eu teimlo. Dringodd fryn serth drwy goedlan gymharol denau ac anaeddfed, gan gydio yn y gwair i'w helpu i fynd yn uwch i fyny. Cyrhaeddodd wastadedd creigiog ac eisteddodd am seibiant ar garreg wlyb socian a gwely o fwsog arni. Teimlai'n braf dan ei ben-ôl esgyrnog, noeth. Edrychodd i lawr drwy'r goedlan a gweld golau gwyn yn y pellter. Un bylb noeth yn y gwyll di-ben-draw. Roedd y golau'n ymddangos i Llŷr fel pe bai'n disgleirio o bell, llawer iawn pellach na'r carchar, beth bynnag. Yna clywodd dwrw y tu ôl iddo, fel brwyn yn cael eu styrbio. Aeth ias i lawr ei gefn a chododd yn reddfol a rhedeg i'r cyfeiriad arall ar hyd y creigiau.

Roedd yn gallu gweld ychydig bach yn well erbyn hyn, a'i lygaid wedi dechrau arfer â'r tywyllwch, ac yn gallu cydio yn y glasbrennau i'w hyrddio'i hun ymlaen ar hyd ymyl y bryn, ac i ffwrdd oddi wrth y twrw. Brasgamodd drwy ddryslwyn o fieri mwyar duon. Rhwygodd ddwsinau o'u bachau bach ar groen ei goesau ond nid oedd Llŷr yn teimlo'r un ohonynt. Daeth allan o'r dryslwyn gan synhwyro tir agored o'i flaen. Awgrymai llwydni'r golau ymledol fod cae yno, a gwelodd fod amlinelliad tywyll rhwng y llwydni ac awyr y nos uwchben. Dechreuodd loncian drwy'r cae gan blygu'i gefn tua'r ddaear a defnyddio'i ddwylo i deimlo'r gwair o'i flaen. Teimlai'r aer yn symud o'i gwmpas wrth iddo deithio drwy boced o niwl gwlithog yng nghanol y llannerch. Clywodd dwrw y tu ôl iddo eto ac wrth iddo droi, cafodd gip ar y coed yn ysgwyd a chysgod rhyw greadur mawr, tywyll yn symud yn erbyn llwydni ymyl y cae.

Ffyc, meddyliodd Llŷr a cheisio cyflymu cyn sylweddoli mai dyma oedd eithaf nerth ei gorff. Cyrhaeddodd goedlan arall ar ochr bella'r cae a dyma Llŷr yn fflewtian mynd i'w chanol gan daflu cipolwg dros ei ysgwydd wrth symud. Gwelodd rywbeth arall yn tarfu ar lonyddwch y niwl yng nghanol y cae. Rhywbeth mawr.

Ffyc, ffyc.

Brwydrodd ei ffordd drwy bentwr o frigau meddal coed pinwydd ifanc agos at ei gilydd cyn dod i stop ar waelod boncyn a ffens o rwyd metal wedi'i galfaneiddio yn codi'n wal ddeg troedfedd a mwy o'i flaen. Gwelai fynydd o ddrain a thyfiant gwyllt yn dringo'n dywyll yr ochr draw i'r rhwystr tryloyw, arian. Dechreuodd feddwl am ddringo'r ffens pan sylwodd ei bod yn cadw rhyw dwrw hymian isel. Sylweddolodd fod y diawl peth wedi'i drydanu. Dechreuodd symud gyda'r ffens a sylwi ei fod yn hercian yn eithaf gwael a bod gwaed yn ddu ar ei goes chwith o dan ei ben-glin. Roedd rhywbeth – stwmp miniog rhyw frigyn, efallai – wedi rhwygo slaes ddofn yn ei goes rywdro yn y coed ac roedd ei waed yn llifo'n rhydd o'r archoll. Ysgydwodd ei ben a gwasgu'i ddannedd at ei gilydd yn benderfynol wrth yrru ymlaen ar hyd y ffos denau rhwng y pinwydd gwyllt a'r ffens drydan. Ymddangosai'r awyr yn hollt loyw uwch ei ben wrth iddo lusgo'i gorff pathetig ar hyd y rhodfa

16

dywyll. Daeth i stop wrth i'r goedlan binwydd ildio'i lle i goedwig hynafol â stympiau coed niferus lle roedd rhywun ar ryw adeg wedi creu strimyn atal tân helaeth wrth y ffens. Rhedai'r rhwyd fetel yn ei blaen ac o olwg Llŷr i mewn i'r tywyllwch gan metr a mwy o'i flaen. Rhag bod yn rhy amlwg, penderfynodd ddefnyddio cysgod y goedwig i ddilyn y ffens. Cyrhaeddodd y dderwen gyntaf a phwyso'i gefn ar ei boncyff cadarn. Edrychodd yn ôl, ar hyd y gwagle pymtheg metr, ar yr agoriad tywyll rhwng y pinwydd trwchus a'r ffens uchel. Edrychai fel un o dyllau du y gofod i Llŷr, y math o le na all dim oll ddianc ohono.

Ond, dwi wedi dianc, meddyliodd wedyn.

Yna daeth twrw o'r tywyllwch eto, fel gwynt yn hyrddio, ac ymddangosodd anifail du anferth, a sefyll mwyaf sydyn yn yr agoriad. Agorodd llygaid a cheg Llŷr, led y pen mewn arswyd. Rhochiodd y bwystfil nes roedd yr aer o gwmpas yn crynu ac roedd Llŷr yn gallu gweld dau ddant, yn wyn fel esgyrn, bob ochr i drwyn main ar ben du'r creadur. Daeth twrw gwichian iasol yn gwmni i'r cwmwl o fwg a yrrwyd o geg y baedd gwyllt. Edrychodd yn syth at Llŷr gan sathru'r tir o'i flaen â'i droed chwith. Dechreuodd yr hogyn sgrechian yn uchel cyn colli ei lais yn llwyr fel pe bai wedi llyncu'i dafod. Y distawrwydd fel atalnod llawn. Synhwyrodd ei gorff yn ymlacio'n llwyr ac yna sylwodd ar rywbeth coch yn union o flaen ei lygaid. Bu'n rhaid iddo ailffocysu ei lygaid i allu gweld plu coch ar ben draw saeth. Dilynodd goes y saeth â'i lygaid wedyn, a sylwi heb fedru coelio, ei bod hi'n diflannu i mewn i'w geg fud ei hun. Ceisiodd gydio yn y saeth ond nid oedd yn gallu codi'i freichiau. Dechreuodd wthio'i hun i ffwrdd oddi wrth y goeden ond ni allai symud. Ceisiodd ysgwyd ei ben mewn penbleth ond doedd ganddo ddim rheolaeth ar hwnnw chwaith. Synhwyrodd esgyrn ei wddf yn crenshian ond nid oedd yn gallu teimlo unrhyw boen. Clywodd sŵn metalig fel trên ar gledrau yn dod o gyfeiriad y ffens a gwelodd y baedd yn ei miglo hi ac yn diflannu o'i olwg ar hyd y strimyn tir.

Ymddangosodd y dyn ofnadwy yn yr agoriad a bwa croes yn cadw'r twrw clicied wrth iddo hel un o'i adenydd i ratlo ar hyd y ffens. Rhoddodd y bwa i lawr wrth ei droed dde gan estyn rhaff fer o'i boced. Tynnodd y lifer tuag ato gyda'r rhaff, ac ailosod a chocio'r bwa croes. Gosododd saeth ar ei ganol ac anelu'r Barnett Ghost 350 yn syth tuag at Llŷr. Griddfanodd y llanc a swigod o waed pinc yn ffrwtian o gwmpas y saeth yn ei geg. Caeodd ei lygaid am y tro olaf.

■

Heibio'r ffens drydan a thrwy ugain metr a mwy o anialwch trwchus o goed a drain, yr oedd gardd gefn hir Steve Morris a'i wraig, Meg. Safai Steve wrth y bin mawr gwyrdd heb fod yn bell o ddrws cefn ei dŷ yn pwyso'i fraich ar fag sbwriel ar gaead y bin a chodi clust tuag at ddüwch dwfn y tywyllwch o'i flaen. Arhosodd. Ymhen ychydig cododd y bag a'r caead, gollwng y sbwriel i'r bin a throi am oleuni'r drws cefn.

'Lle ti 'di bod? Ti 'di bod yn ca'l smôc?' gofynnodd Meg yn bryfoclyd gan or-wneud yr ystum o ogleuo'i ddillad a'i anadl wrth iddo gau'r drws. Doedd Steve ddim wedi cael sigarét ers ymhell dros ddegawd, ers diwrnod cynta'r ganrif yn wir, oherwydd iddo golli bet gyda'i wraig wedi i'r *millennium bug* fethu rhoi terfyn ar ddynoliaeth.

'Ha, ha,' dechreuodd Steve, wedi hen arfer. 'Gwrando ar y diawl moch 'na o'n i. Maen nhw'n swnio fel plant yn llefen, weithie. Gyrru iês lawr cefen dyn.'

'Ma'r hen Gunther 'na'n gyrru ias i lawr cefn y ddynas yma, eniwê, hefo'i wynab penddelw a'r belt 'na hannar ffordd i fyny at ei ên o. Mae o fatha rhyw fath o *in-bred* Simon Cowell.'

Gwenodd Steve a rhoi ei freichiau o amgylch ei wraig gan gadw'i ddwylo i ffwrdd oddi wrthi.

'Golcha dy dd'ylo gynta, soch-soch,' meddai Meg.

'Soch-soch,' atebodd Steve gan gusanu'i gwddf ac achosi i Meg wingo a stryffaglio yn ei freichiau. 'O ddifri, Meg, cadwa drew oddi wrth y Gunther 'ne. Ti'n gwrando?'

Gwasgodd Meg mewn yn dynn at ei gŵr gan ochneidio'n hir fel cath yn canu grwndi a gwenodd Steve wrth syllu drwy'r gegin agored, yn syth allan drwy ffenest flaen fawr y tŷ. Roedd y cyrtans ar agor ac roedd goleuadau Aberystwyth yn fflamau oren y tu draw i filltir neu ddwy o ddüwch llwyr cefn gwlad Ceredigion.

2

Mewn gwesty, 100 milltir i'r de-ddwyrain

CLADDODD Richard Adams AC ei drwyn yn y powdr gwyn a arhosai amdano yn nyffryn bronnau Angelina, a'r butain yn piffian chwerthin wrth gydio yn ei wallt go-iawn wrth ochr ei glustiau a chusanu'r gwallt gosod ar ei gorun. Cododd y gwleidydd ei ben, ei lygaid yn sgleinio fel ciwbiau rhew, ei ffroenau'n sniffian sawl gwaith ac yn cadw twrw fel hen dren stêm.

'Naughty boy,' meddai Angelina gan wasgu'i bronnau noeth at ei gilydd a'u siglo'n chwareus o'i flaen. Gwyrodd hi'n ôl a gosod ei chefn ar y gwely dwbl moethus. Agorodd ei choesau gan wahanu dwy ochr y bathrob gwlanog, gwyn a oedd wedi bod yn cuddio rhan isaf ei chorff hyd yn hyn. Edrychodd Richard Adams i lawr ar hyd ei choesau hirion yn eu teits sidan du a syspendars porffor wedi'u clymu wrth wregys tenau o amgylch ei chanol. Nid oedd Angelina'n gwisgo dim byd arall heblaw am Brasilian trwsiadus.

'Nasti bitsh,' hisiodd y gwleidydd gan suddo i'w bengliniau a mynd i lawr arni. Ymhen ychydig cydiodd Angelina yn nghlustiau'r dyn bach prysur a'u cosi gan riddfan fel pe bai hi'n gysglyd. 'Dickie?' meddai Angelina. 'You want I call my friend, like we talked about?'

Cododd Richard Adams a gorffwys ei ên ar ei chedorfa denau. 'Be? Naw? Twnáit?'

'You like, we do that?' gofynnodd Angelina eto, ei bys bawd yn rhwbio'i gwefus isaf fflamgoch yn bryfoclyd.

Rhoddodd Adams ei dafod allan ac ysgwyd ei ben. 'Wwyff!' cyfarthodd y gwleidydd, a gwyn ei lygaid yn ynysu'i irisau glas golau.

Ddau ddrws i lawr y coridor rhoddodd Teri y Blackberry ar y ddesg wrth y monitorau a dweud wrth Geoff Seacome, 'It's a go, the dirty bastard.'

'That's what we're here for, Angelina working her magic. Remember to keep his face visible, no masks, no pillows,' crechwenodd Seacome.

Edrychodd Teri arno gyda dirmyg, a chloriau porffor ei lygaid yn drwm, ei wefusau sgarlad yn tursio. 'I'm not just off the boat, you know, sailor.'

Daeth twrw bwrlwm dŵr toiled o'r ystafell drws nesa ac ymddangosodd Sam Price yn nrws yr *en suite*.

'Miss anything?'

'Miss Saigon here's on his way,' atebodd Seacome heb dynnu'i lygaid oddi ar y sgriniau.

'Ha! Miss, miss – see what you did there.'

'Youse two are like a couple o' kids,' meddai Teri wrth godi'i fag dwrn *diamanté*.

'Got yer johnnies with ya, gorgeous?' gofynnodd Seacome.

'Ta be sure, ta be sure, as the Oirish say,' ategodd Price gan biffian.

'Sad fucks,' mwmialodd Teri ac anelu am y drws.

'This'll be the saddest fuck this dickhead's ever had,' meddai Price wrth i Teri adael. 'Where's the Farmer, tonight?' gofynnodd ar ôl i'r drws gau.

'Won't need him. Judy said he was busy anyway,' atebodd Seacome.

'What is it? Lambing season, or something?'

'I don't think you lamb pigs, Sammy lad.'

'What do I know?' meddai Price gan eistedd wrth ymyl ei gyd-weithiwr.

'Less than a newborn chimp I'd say,' cynigiodd Seacome.

'Racist,' sibrydodd Price, dan ei wynt.

'It might be considered racist, if it wasn't for the fact that you're whiter than Val fuckin' Doonican.'

'Who the hell's Val Doonahan?' gofynnodd Price.

'I give . . .' dechreuodd Seacome cyn i Angelina sboncio oddi ar y gwely ar y sgrin o'i flaen. 'Eyes and ears, here we go. Game on.'

3

Y draffordd, 220 filltiroedd i'r gogledd

Hwyliodd y BMW yn dawel, fel cwch ar lyn, i fyny'r A55 heibio'r Rhyl a Tecwyn Keynes yn gyrru.

'Ti'n meindio fi'n gofyn rwbath 'tha chdi?' gofynnodd Oswyn Felix wrth ei ochr.

'Ffaiyr awê,' meddai Tecwyn, gan droi i wenu arno am eiliad.

'Be ddigwyddodd i'r holl stwff 'na oedd yn tŷ dy dad? Oedd hi fath ag Aladdin's ceif yn 'i fedrwm o.'

'Duw a ŵyr, Felix. Dwi'm 'di bod yn agos i'r lle ers y noson honno. Plant 'i frawd o 'di gwagio'r lle, 'swn i'n feddwl. Y fyltshyrs arferol, ti'n gwbod fel ma hi. A pob lwc iddyn nhw, os 'na dyna ddigwyddodd. Doeddwn i'm isho dim byd i neud hefo'r hen le 'na, felly . . .' edrychodd eto ar ei gyd-deithiwr. 'Pam ti'n gofyn?'

'Dwi'm yn gwbod, dwi'm 'di meddwl am y busnas 'na erstalwm. Oedd y noson yna'n ffycd-yp. Hollol ffycd-yp.'

'Ti'n gwbod be, Felix,' dechreuodd Tecwyn. 'Dwi'n recynio bod pawb wedi ca'l be oeddyn nhw'n haeddu'i ga'l hefo'r busnas yna. Heblaw am frawd y copar 'na. Be oedd 'i enw fo hefyd?'

'Kevin.'

''Na chdi, ia. Kevin blydi Richardson. 'Sgwn i lle ma'r cont bach yna rŵan?'

'Cyn bellad bo' fi byth yn 'i weld o eto, 'dio ffyc-ots gynno fi lle mae o,' atebodd Felix. 'Pryd dwi'n ca'l gwbod lle 'dan ni'n mynd, Tecs?'

'Fel 'nes i sôn bora 'ma. Pan 'dan ni'n cyrradd.'

Ia, bora 'ma, meddyliodd Oswyn Felix wrth syllu allan ar y ffordd, yn oren dan oleuadau'r dre glan-y-môr. Dydd Llun braf yng Ngorffennaf. Un munud ma gynna i job a rhwla i fyw. Munud nesa dwi'n rhoi clec i beint o Guinness ac yn troi 'nghefn ar fyr-rybudd ar Portmeirion. Bechod na fyswn i yno i weld y stêm yn dod allan o glustia Hugh Watkins.

Can mil o bunnoedd. Dyna oedd y cynnig. Can mil am fis o waith, tops, medda Tecwyn Keynes. Pwy dwi'n gorfod lladd roedd Felix wedi gofyn yn gellweirus. Dim byd fel 'na, roedd Tecs wedi ateb. Fedrwn ni fynd rŵan? roedd o wedi gofyn.

'Dwi 'sho nôl 'y nghi a llenwi siwtces,' atebodd Felix.

'Ci?' gofynnodd Tecwyn.

'Heddwyn. 'Dan ni'n byw yn un o fythynnod y staff. Dwi'n cymryd ma chdi fydd yn dreifio,' meddai Felix gan roi'r gwydryn peint ar y bwrdd yn un o lolfeydd blaen y gwesty ym Mhortmeirion. Roedd Oswyn, pan oedd yn gweithio yno, yn arfer gadael ei Golf gyda'i gariad, Karen, i fyny'r lôn yn Dwylan, er mai ei mab Neville oedd yn defnyddio'r car ran amlaf i ddod i'w waith yma ym Mhortmeirion fel garddwr.

'Ti angen deud wrth rywun? Ti'mbo? Bod chdi'n gadal.'

''Na i ddeud wrth Charlie, y porthor wrth y giât, pan 'dan ni'n mynd. Dwi'm angan y ddrama o ga'l Watkin yn sgrechian abiws.'

'Watkin?'

'Y manejyr.'

''Bach o nob?' gofynnodd Tecwyn.

'Lot o nob, nobws macsimws,' meddai Felix wrth dynnu ei dici-bo oddi ar ei wddf a'i roi ym mhoced ei drywsus. 'Rŵan amdani, felly?'

'Gynta'n byd,' dechreuodd Tecwyn. 'A' i i bacio, 'li. Tshecio allan tra ti'n sortio dy betha. Lle 'na i ffeindio'r bwthyn 'ma?'

Rhoddodd Felix gyfarwyddiadau syml iddo wrth feddwl am ei dair blynedd yn gweithio yn y pentref hynod a rhyfeddol hwnnw. Nid oedd wedi mwynhau ei gyfnod yno rhyw lawer, ond nid oedd wedi dioddef unrhyw boendod ychwaith. Yn wir, roedd fel pe bai o'n ysbryd o gwmpas y lle yn disgwyl i rywbeth ddigwydd: rhywbeth fel, wyneb o'i orffennol yn dychwelyd gyda chynnig o antur ac arian mawr, efallai. Cofiodd yn ôl i'r misoedd cyntaf yn y gwesty a merch ddeunaw oed, Hilary oedd ei henw a chanddi wyneb fel pe bai newydd daro rhech wlyb, yn rhoi cerydd iddo am ddefnyddio'i chyfeirnod hi i roi arian drwy'r til. Dychmygai Felix ei hun yn ei gosod hi dros ei ben-glin ac yn rhoi chwip din iawn iddi. Ond cyfri i ddeg nath o. Ac wedyn i ugain. A chadw'i job. Meddyliodd am rywbeth arall wedyn a gofyn i Tecwyn, 'Pan 'nes di ordro'r beint 'na, hefo be 'nes di dalu?'

'Be ti'n feddwl?'

'Faint rois di i Meical? Y barman.'

'Twenti, a cadwa'r newid. Pam?'

'Dim byd, jyst holi,' meddai Felix gan ychwanegu un peth arall at y rhestr fer o bethau i'w gwneud cyn gadael Portmeirion. 'Wela i di mewn deg?'

'Iawn,' atebodd yr asiant pêl-droed wrth basio heibio Felix gan daro'i fraich yn ysgafn. 'A diolch i ti, Felix.'

'Dwi'm 'di neud dim byd eto.'

'Ti'n gwbod be dwi'n feddwl.'

Oedd, roedd Felix yn gwybod yn iawn at beth roedd Tecwyn Keynes yn cyfeirio. Safai'n edrych arno'n gadael y lolfa ac yn anelu am risiau'r gwesty gan gofio'r noson honno saith mlynedd ynghynt: Carwyn a'i dad Christopher Keynes; Foxham, a'r cwrdd wrth y Fenai. Oes yn ôl. Yr atgofion yn ffurfio unwaith yn rhagor yn ei feddwl, fel golygfeydd allan o ffilm.

Dyna oedd ffycin drama go iawn, meddyliodd wrth ddilyn Tecwyn allan o'r lolfa gan anelu 'nôl am y bar.

Aeth heibio'r bar a drwodd i'r ystafell gefn hir, cul a thywyll. Cydiodd yn ei siaced denim ddu oddi ar fachyn ar y wal a'i gwisgo. Gafaelodd mewn côt ysgafn arall a symud tua'r chwith ar hyd coridor byr, i lawr dau ris a phwnio'r drws i gegin anferth y gwesty ar agor gyda chledr ei law. Eisteddai dwy weinyddes wrth y pas pen pellaf yn pigo bwyta gweddillion y brecwast a Meical rhyngddynt yn fforchio bwyd i'w geg oddi ar blât gorlawn. Nid oedd neb arall i'w weld yno heblaw am Clint, porthor y gegin, â'i ddwylo'n nofio mewn môr o ewyn gwyn yn y sinc. Y cogyddion wedi casglu tu allan yn smocio, siŵr o fod, meddyliodd Felix. Disgleiriai'r ystafell yn arian llachar, yn llawn topiau dur gloyw glân a phentanau wedi'u gorchuddio â ffoil cegin. Ffeindiodd Felix ei ffordd o amgylch y poptai, silffoedd a rhewgelloedd nes ei fod yn sefyll wrth gefn y barman heb i Meical sylwi ei fod yno. Rhoddodd slap brwnt â blaen agored ei law i gefn pen Meical, nes bod ei fforc yn neidio o'i law a'r wy wedi'i sgramblo'n disgyn oddi arni i'w gôl.

'Aww. Wat ddy ffyc?!' ebychodd Meical gan droi ar ei stôl uchel i wynebu'i ymosodwr, ei ddwylo i fyny ac allan wrth ochrau'i glustiau. Edrychai fel pe bai wedi gwylltio ac am grio yr un pryd. Sbonciodd Siobhan a Maja, y ddwy weinyddes yn eu hiwnifforms du a gwyn, oddi ar eu stolion, eu bysedd yn cyffwrdd â'u cegau mewn braw.

'Felix, wat ddy ffyc, man?!' gwaeddodd Meical eto a rhwbio'r llanast wy oddi ar ei drywsus wedyn, ond yn dal i eistedd ar y stôl uchel.

'Meical. Walad,' meddai Felix yn ddigynnwrf, ei law wedi'i hymestyn allan yn ddisgwylgar.

'Be ffwc ti'n feddwl?' gofynnodd y barman yn wglyd gan rwbio'i ben ac yna edrych ar ei law, fel pe bai'n disgwyl gweld gwaed arni.

'Walad,' mynnodd Felix eto.

Safai Maja i'r ochr dde yn cydio yn y pas fel pe bai'n disgwyl daeargryn. Roedd Siobhan wedi trotian i ffwrdd i'r chwith ar ei sodlau pigfain ac yn sefyll yn cydio ym mraich sebonllyd, ewynnog y porthor. Edrychai Clint yn ddryslyd ar ddwylo'r weinyddes dlos yn cyffwrdd ei fraich; prin y gallai goelio'i lwc ac roedd ei datŵ carchar o groes fechan las uwch ei drwyn wedi diflannu i rychau'i dalcen.

'Be ti'n feddwl?' gofynnodd eto a golwg gymysglyd ar ei wep.

Derbyniodd slap rymus arall, y tro hwn ar ei foch chwith.

'Awwww! Ffycin hel, Felix. Ti'n ffycin nyts, neu rwbath?' Rhwbiodd ei foch a oedd yn prysur droi o liw sgarlad i borffor. Rhoddodd Felix ei law allan eto.

'Olréit, olréit, ynda,' clebrodd Meical wrth dyllu ym mhoced cefn ei drywsus am ei waled.

Agorodd Felix y waled heb dynnu ei lygaid oddi ar wyneb y barman. Tynnodd allan y papurau pres cyn lluchio'r waled lledr agored yn ôl at Meical fel aderyn wedi'i saethu.

'Ti'n pric, ti'n gwbod hynna?' meddai Felix. 'Un peth ydi dwyn amball botal win ar ôl wîcend brysur neu rwbath. Ond dwyn o'r ffycin tips, Meical? Not on.'

Syllodd ar y barman am amser hir heb gael ateb; nid oedd yr un o'r tri arall am ddweud dim chwaith. Yna plygodd Felix ei ben i gyfri'r papurau. Gyda hyn, dyma Meical yn dechrau symud i ddisgyn oddi ar ei stôl cyn i Felix roi llaw gadarn ar ei frest i'w atal.

'Maja,' meddai Felix.

'Yes, Felix?' atebodd y ferch o Wlad Pwyl mewn llais swil.

'Gif ddis tw Bob at risepshyn.' Estynnodd ei law allan tuag ati, ei fysedd yn cydio yn yr hanner dwsin o bapurau pres. Edrychodd Felix ar y dihiryn a dal i siarad â'r ferch fechan. 'Fforti ffaif cwid. Ffor ddy tips pot. Ocê?'

Cymerodd y ferch yr arian yn ofalus ac araf. 'Okay.'

'Dwi'n gwbod ma tenar gymis di, ond dwi 'di amau d'ylo blewog ers i chdi ddechra yma, felly . . .' Edrychodd Felix i fyw llygaid y barman nes peri iddo orfod edrych i lawr ar ei ddwylo yn chwarae â'i waled wag. 'Un peth arall, Meical,' meddai Felix a chydio yn y bathodyn enw plastig ar wasgod y barman a'i rwygo'n rhydd gan dynnu'r dyn oddi ar y stôl yn y broses. 'Amsar i chdi chwilio am job newydd. Migla hi!' Stwffiodd Felix y siaced ysgafn i ddwylo'r barman, cydio yng ngholer crys Meical a'i lusgo heibio Maja a thuag at allanfa'r gegin i'r dde.

Trodd Meical hanner ffordd allan o'r drws siglo ac edrych yn ddryslyd ar y pedwar, ei fochau'n fflamau coch a phiws.

''Di hyn ddim yn iawn,' cwynodd yn druenus.

'Mae'n hawdd dwyn, nes ti'n ca'l dy ddal, tydi,' meddai Felix yn syml.

''Sgynna i'm pres bỳs,' meddai Meical gan ddechrau gwisgo'i siaced ysgafn.

'Cerdda,' awgrymodd Felix.

Syllodd Meical ar Maja yn erfyniol, wedi anghofio nad oedd hi'n deall Cymraeg siŵr o fod, cyn gadael a'r drws yn siglo ar gau ar ei ôl. Cychwynnodd Felix yn ôl tua'r un ffordd ag y daethai, cyn troi a nodio'n fyr i gyfeiriad y tri.

'Leidîs, Clint.'

Nodiodd y tri arno'n hanner gwenu'n ddafadaidd â Maja yn cydio yn yr arian led braich fel pe bai'n wenwynig.

Aeth Felix allan drwy ddrws cefn y gegin a dweud helo wrth basio'r ddau gogydd oedd yn smocio ac yn pwyso ar y graig uchel a godai wrth ochr y gwesty i greu coridor naturiol. Dringodd yr allt i ffwrdd o'r gwesty gan deimlo'r awel gynnes yn braf ar ei wyneb. Ni allai stopio'i hun rhag gwenu.

■

Roedd hi'n amlwg na chlywodd Heddwyn y goriad yn y drws, gan iddo ddychryn yn effro wrth i Felix weiddi, 'Dyma ti'n neud pan dwi'n gweithio'n galed, ia?' a'r ci anferth yn cysgu'n drwm ar ei hyd ar y soffa. Hanner cyfarthodd yn gysglyd cyn dylyfu gên yn rhodresgar.

'Cod dy din diog. Tisho mynd i weld Karen?' gofynnodd Felix gan wybod cymaint oedd Heddwyn yn hoffi'i gariad, yn rhannol am ei bod yn llawer iawn mwy hael na Felix gyda'r bisgedi Bonio.

Bum munud yn ddiweddarach roedd cyn-reolwr bar gwesty Portmeirion yn eistedd ar hen flanced ar ei siwtces ar bwys ffordd unffordd y pentref â'r ci wrth ei ochr a'r bwthyn wrth eu cefnau yn disgwyl am ei dâl-feistr newydd.

Roliodd y BMW yn dawel tuag atynt i fyny'r allt ysgafn ac agorodd ffenest y gyrrwr yn llyfn.

'Jîsys Craist, hwn 'di dy ffycin gi di?'

'Be 'di hwnna, adnod o'r Beibil? Dwi'm yn cofio honna o ysgol Sul,' atebodd Felix gan godi, rhoi'r flanced ar ei ysgwydd a chydio yn handlen y siwtces.

''Di hwnna ddim yn mynd ar 'yn seti lledr i,' meddai Tecwyn.

Cydiodd Felix yn y flanced a'i chwifio fel matador yn wyneb y gyrrwr wrth y ffenest agored.

'Olréit, olréit,' meddai Tecwyn wedyn a phwyso botwm gan achosi i ddrws y gist agor yn llyfn led y pen.

'Lle 'dan ni'n mynd â fo?'

Pasiodd y BMW Meical yn cerdded yn benisel ar y lôn syth a hir heibio Castell Deudraeth a Felix yn gwyro'i ben i ffwrdd o'r golwg yn sedd y teithiwr. Roedd Charlie wedi tuchan arno ddau funud ynghynt pan roddodd oriad y bwthyn a'i ymddiswyddiad iddo wrth giât y porthor.

'Ti'n mynd i fod yn boblogaidd,' dechreuodd Charlie.

'Sacio Meical, wedyn gadal a hitha'n ganol sisyn. Ma Hugh Watkin yn mynd i fynd yn balistig.'

'Dyna fo 'de. Be 'nei di?' meddai Felix gan roi ei sbectol haul ar ei drwyn a chynnig ei law i Charlie.

'Hwyl i chdi, Charles.'

'Hwyl,' meddai Charlie a'r ddau'n gwenu ar ei gilydd yn gynllwyngar.

Gwelodd Felix ei Golf yn gyrru tuag atynt ar ben y lôn hir gul, a Neville wrth y llyw. Gofynnodd i Tecwyn stopio ac agorodd Felix ddrws y teithiwr cyn camu allan, sefyll a phwyso'i gorff ar y drws. Cysgododd ei lygaid rhag yr haul llachar ag un llaw a chwifio'i fraich arall yn araf. Daeth y Golf i stop wrth ei draed a Neville yn pwyntio ato drwy'r ffenest flaen â golwg amheus ar ei wyneb. Cerddodd Felix tuag ato gan edrych dros ei ysgwydd a gweld Meical, tri neu bedwar can metr yn ôl i lawr y lôn.

'Be ti'n neud yn fama?' gofynnodd Felix.

'Be *ti'n* neud yn fama?' atebodd Neville. 'Dwi 'di bod yn Major Owen yn nôl weiran i'r strimar. Lle ti'n mynd?'

''Na i siarad hefo chdi wedyn; dwi'm yn gweithio 'ma ddim mwy.'

'Be? Ti 'di ca'l y sac?'

'Naddo! Diolch, Nef. Dyna'r syniad cynta sy'n dod i dy feddwl di?'

Cododd Neville ei ysgwyddau a gosod ei wefus isaf dros ei wefus uchaf.

'Dwi 'di ca'l fy hedhyntio, os leci di. Gan Misdyr, be

ti'n galw fo, Misdyr Seen yn fanna.' Nodiodd Felix tuag at y BMW.

'O! Mister Betingalw-fo. Swnio'n le-jit, Felix. Be mae o'n neud? Gwerthu 'chydig bach o hwn a 'chydig bach o'r llall, ia?'

'Dwi'n nabod o ers blynyddoedd. Dim dyna oedd 'i enw fo pan oeddwn i'n 'i nabod o, dyna i gyd.'

'Ma hynna'n swnio gymaint yn well, Felix. Fyswn i wrth fy modd yn aros yn fama yn malu cachu ond ma gynno rhai ohonon ni waith i neud.' Rhoddodd Neville y Golf mewn gêr a refio'r injan gan edrych yn syth o'i flaen.

'Dau beth arall.'

Ochneidiodd Neville a codi'i ben i edrych ar Felix eto, 'Ia?'

'Fydda i i ffwrdd am gwpwl o ddiwrnoda. Ti'n meindio mynd â Heddwyn am dro ar ôl gwaith?'

'Iawn,' meddai Neville yn ddiamynedd. 'A be arall?'

'Paid â stopio i siarad efo Meical yn fanna, dwi newydd roi'r sac iddy fo.'

'Ti'n siriys?'

'Oedd o'n dwyn o'r tips, felly un ffafr ola i'r staff.'

'Ma'r boi yn 'bach o sleimbol. Ond sacio dy farman, wedyn ymddiswyddo ar yr un diwrnod, ganol sisyn? Ma Watkin yn mynd i neud 'i nyt.'

'Wela i di cyn bo hir,' meddai Felix gan guro to'r Golf. 'A Nef?'

'Be 'wan eto?'

'Cadwa'r Golf. Chdi bia fo rŵan.'

'Siriys?' Nodiodd Felix arno gan wyro i ffwrdd o'r ffenest. 'Nais wŷn, Felix,' meddai Neville a gyrru i ffwrdd i lawr y lôn.

4

'Ma'r boi 'ma'n troi i fyny awt of ddy blŵ,' sibrydiodd Karen, ei llygaid glas yn llonydd fel llygaid cath flin wrth gydio yng nghefn crys-T Felix yn y gegin. 'A ti'n gadal dy job . . .' Cleciodd Karen ei bawd. '. . . fel 'na. Dyma fo felly, ia?'

'Dyma be?' gofynnodd Felix yn gwenu'i wên aur arni wrth geisio dianc o'i gafael yn cydio mewn dau fŷg o de.

'Dechra'r blydi midlaiff craisis. Cômofyrs, blonds a Porsches fydd nesa.'

'Ma gynna i flondan yn barod, a dwi'm yn mynd yn foel, na'dw?' Cusanodd dop ei phen a rhwbio'i gorff yn ei herbyn hi. 'Fyswn i'n gallu neud efo'r Porsche, cofia. Newydd roi'r Golf i Neville.'

Rhoddodd Karen ei dwylo ar ei chluniau a syllu llygaid main arno'n ddi-wên. Dyma Felix yn achub ar ei gyfle ac yn gwasgu heibio'i gariad.

''Ma chdi,' meddai wrth gynnig paned i Tecwyn yn y lolfa drws nesa. Eisteddai'r dyn o Fangor yn rhoi mwythau i ben du Heddwyn, a oedd yn eistedd ac yn pwyso yn erbyn ochr y gadair foethus. Roedd y ci yn amlwg yn mwynhau ac yn peuo'n araf, ei lygaid yn gysglyd dan aeliau wedi'u torri'n fyr ac yn syth fel ffon fesur. Daeth Karen i'r golwg a phwyso yn erbyn ffrâm y drws yn cynhesu'i bysedd â'i phaned yn ei dwy law.

'Dwi'n dallt pam na fysach chi'n trystio fi, Karen. Fyswn i ddim chwaith. Ond, wir i chi, Felix ydi'r boi am y joban yma. Ac ma 'nghlaiynt i'n fodlon talu top-wac am 'i draffath o.'

'Pwy fath o job?'

'Kars, gad y dyn i yfad 'i banad,' meddai Felix, yn rhoi ei baned i lawr ar y bwrdd hirgrwn isel wrth ei ymyl.

'Consylteshyn wyrc,' meddai Tecwyn. 'Rhannu chydig ar ei ddoethineb hefo'r hogia ifanc 'ma sy gynna i.'

'Rŵan dwi'n gwbod bod chdi'n ffwl of shit,' meddai Karen yn dawel, cyn troi a diflannu 'nôl tua'r gegin.

'Karen! Ty'laen,' erfyniodd Felix, ond roedd o'n gwybod nad oedd hi am wrando. Eisteddodd wrth ymyl ei fag Adidas coch ar y soffa.

''Sgyn ti bob dim?' gofynnodd Tecwyn.

'Ti-shyrt, trôns a brwsh dannadd. Yr esenshals.'

'Ynda,' meddai Tecwyn gan fynd i boced siaced ei siwt haf ysgafn, ddrud yr olwg. Gosododd becyn tenau a threfnus o arian papur, cwbl newydd, wedi'u clymu â band papur ar y bwrdd. 'Tair mil, i gadw chdi fynd. Egspensys.'

Cododd ael llygad dde Felix a chrafodd dan ei ên

wrth edrych ar y pecyn. 'Pwy fath o joban ydi hon, Tecs? O ddifri, 'wan.'

'Wir i chdi. Dim lle fi 'di deud 'tha chdi. Gynta'n byd awn ni i fyny'r Ei Ffiffti-ffaif, gynta'n byd gei di wbod. Stop yn Bangor gynta.'

'I be?'

'I weld hen ffrind,' atebodd Tecwyn yn dawel, ei wyneb yn ddifynegiant.

'Yfa dy banad, 'ta,' meddai Felix wrth godi'r pecyn.

■

'Dwi'n gwbod lle 'dan ni'n mynd,' meddai Felix, a'r BMW yn dilyn y ffordd rhwng y ddwy bont ar lan y Fenai.

'O?' meddai Tecwyn Keynes.

''Bach o nostaljia trip, os dwi'n iawn.'

'Ti'm yn rong,' meddai Tecwyn wrth arafu a throi i'r dde oddi ar y lôn ac i fyny allt gul.

'Ma'r lôn 'ma 'di gwella ers tro dwytha,' meddai Felix wrth i'r car ddringo'n dawel ar y tarmac esmwyth.

'Lôn breifat, ti'n goro talu i ga'l reid smŵdd fel 'ma.'

'Sut ti'n gwbod peth felly?' gofynnodd Felix.

'Dwi mewn busnas hefo'r Watts. Hwn 'di'r tro cynta i fi fisitio, cofia.'

'Pwy fath o fusnas?'

'Gei di weld, Felix,' meddai Tecwyn gan edrych arno am eiliad a gwenu'n llydan. Aeth y car yn dywyll am eiliad wrth iddo deithio dan bont rheilffordd.

'Pam dwi'n ca'l y teimlad bo' fi 'mond wedi ca'l mymryn o'r stori gyn ti.'

'Dwi'm 'di deud unrhyw glwydda wrtha chdi, Felix,' meddai Tecwyn wedyn wrth arafu ger giât fawr oedd wedi'i gwneud o estyll uchel a'u peintio'n wyrdd tywyll, ei law allan a'i wyneb wedi difrifoli mwyaf sydyn. 'A tydi'r pit-stop yma'n ddim byd i neud hefo'r joban sy gynna i i chdi.'

'Be 'dan ni'n neud yn iard Dic Watt eto, Tecs? Os ma dyna sydd dal i fod tu 'nôl i'r giatia newydd 'na.' Datododd Felix wregys ei sedd a throi ei gorff i wynebu Tecwyn, ei ysgwydd ar wydr oer y ffenest. Nid oedd Felix yn gwenu.

'Ocê, streit yp. Dic oedd un o bartners Dad, bac in ddy dei. Wedyn fo drefnodd y cnebrynga i mrawd a Dad am 'y mod i, yn amlwg, wedi diflannu. Gymeris i gambyl a ffonio fo i ddiolch iddy fo a, tw cyt e long stori . . . saith mlynadd wedyn, dyma ni.'

'Dyma ni, be?'

''Nest ti gyfarfod Jane, merch Dic, erioed?'

'Oeddwn i'n gwbod fod gynno fo fab, 'bach yn slo . . .'

'Malcolm.'

'Os ti'n deud,' meddai Felix a'i dalcen yn dechrau crychu.

'Na, Jane sy'n rhedag petha i ni ers i Dic ga'l strôc. Cyn hynny hefyd rili.'

'Rhedag ffycin be, Tecs?'

Gyda hyn, dyma'r giatiau mawr pren yn agor am i mewn yr un pryd â'i gilydd. Safai dynes gadarn yr olwg yn y gwagle yn cydio mewn dyfais rheoli o bell, ei gwallt wedi glymu'n das flêr dywyll ar gefn ei phen. Roedd hi'n gwisgo ofarôls o blastig trwchus, sgleiniog. Codai ei gwefus uchaf yn hanner gwên grotésg mewn ymgais i gadw mwg y sigarét oedd yn hongian o'i cheg allan o'i llygaid. Fysa hi ddim yn gallu edrych mwy fatha lesbian os fysa hi'n trio, meddyliodd Felix.

'Jane?' dyfalodd Felix.

'Wat y womyn,' sibrydodd Tecwyn allan o ochr ei geg fel tafleisiwr. Gyrrodd y Bîmyr i mewn i'r iard goncrit cyn stopio pan oedd Jane gyferbyn â ffenest y teithiwr a phwyso'r botwm i'w agor. 'Jane, Oswyn Felix,' meddai Tecwyn gan bwyso ymlaen fel bod Jane yn gallu ei weld.

'Iawn?' meddai'r ddynes yn fyr a di-wên, heb ymdrechu i blygu.

Edrychodd Felix i fyny a cheisio peidio â llygadrythu ar ei mwstásh tywyll na fuasai wedi codi cywilydd ar hogyn yn ei arddegau hwyr.

'Iawn?' atebodd yntau yn yr un modd gan wthio'i sbectol dywyll i fyny'i drwyn. Pwyntiodd Jane i'r ochr dde a pharciodd Tecwyn y car wrth ymyl y tŷ bach sgwâr oedd wedi'i chwipio â graean brown golau annymunol ers i Felix ei weld ddwytha, saith mlynedd ynghynt. Roedd yr hen gytiau bob sut a arferai sefyll ar y chwith wedi diflannu a lawnt a phlanhigion aeddfed, coed afalau a gardd gerrig addurnedig wedi cymryd eu lle. Edrychai'r cyfan yn llawer mwy fel cartref na'r busnes metal sgrap a garej a redai'r hen Dic Watt oddi yno ynghynt. Dringodd

Tecwyn allan o'r cerbyd yn eiddgar a dilynodd Felix yn ara deg. Aeth Tecwyn i gofleidio Jane ond rhoddodd hithau ei llaw allan i'w atal.

'Well i chdi beidio,' meddai hi. 'Ti'm isho'r shit 'ma ar dy ffansi get-yp.' Pwyntiodd at ei hofarôls budur â'i bysedd, a baw du dan eu hewinedd.

'Sud mae o?' holodd Tecwyn mewn llais tywyll.

''Run fath. Nes fydd o'n pegio hi, fel 'na fydd o. Felly be 'nei di, de?' meddai Jane Watt wrth gerdded am y tŷ. 'Panad?'

'Wedyn, Jane, os ti'm yn meindio,' meddai Tecwyn.

'Cîn i weld y set-yp,' meddai'r ddynes fechan gydnerth wrth droi a cherdded o flaen y car gan bwyntio'n ddifater i gyfeiriad Felix. ''Di o'n ca'l dod?'

'Yndi,' atebodd Tecwyn heb gynnig esboniad pellach.

'Dod i le?' gofynnodd Felix heb symud wrth i'r ddau arall gerdded tuag at giât fferm alwminiwm ar y chwith, rhwng y tŷ a garej to agored anferth yn llawn hen gerbydau a theclynnau.

Cododd Tecwyn ei fraich uwch ei ben heb droi, a chwifio'i fys bawd i gyfeiriad y lôn darmac gul heibio'r giât. Safodd Felix am rai eiliadau'n rhwbio cefn ei ddannedd aur â'i dafod gan guchio'n flin cyn dilyn y ddau'n anfodlon.

Gwyrai'r lôn gul i'r chwith tu ôl i'r garej a dechrau rhedeg yn gyfochrog â'r ffordd yr ochr draw i'r clawdd. Codai'r lôn wedyn, a rhedeg yn syth am ddau gan metr, a'r tyfiant bob ochr wedi'i dorri'n ôl yn drefnus.

'Be 'di hwn? Yr hen reilffordd?' gofynnodd Felix i'r cefnau oedd o'i flaen.

Trodd Tecwyn ac edrych yn ôl arno gan wenu a phwyntio o'i flaen, heb ddweud dim. Edrychodd Felix i fyny heibio'r ddau a gweld dau dwnnel o oes Fictoria yn naddu i mewn i'r bryn bychan o'u blaenau. Roedd ffens rwyd uchel rhwng y twneli a gallai Felix weld bod yr un ar y chwith yn cario'r ffordd darmac newydd drwyddi. Roedd agoriad bwa brics coch y twnnel ar y dde wedi cael ei gau i mewn gan wal o frisblociau llwyd a drysau dwbl pren anferth yn eu canol.

'Oedd y trên yn arfar dod ffor'ma, cyn iddy' nhw symud y trac,' esboniodd Tecwyn gan gerdded am yn ôl er mwyn wynebu Felix. Roeddynt wedi cyrraedd maes parcio bychan tu allan i'r twnnel. I'r chwith roedd giât uchel yn cynnig mynediad diogel i'r safle o'r ffordd darmac â weiran bigog yn rhedeg ar hyd ei chopa. Safai Renault Scenic unig, lliw melyn annymunol, o dan gysgod isel y twnnel. Curodd Jane ag ochr ei dwrn ar ddrws, maint drws tŷ, oedd wedi'i osod yng nghanol ochr dde'r ddau ddrws pren anferth. Drws mewn drws i dwnnel. Edrychodd Felix ar domen anferth o rywbeth a ymdebygai i giwbiau o bren a ffwng gwyn yn drwch arnynt a oedd yn gwneud ymylon y ciwbiau'n llai siarp. Pwyntiodd tuag atynt â'i ben ac eglurodd Tecwyn, 'Baiprodyct. Disgwl i chdi weld hyn.'

Atseiniodd sŵn y bolltau'n cael eu tynnu ar ochr arall y drws yn amffitheatr naturiol y maes parcio. Rhoddodd

Felix ei ddwylo ym mhocedi allanol ei siaced denim wrth ddilyn Jane Watt a Tecwyn Keynes i mewn i'r twnnel. 'Be ti'n feddwl?' gofynnodd Tecwyn, wrth i lanc ifanc â gwallt seimllyd a hir, yn gwisgo ofarôls tebyg i Jane, grwydro oddi wrthynt i lawr y twnnel.

'Myshrwms?' meddai Felix wrth syllu ar res ar ôl rhes o'r ciwbiau gwyn ar ddwsin o silffoedd chwe throedfedd o uchder oedd yn ymestyn am ryw ugain metr neu fwy, efallai, o'i flaen. Ar y ciwbiau ar y silffoedd ar yr ochr dde, tyfai madarch oedd bron yn ddu ac yn ddiffrwyth yr olwg ac yna, wrth fynd rhes am res ar y chwith, roedd eu lliw'n gwynhau fwy fyth a'r madarch yn datblygu'n fwy aeddfed gyda phob cam. Gwelodd Felix fod wal frisbloc arall wedi'i chodi ym mhen draw'r siambr a bocs cludo nwyddau ar longau hirsgwar, melyn llachar wrth ei gwaelod ar y chwith. Roedd yr awyrgylch hefyd yn eithaf cynnes a'r goleuo'n isel ond yn ddigonol.

'Mysh-a-ffycin-rŵms,' meddai Tecwyn gan agor ei ddwylo led y pen. Roedd generadur anferth yn grwnian wrth ysgwydd chwith Felix.

'Be 'di rhain ta? Dim majic mysh 'di rhein?' gofynnodd Felix gan gyffwrdd bôn trwchus ffwng aeddfed wrth ei ochr.

'Stwff ti'n byta, 'dyn nhw. Le-jit, *Lentinula edodes* a'r *Pleurotus ostreatus*,' meddai Jane. 'Shitake a'r oistyr myshrwm i chdi. Madarch Menai, neu Menai Myshrwms 'di enw'r cwmni. Clirio fforti grand y flwyddyn.'

'A 'di ca'l grant gan y Brifysgol i ddechra'r peth off,' ategodd Tecwyn.

'Dwi'n impresd,' meddai Felix. 'Oeddwn i'n disgwyl gweld ffatri cristyl meth neu rwbath.'

'Ha!' chwarddodd Tecwyn. 'Ty'd, awn ni drwadd i'r offis.'

Dilynodd Jane a oedd eisoes wedi crwydro i lawr rhodfa ganol y twnnel tuag at y bocs melyn. Gwelodd Felix y llanc seimllyd yn diflannu i mewn i ran arall o'r siambr, yn y pen pellaf, ar y chwith; roedd fanno'n amlwg wedi cael ei neilltuo at bwrpas arall gan wal frics, a chyrtan o blastig tywyll yn hongian yn stribedi fertigol o'i do fflat.

'Y stafell oer a gola 'di honna, iddy' nhw gael y sbyrt ola o dyfiant,' esboniodd Tecwyn heb i Felix orfod holi. 'Gawn ni banad yn yr offis, 'li.'

'Sut ti'n gwbod gymaint am y lle 'ma, os ti 'rioed wedi .. ?'

'Fi sydd 'di planio'r holl beth, o'r cychwyn. Dic oedd yn sypleio'r twnnal, fi oedd yn sortio'r plania, y disáin ac yn ca'l y botanolojists o'r brifysgol yn infolfd. Ond o'n i'n neud o o Manchester, lle roeddwn i'n byw ar y pryd. Popeth on-lain, ar y laptop. Skype, î-meils a camras thri-dî – ti'm angan gadal dy ffycin wely os ti ddim isho dyddia 'ma.'

'Pam y busnas top-sîcret 'na gynna', ta?'

Agorodd Tecwyn ddrws a oedd wedi cael ei osod ym mhen metal y bocs mawr melyn. Aeth Jane i mewn ac eistedd wrth ddesg fawr hirsgwar â'i chefn at y wal bellaf yn edrych allan o'r bocs ar y môr o fadarch drwy ffenest fawr oedd wedi'i thorri o ganol ochr y bocs.

'Ty'd i fewn, Felix,' meddai Tecwyn heb ei ateb gan gerdded tuag at y ffenest a gollwng y llen roler a gwneud iddo dincial wrth orchuddio'r ffenest. 'A clo'r drws ar dy ôl.'

Crychodd Felix ei dalcen wrth edrych o'r adwy ar Tecwyn yn cau'r llen roler ac yn bwrw tywyllwch dros y swyddfa. Pwysodd Jane ryw fotwm yn y düwch a deffro stribyn fflworoleuol llachar uwch eu pennau.

'Ty'd i fewn, ffor ffycs sêcs,' meddai Jane yn ddi-gynnwrf, dawel. 'Ma'r goriad yn y drws.'

Camodd Felix i mewn i'r bocs a sefyll yn llonydd am rai eiliadau yn syllu ar Jane cyn cau'r drws ar ei ôl a throi'r goriad.

'Fi, Jane, Malcolm y brawd, Dic a rŵan chdi,' meddai Tecwyn.

'Rŵan fi, be?'

Cydiodd Jane Watt mewn allwedd oedd yn dolian ar gadwyn o aur trwchus o gwmpas ei gwddf wrth iddi bwyso ymlaen yn ei sedd. Cododd yr allwedd a'r gadwyn dros ei phen a defnyddio'r allwedd i agor drôr waelod y ddesg. 'Sy'n gwbod am hyn,' meddai, gan godi blwch hirsgwar gwyrdd tywyll a chortyn du, cyrliog yn ei ben o allan o'r dror. Pwysodd fotwm coch, oedd uwchben botwm gwyn, ar y bocs. Daeth sŵn cliciadau ysgafn o'r llawr ac yna dechreuodd y ddesg – oedd ar lwyfan ddwy fodfedd yn uwch na llawr y bocs – symud yn araf a thawel i ffwrdd oddi wrth Felix. Roedd Jane a'i sedd hithau hefyd yn mynd ar y reid ara deg gan ddatguddio twll hirsgwar yn y llawr.

'Ocê . . .' meddai Felix yn bwyllog.

'Ty'd, dim hwnna 'di'r syrpréis,' meddai Tecwyn gan daro braich Felix wrth droi tuag at yr agoriad. Rhoddodd ei droed ar ysgol a dechrau suddo'i hun i mewn i'r twll tywyll a diflannu. 'Jane, gola?' holodd Tecwyn a'i ben yn mynd o'r golwg.

Cerddodd Jane o amgylch y ddesg.

'Ar y dde, ar dop yr ystol.'

'Got it!' atseiniodd llais Tecwyn i fyny o'r gwagle, a thaenwyd golau cynnes dros y twll hirsgwar.

'Afftyr iw,' meddai Jane Watt wrth gynnig y blaen i Felix â'i llaw.

Ochneidiodd Felix a gwenu arni'n sarcastig cyn dweud, 'Leidis ffyrst.'

Dechreuodd hithau duchan a chydiodd yng nghanol ei hofarôls a'u sythu wrth wiglo'i chluniau'n frysiog a dilyn Tecwyn i lawr yr ysgol gan syllu'n oeraidd ar Felix wrth iddi fynd o'r golwg.

Wedi iddi ddiflannu, rholiodd Felix ei lygaid a sibrwd, 'Be ti 'di neud rŵan, Felix? Y ffycin idiyt.' Yna edrychodd i lawr ar y ddau'n sefyll ar waelod twll deuddeg troedfedd o ddyfnder â'r waliau'n goncrit llwyd golau noeth. ''Sa le i lawr fanna?'

'Digon o le, ty'd i lawr. Rhaid i ni gau'r top cyn mynd yn ein blaena.'

'Mynd ymlaen? Be ti'n feddwl?'

'Ti'n dod 'ta be?'

Symudodd Felix ei fysedd yn gyflym o'i flaen, fel pe bai'n canu'r piano'n ffyrnig, a theimlodd y chwys yn oeri ar ei dalcen. Rhedodd ei dafod ar hyd ei wefus uchaf a blasu halen cryf. Nid oedd ei gorff yn amlwg yn or-hoff o'r syniad o fentro i lawr i'r twll.

'Sa'm gwaed glöwr yno chdi'n amlwg, meddyliodd gan droi a mentro i lawr yr ysgol haearn. Caeodd y ddesg dros y twll uwch ei ben wrth iddo ddisgyn. Agorodd Jane yr unig ddrws oedd yn y wal ger ysgwydd chwith Felix, a daeth chwa o aer melys ac arogl digamsyniol yn hofran arno i lenwi'r siafft.

'Re-eit,' meddai Felix.

Roedd Tecwyn yn gwenu fel twpsyn ac yn ysgwyd ei ysgwyddau fel bocsiwr. Gafaelodd yn ei iPhone, troi ei gamera digidol ymlaen ac arwain y ffordd drwy'r drws at goridor byr â goleuadau bychain ar hyd ymyl y llawr concrit. Dilynodd Felix a chaeodd Jane y drws ar eu holau.

'Ti'n barod?' gofynnodd Tecwyn, ei lais wedi cyffroi, ac anelu'r ffôn at ail ddrws llwyd oedd yr un ffunud a'r llall. Rhoddodd ei law arall ar ddwrn y drws. 'Dyma ni.' Gwthiodd y drws ar agor.

Llenwyd yr adwy â golau gwyn, llachar a fflachiadau o wyrddni trydanol. Cymerodd llygaid Felix eiliadau i addasu i'r golau a gweld yr hyn yr oedd ei drwyn eisoes wedi'i awgrymu wrtho.

Ffatri ganabis.

Daeth twrw sisial uchel a'r persawr aruthrol o gryf amdano fel ton i syfrdanu Felix, a rhoddodd ei law dde ar wal y coridor. Gwyddai heb fentro i'r twnnel fod y fenter hon yn un sylweddol. Gallai synhwyro fod uchelgais o raddfa ryfeddol yn perthyn i'r ymgyrch.

'Waw!' ebychodd Tecwyn. 'Dwi'n teimlo fatha Indiana Jones yn ffeindio'r ffycin arch 'na. Yli ar hwn!' Gwasgodd fraich Jane wrth anelu'r iPhone tuag ati a sylwodd Felix ei bod hi'n gwenu am y tro cyntaf. 'Ti'n roc star, Jane!' Cerddodd y ddau drwy'r adwy i mewn i'r twnnel, a braich Tecwyn o gwmpas ei gwddf. Chwarddodd yn uchel cyn plannu cusan ar y nyth brain ar ben Jane Watt.

Aeth Felix i sefyll ger yr adwy.

Edrychodd i fyny a gweld fod pabell anferth wedi'i chodi y tu mewn i'r twnnel â'i gorchudd plastig adlewyrchol wedi'i dynnu'n dynn mewn bwa dros ffyn a oedd yn ymbellhau o'i olwg fesul rheng, o un wal i'r llall. Roedd hi'n boenus o lachar i edrych ar y cyfan, dyma Felix yn estyn ei sbectol haul. Gwelodd gannoedd ar gannoedd o blanhigion aeddfed mewn potiau duon yn sefyll fel milwyr mewn rhesi trefnus ar fyrddau isel a rhodfeydd helaeth eu maint rhyngddynt. Roedd Tecwyn yn dawnsio, yn esgus paffio ac yn canu chwerthin o gwmpas Jane wrth grwydro i lawr y brif rodfa ganol.

'Dwi'n cymryd bo' chdi'n hapus efo be ti'n weld,' meddai Felix yn edrych yn cŵl wrth bwyso'i fraich ar ffrâm y drws, ei ddwylo wedi'u plethu ac yn dal i wisgo'i sbectol haul.

'Hapus? Hapus?' dechreuodd Tecwyn wrth agor ei freichiau allan yn llydan ac uchel o'i flaen, ei siaced ysgafn yn ei ddwrn dde a chylchoedd gwlyb yn amlwg dan ei geseiliau. Roedd wedi rhoi'r ffôn i gadw. 'Yli arna fo, Felix. Y thing of ffycin biwti. Chwartar miliwn o bunnoedd, dyna ffaint ma hwn 'di gostio. Chwartar miliwn.' Edrychodd ar Jane Watt, rodd hithau'n byseddu dail un o'r planhigion hir a main fel cyllyll. 'Ffaint 'dan ni 'di ga'l yn ôl so ffar, Jane?'

'Tri harfest. Harfest wan, eîti grand. Tŵ – wyn tŵ ffaif. A'r dwytha, jyst dan ddau gant. Fydd y nesa'n barod mewn llai na mis, a fyddan ni fyny i ffwl capasiti erbyn hynna. Chwartar miliwn.'

'Bob tri mis, Felix. Miliwn o bunnoedd y flwyddyn. Bob blwyddyn.'

'Nes ti'n ca'l dy ddal,' atebodd Felix yn uchel er mwyn gallu cael ei glywed uwchben yr hymian uchel, parhaus.

'Pam fysan ni'n ca'l 'yn dal? Does 'na ddim ogla tu allan, ma gynnon ni'r carbon ffiltreishyn sysdem gora galli di brynu. Y pyrffect cyfyr hefo'r mysharŵms. Dim spaics ar yr electric grid oherwydd y generetyr. A tydi'r cops byth yn mynd i rejistro hotspot hefo'u helicoptars hefo'r ffycin mynydd 'ma ar 'yn penna ni. Wedyn, deud ti 'tha fi? Sud 'dan ni'n mynd i ga'l 'yn dal?'

'Pobol, Tecs. Pobol ydi'r man gwan mewn opyreishyn fel 'ma, bob tro. Ti'n gwbod hynna. Gangstyrs, snitshys a cachwrs o bob math, sgynnoch chi ddim ffycin tshans.'

'Dyna biwti'r peth, Felix. Dim gangstyrs. Dim ond Jane a'i brawd a fi sy'n gwbod am y lle 'ma. A chdi rŵan.'

'A Dad,' ychwanegodd Jane.

'Wel, ia. A Dic. Ond neb, neb arall. 'Di'r distribiwtyr ddim yn gwbod lle 'dan ni'n tyfu'r stwff hyd yn oed. Delifyri i Moss Side, no cwestiyns ascd. Be ti'n ddeud am hynna?'

'Pob lwc i chi, Tecs, ond oeddwn i'n meddwl dy fod ti 'di mynd yn le-jit hefo'r ffwtbol eijynsi.'

Roedd Jane fel pe bai wedi colli diddordeb yn y drafodaeth ac wedi dechrau crwydro i ffwrdd ac archwilio'r planhigion yn unigol wrth iddi fynd.

'Dyna 'di'r bwriad, Felix. Ond wyt ti'n gwbod ffaint o step yp ydi'r Premiership?' Camodd Tecwyn yn nes at Felix. 'Dyna lle dwi angen bod os dwi isho i'r busnas yna lwyddo, go iawn. Ac i neud hynna, ti angen siriys capital. I ddangos bod chdi'n siriys eijynsi. Y. K. Seen, Premier League Agency. Dyna 'di'r freuddwyd.'

'Pam ti'n dangos hwn i gyd i fi, Tecs?' gofynnodd Felix gan eistedd ar ymyl un o'r byrddau isel a chodi'i ysgwyddau i gwrdd â'i war.

'I ofyn i chdi os fysa chdi'n lecio job arall ar ôl i ni ddarfod y busnas arall 'ma. Ond dwi'n cymryd bod hynna'n no go?'

'Non-startyr, go iawn. No wei, José.' Ysgydwodd Felix ei ben yn ara deg wrth siarad.

'O, wel. Bechod. Busnas ydi o 'run fath, Felix. Ti'n ca'l byzz ar, weithia 'dwyt? Lecio smôc?'

'Weithia.'

'Meddylia amdano fo. Hwn ydi'r enfeiromentali ffrendli opshyn. Yn minimeisio'r carbon ffwtprint.'

Rhoddodd Felix ei law at wres y lamp HID wrth ei ochr. 'Trwy ail-greu Moroco ganol dydd mewn hen dwnnel yn Bangor, ti'n helpu i achub y planet?'

Chwarddodd Tecwyn i mewn i'w law ac edrych ar y llawr. 'Ocê, ella fod hynna'n bach o stretsh. Dwi jest yn trio bod yn strêt efo chdi, Felix. Fel yma dwi'n talu i godi'r eijensi ar ei thraed, ar hyn o bryd. Fydda i allan mewn blwyddyn neu ddwy. Tops.'

Eisteddodd Felix yn gwbl lonydd ar y bwrdd isel yn syllu ar Tecwyn Keynes. 'Dyna pam ti wedi tynnu fi allan o'r job go iawn 'na? I ddîlio drygs i chdi?'

'Na, na. Rwbath arall ydi hwn. Fi sydd wedi gwneud mistêc yn dangos o i chdi rŵan. Un peth ar y tro. Dwi 'di conffiwsho petha braidd.' Trodd Tecwyn a galw draw at Jane Watt a oedd wedi crwydro tua phen pella'r babell lachar. 'Jane, 'dan ni'n mynd. Ti'n aros?'

Cerddodd Jane yn frysiog i fyny'r rhodfa, a'i hofarôls yn siffrwd yn swnllyd. 'Dwi'n gor'od cloi ar 'ych ôl.'

5

'BLE NESA? gofynnodd Felix 'nôl yn y car wedi iddynt alw i weld Dic Watt.

''Sa chdi'n rhoid ci i lawr, yn bysat?' meddai Tecwyn wrth estyn paced o sigaréts allan o'r blwch rhwng seddau'r BMW. Roeddynt newydd weld nad oedd Dic Watt yn gallu gwneud unrhyw gyswllt â'r byd o'i gwmpas mwyach. Eisteddai ym mharlwr ffrynt ei dŷ, ei wyneb wedi suddo, fel pe bai'n toddi, fel delw mewn cadair foethus o flaen *Countdown*. Symudai ei lygaid ryw ychydig ac roedd glafoer sych wrth ymylon ei wefusau porffor, ond doedd dim modd iddo gyfathrebu nac awydd arno i wneud ychwaith. 'Oedd y gola mlaen, ond doedd neb adra, nag oedd?' Taniodd Tecwyn un o'r Marlboro.

'Agor ffenast, 'nei di?' gofynnodd Felix.

Agorodd Tecwyn y ffenest cyn gollwng y sigarét ar y llawr tarmac tu allan i dŷ'r Wattiaid. 'Dwi'm yn fod i smocio. Amélie sy pia rhain,' meddai, gan osod y paced yn ôl yn y blwch a'i gau.

'Amélie?'

'Y bòs.'

'Ti 'di prodi?' gofynnodd Felix.

'Ddim yn bell. Diwedd flwyddyn. Nofembyr twenti sics. Hogan o Lille, ar y bordyr efo Belgium, ffor'cw.' Pwniodd yr aer o'i flaen â'i ên ac agorodd Tecwyn ei waled. Dangosodd lun i Felix o ferch brydferth â gwallt byr, du fel adain brân, yn gorwedd ar wely haul mewn siwt nofio goch ac yn chwerthin ar y camera.

Cydiodd Felix yn ymyl y waled a chwibanu dau nodyn cyflym. 'Waw! Hogyn o Sgubor Wen yn bachu rwbath fel'na.'

'Ma gynnon ni blentyn hefyd, Bertrand. Enw'i thad hi. Bert fydda i'n 'i alw fo.'

'Bert?' Edrychodd Felix arno'n ddifynegiant.

'Well na ffycin Bertrand, tydi?' atebodd Tecwyn gan danio'r injan a chychwyn am y giatiau agored. 'Dwi'n mynd i'r fynwant cyn i ni adael, fydda i ddim yn hir. Tisho aros yn y car?'

'Gollwng fi'n Bangor Ucha. A ty'd i nôl fi o'r Penrhyn pan ti'n barod.'

'Fydda i ddim yn hir, 'di'r meirw byth yn gofyn am lawar o dy amsar di.'

■

Curodd Felix yn ysgafn ar do'r Bîmyr a gyrrodd Tecwyn i ffwrdd i lawr yr allt i gyfeiriad yr orsaf reilffordd.

Edrychodd ar dalwyneb y Penrhyn Arms â'i feddyliau'n uwd dryslyd. Yn aml, byddai'n dychmygu'r diwrnod y buasai'n dychwelyd i'r dafarn y bu'n berchen arni am flynyddoedd. Rywsut roedd y gwirionedd yn afreal, fel pe bai mewn breuddwyd. Efallai nad oedd effeithiau'r ymweliad â'r ffatri ganabis wedi helpu yn hynna o beth chwaith.

Edrychai'r dafarn yn llai o faint iddo nag roedd hi yn ei gof, a Bangor Ucha'n fwy agored a thlawd yr olwg hefyd. Dim graen ar yr adeiladau, a sbwriel yn ddarnau lliwgar ym mhobman ar y pafin ac ar hyd ymyl y ffordd. Roedd ffenestri sgwariau bach pren y Penrhyn wedi cael eu disodli gan unedau o wydro dwbl gyda fframiau plastig, brown golau.

Lliw baw ci, meddyliodd Felix.

'Tuesday Night is Quiz Night' – cyhoeddai ysgrifen amryliw ar wydr y ffenest i'r chwith a – 'Happy Hour 5–7', bloeddiai'r ffenest dde yn wirion. Cerddodd Felix drwy'r drws agored a dal ei law i fyny at dwll clo'r hen ddrws. Gwenodd wrtho'i hyn wrth fyseddu'r pres lliw aur. 'Di rhai petha ddim wedi newid beth bynnag, meddyliodd.

Camodd i'r dde drwy'r drws mewnol ac at y bar. Nid oedd Felix yn adnabod y lle. Roedd popeth yn yr ystafell yn ddu a gwyn, gydag ambell awgrym o borffor a phinc. Nid oedd yr un dodrefnyn yn gyfarwydd iddo. Roedd dwsin neu fwy o fyrddau trwchus du mewn rhes daclus ar hyd yr ystafell, eu topiau sgwâr yn adlewyrchu'n dywyll, fel llynnoedd ar leuad lawn. Nid oedd bwrdd pŵl yn y pen draw mwyach, dim ond rhagor o'r byrddau sgwâr a'u partneriaid, cadeiriau du, onglog, anghyfforddus yr olwg. Eisteddai dwy ferch ifanc wrth y ffenest yn syllu ar Felix.

'Leidis,' meddai wrth blygu'i ben yn gwrtais tuag atynt a gwenu, gan roi cyfle iddynt weld ei ddannedd aur. Gwenodd y ddwy yn ôl arno'n frysiog cyn penderfynu, mwyaf sydyn, fod rhywbeth llawer iawn mwy diddorol yn digwydd ar waelod gwydrau'u diodydd. Gwelodd ddwy ferch arall yn eistedd yn gafael yn nwylo'i gilydd o dan y teledu anferth yng nghanol yr ystafell, yn anwybyddu'r gwydrau o hylif glas oedd o'u blaenau â gwelltyn ym mhob un.

Disgynnodd y geiniog pan welodd Felix y ddynes tu ôl i'r bar – twmpath o wallt blêr wedi'i liwio'n binc a glas llachar uwchben wyneb yn llawn modrwyon arian mewn tyllau yn ei haeliau, ei ffroenau a'i gwefusau. Dyfalodd Felix fod ei chlustiau hefyd yn frith o dyllau llawn metal ond nid oedd modd cael cadarnhad o hynny oherwydd helaethrwydd gorchudd ei thas liwgar. ELVIS cyhoeddai bwcl ei belt oedd yn ganolbwynt i'w chorff gwrywaidd ei siâp; gwisgai grys coch gyda brodwaith blodeuog a thrawiadol o edau ddu. Crys cowboi, meddyliodd Felix.

'Peint o Guinness, plis,' meddai Felix gan eistedd wrth y bar ar stôl ddu a oedd, heb os, yn perthyn i'r un teulu â gweddill y dodrefn onglog. Edrychai'r darn pren tywyll ar dop y bar yn gyfarwydd ond roedd popeth arall wedi newid, a drych anferth tu 'nôl i'r *optics* yn cynnig cyfle i

Felix weld ei wyneb, trist a blinedig yr olwg, yn syllu'n ôl arno.

'Guinness?' gofynnodd y ferch, fel pe bai'r ddiod yn swnio'n gwbl wahanol mewn brawddeg Gymraeg. Nodiodd Felix a chydio yn asgwrn pont ei drwyn bob yn ochr i'w lygaid. Yn sydyn roedd ganddo gur, main a milain, yn ei ben.

'Ai hafyn't bîn hîr ffor y ffiw iyrs,' dechreuodd Felix wrth iddi dywallt yr Extra Cold Guinness. 'Ddis a gê bar, now, is it?'

Edrychodd hi arno'n ddirmygus gan roi taw sydyn ar y llif â'r gwydr yn dri-chwarter llawn. 'It's a bar, and gay people are welcome to drink here, but so are you, buddy.' Roedd ei llais yn ysgafn ac yn beryglus o gyfeillgar.

'Ai didyn't mîn enithing bai it,' cynigiodd Felix gan wenu a dangos ei ddannedd aur.

'Used to be one of those drinking dens. Bit of a shithole, so they say,' meddai'r ferch wrth sychu'i dwylo gyda chadach, ac ychydig o acen Wyddelig yn dod i'r amlwg am y tro cyntaf yn ei llais.

'Dys Mags Weiwei stil . . . ?'

'You know Mags?' gofynnodd y ferch yn ailgychwyn llif y cwrw du.

'Old ffrends.'

'Late one, last night. She's sleeping one off, upstairs, so she is.'

'Sawnds laic sym things hafyn't tshenjd rawnd hîr eniwei.'

'Stick around, bud. She'll grace us with her presence in an hour or so. Three eighty,' amneidiodd wrth osod peint o'i flaen.

Aeth Felix i'w boced a rhoi papur pumpunt wrth ymyl y gwydriad. 'Cîp ddy tshenj.'

'Come again, bring some friends,' meddai'r ferch gan wenu am y tro cyntaf.

Clywodd Felix sŵn drws yn cau a sylwi bod y ddwy ferch wrth y ffenest flaen fawr wedi gadael. Cododd a mynd â'i beint i eistedd yn un o'u seddi nhw, oedd dal yn gynnes dan ei ben-ôl. Edrychodd allan ar brysurdeb tawel Bangor Ucha drwy'r gwydro dwbl, a'r traffig pobl a cheir yn gwibio yn ôl ac ymlaen – pobl yn hwyr yn mynd adref o'u gwaith. Ar ôl pum munud nid oedd Felix wedi adnabod yr un enaid byw oedd wedi gwibio heibio a daeth ELVIS i glirio'r gwydrau gwag oddi ar ei fwrdd.

'Is dder stil y botyl of Old Grandad byrbyn yndyr ddy cawntyr?' gofynnodd Felix.

'How'd youse know that?' meddai'r ferch cyn chwythu cudyn pinc o flaen ei gwallt i ffwrdd o'i llygaid.

'Gif mi y shot and haf wyn ffor iôrselff,' meddai Felix gan osod deg punt ar y bwrdd.

'I don't drink,' meddai'r ferch gan wthio'r papur yn nes at Felix. 'On the house. I'd be drummed out of the barmen's union if I charged for that shit.' Trodd ei chefn cyn i Felix gael cyfle i ateb. Union y math o ferch fysa Mags yn ei chael i weithio iddi, meddyliodd. Edrychodd allan eto ar yr awyr yn raddol droi o las i binc ysgafn wrth i'r haul ddisgyn yn farw dros doeau Bangor Ucha.

Dychwelodd y ferch, â'r botel hanner llawn o'r ddiod boeth lliw oren yn ei llaw, a gosod y gwydr bychan ar y bwrdd. 'This hasn't been opened since the night that big man left.'

'Dyl? Dylan Tomos?'

'Like the poet, yeah, him,' meddai ELVIS wrth dywallt gwydriad hael o'r hylif tanbaid.

'When'd hi lîf?' gofynnodd Felix.

'Six, seven months ago. Mags and me'd only just started.' Edrychodd hi ar Felix mwyaf sydyn. 'You're Felix, aren't you?' Edrychodd Felix arni'n syn, gystal â gofyn – sut ti'n gwybod hynna? Atebodd y ferch drwy roi ei bys ar hyd blaen ei dannedd, gan gyfeirio at rai anghyffredin Felix. 'Took me a while,' meddai hi wedyn.

'Ai sypôs ddei âr y bit of y ded gifawê,' meddai Felix wrth godi'i wydriad oren a rhoi clec i'r cythraul gwlyb. Crychodd ochr chwith ei wyneb wrth iddo gau ei lygaid a chodi'i wefus mewn hanner gwên boenus a'r bwrbon yn hel ei gur a'i atgofion i ebargofiant. Mags, yn lesbian, doeddwn i ddim wedi gweld honna'n dod, meddyliodd a gofyn i ELVIS, 'And wat dw ai col iw?'

'Clíodhna, queen of the Banshees,' atebodd gan chwifio'i dwylo ac agor ei llygaid yn fawr am eiliad cyn ategu'n ddigyffro, 'Everybody calls me C.'

'Nais tw mît iw, Sî,' meddai Felix a dagrau'n hel yn ei

lygaid, ei wddf ar dân a'i stumog yn bopty cynnes. 'Wot abawt Mike?'

'Glass-eye man? He left first, before my time, fella.'

'Haw is Mags?' gofynnodd Felix, wedyn.

'She's grand. Drinks too much, but she's happy enough. I think,' ategodd gan wneud llygadau gwyllt eto a chydio yn y gwydr gwag. 'Anything else I can tell youse? Lottery numbers, next Wednesday, maybe?'

'No, thanc iw, Sî. Not mai thing. Byt iw can pôr mi anyddyr wyn of ddôs.' Pwyntiodd Felix at y botel. 'And anyddyr wyn of ddîs.' Rhoddodd ei law dros y peint hanner llawn o Guinness o'i flaen.

'I can see where she gets it now. Taught by a master,' meddai Clíodhna gan dywallt gwydriad arall o'r Old Grandad cyn troi am y bar ac edrych yn ddirmygus dros ei hysgwydd ar Felix wrth fynd.

Mae popeth yn newid, meddyliodd Felix. Yn gynt nag erioed.

Rhoddodd glec i'r ail wydriad o'r bwrbon gan benderfynu nad oedd yn gweld ei ddyfodol yn y Penrhyn Arms wedi'r cyfan. Teimlodd ryddhad. Ei ysgwyddau'n ymlacio. Yr alcyhol yn cicio fewn ella, meddyliodd. Neu, ella ddim.

Cyrhaeddodd Tecwyn yn ei BMW tu allan i ddrws y dafarn gan ddod i stop ar y llinellau dwbl ac edrych ar Felix drwy'r ffenest. Cododd yntau ei fawd arno gan sefyll ar ei draed yn barod i adael yr un pryd yn union ag yr ymddangosodd Clíodhna â'i beint yn ei llaw.

'Necst taim,' meddai gan osod ei law ar y decpunt oedd dal ar y bwrdd. 'And ai insist,' meddai gan wenu arni a chyffwrdd ymyl y gwydryn bach gwag i dincial yn ysgafn yn erbyn ymyl y Guinness yn ei llaw. 'Tshîrs, and sei helo tw Mags ffrom mi, ocê?'

Cymerodd Clíodhna y gwydryn gwag ganddo. 'You might be a rare breed, Mister Felix.'

'Wat's ddat?' holodd Felix yn cymryd yr abwyd ac yn hanner agor drws mewnol y bar yr un pryd.

'A hetero male who's not a complete arsehole,' atebodd y ferch liwgar gan godi un o'i haeliau a gwenu'n slei.

'Diolch yn fawr, ai thinc,' meddai Felix gan adael y Penrhyn Arms am y tro olaf.

Neidiodd dros y reilen rhwng y pafin a'r lôn cyn agor drws y teithiwr. Cymerodd un olwg olaf ar yr awyr a oedd yn waedlyd o goch o'i gwmpas erbyn hyn cyn suddo i'r sedd foethus a chau'r drws.

■

Ac felly rŵan, a'r BMW wedi troi oddi ar yr A55, heibio i Gaer ac ymhen ychydig wedi cyrraedd yr M53, edrychodd Oswyn Felix ar ei oriawr. Chwarter wedi deg, diwrnod hir yn barod. Caeodd ei lygaid.

Pan agorodd ei lygaid roeddynt erbyn hyn ar yr M56 ac yn pasio'r nawfed gyffordd. Trodd Tecwyn i ymuno â'r M6 gan anelu am y de. Edrychodd Felix arno a'i lygaid yn drwm ar ôl bod yn hanner cysgu. Edrychai'r asiant pêl-droed a'r deliwr cyffuriau i Felix fel unrhyw ddyn busnes cyffredin yn anelu am adref ar ôl diwrnod caled o waith yn ei siwt ddrud a'i gar moethus.

Synhwyrodd Tecwyn ei fod yn syllu arno. 'Be?'

'Dim byd,' atebodd Felix. 'Jest meddwl – pam fi – oeddwn i am y canfed tro heddiw, 'na i gyd.'

'Dwi'n trystio chdi, Felix. Mae o'n simpyl. Trystia di fi am ychydig, 'nei di? Fydd o'n gneud lot mwy o sens mewn rhyw awr neu ddwy. Ocê?'

'Does gynna i ddim byd gwell i neud, Tecs.'

Trodd Tecwyn i'r chwith ar yr A556 cyn cymryd tro arall i'r chwith ymhen hir a hwyr a dilyn yr arwydd am Knutsford.

'Picio adra am funud,' meddai, fel pe bai'n cymryd yn ganiataol fod Felix yn deall arwyddocâd y troad. 'Gei di gyfarfod Amélie, 'li,' meddai gan fflachio gwên falch tuag ato.

'Ti'n byw mewn lle o'r enw Knutsford?'

'Dwi'm yn gallu fforddio dim byd nes at y mein acshyn. Fel ma petha, dwi'n talu dros thri thaw y mis, rhent.'

'Faint?'

'Rhaid i chdi ffryntio i fyny yn y busnas 'ma, Felix. Show off, ti'n gwbod?'

Gyrrodd y BMW ar hyd un stryd hir ar ôl y llall, gan basio tai undonog, a'r tirlun yn newid braidd dim.

'Oeddwn i wedi anghofio faint fel sardîns 'dach chi 'di sdwffio i fewn i'r wlad 'ma,' meddai Felix.

'Ti'n iawn yn fanna, Felix. Ma dinasoedd mawr y gogledd 'ma i gyd wedi hel yn un sŵp o bobol. Ond dyma pam ma'r pres yma – pobol yn dilyn y pres a *vice versa*.' Arafodd y car cyn troi i mewn i *cul-de-sac*. 'Dyma ni,' meddai Tecwyn wrth droi i fyny tramwyfa lydan byngalo anferth wedi'i osod ar ei ben ei hun â'r lôn yn troi mewn cylch o gwmpas gardd fechan heibio blaen y tŷ.

'Dwi gweld be ti'n feddwl. Ma tair mil o bunnoedd yn mynd â chdi'n reit bell i fyny'r post côds,' dywedodd Felix wrth i olau allanol ddisgleirio ar y portsh mawr a'i ddrws ffrynt du, graenus a modern.

Canodd Tecwyn y gloch, a Felix wrth ei gefn gyda'i ddwylo ym mhocedi blaen ei jîns, ei fag Adidas coch wrth ei draed. 'Ti'n siŵr na' chdi sy'n byw 'ma?' gofynnodd Felix.

'Ma'r stafell fyw yng nghefn y tŷ,' esboniodd Tecwyn. 'Dwi'm isho dychryn yr hen fôd a jyst cerdded i fewn, awt of ddy blw, adag yma'r nos.'

O'r tu mewn i'r tŷ, goleuwyd y chwareli o wydr abstract hirsgwar o boptu'r drws, ac ymhen ychydig agorodd y drws mawr du tuag i mewn gyda sŵn sugno ysgafn, gan atgoffa Felix o ffilmiau sci-fi.

'*Bonsoir ma belle amour*,' meddai Tecwyn wrth gofleidio'r ddynes, ei hwyneb yn ymddangos i Felix ar ei ysgwydd a'i llygaid yn edrych i fyny yn ostyngedig. Edrychodd hi ar Felix wedyn a gwenu'n ddel. 'Sori wî'r leit,' meddai Tecwyn cyn plannu cusan yn dyner ar ei boch a throi i gyflwyno Felix, ei fraich allan o'i flaen. 'Ddis is mai ffrend, Oswyn Felix.'

'Aahh, so this is the famous *Monsieur* Felix,' ebychodd y ddynes yn gyfeillgar gan chwifio'i braich chwith o'i blaen i wahodd ei gwestai i'r tŷ.

'Hei,' meddai Felix gan gynnig ei law iddi.

'Bah!' meddai Amélie gan chwifio'i llaw yn yr awyr cyn cydio yn ei ysgwyddau a chusanu'r aer wrth i'w bochau gyffwrdd, un ar ôl y llall. Roedd llygaid Felix wedi mynd yn groes am amrant o eiliad wrth iddo syllu ar ei thrwyn Rhufeinig anferth yn chwifio yn ôl ac ymlaen heibio'i wyneb. Roedd ei llygaid mesmerig, du fel ogofâu, yn edrych arno'n gynnes a'i holl wyneb urddasol yn gwenu'n ddiffuant arno. Nid oedd maint ei thrwyn i'w weld ar y llun y gwelodd Felix ynghynt ond, serch hynny, roedd hi yr un mor drawiadol o brydferth yn y cnawd. Roedd yn amlwg i Felix hefyd, yn y fan a'r lle, ei bod hi un ai'n ddynes dda neu'n actores wych.

'W, la la,' meddai Felix gan chwerthin yn ysgafn.

'Ai'm jyst going tw tshenj. Dau funud,' meddai Tecwyn, yn diflannu i lawr y coridor i'r chwith, yn tynnu'i dei wrth fynd.

'Come, Felix. I will get you a drink. What would you like?' gofynnodd Amélie a'i chefn ato, gan anelu tua'r dde ac i lawr coridor ar ochr arall y cyntedd. Dilynodd Felix y Ffrances â'i dillad sidan ysgafn lliw mêl yn sibrwd siffrwd wrth iddi gerdded tua'r ystafell fyw fawr. Ystafell foethus a dodrefn isel o ledr du ac arnynt glustogau yma ac acw, rhai gwyn a gwlanog, a lluniau celf modern lliwgar ar y waliau. Roedd yr ystafell wedi'i goleuo'n chwaethus ac yn creu awyrgylch ymlaciol a chynnes. Gwelodd Felix fod ei esgidiau DMs wedi hanner diflannu i jyngl toreithiog, meddal y rỳg porffor rhwng y drws a'r soffa.

'Y drenshd donci,' meddai Felix.

'Sorry?' gofynnodd Amélie wrth agor glôb hynafol o'r byd yn ei hanner i ddangos y casgliad diodydd y tu mewn iddo. 'I do not know this drenched donkey.'

'It jyst mîns enithing wet and widd y cic,' esboniodd Felix.

'Drenched donkey. I like it,' meddai wrth estyn tecila mewn potel ddrud yr olwg allan o'r byd. 'This is a Gran Patrón Burdeos Anejo, a kind of a Bordeaux tequila.'

'Haw can iw haf y Ffrensh tecila?'

Tywalltodd hanner gwydriad o'r hylif lliw copor, ac yna un arall. 'It isn't French, silly.' Rhoddodd wydriad i Felix cyn estyn ei gwydr hithau tuag ato fel bod y ddau wydr yn cyffwrdd. 'The barrels are shipped over to Mexico to mature the agave spirit. You sip it,' meddai Amélie wedyn ac eistedd ar y soffa, fel pluen eira'n disgyn.

Cymerodd Felix lymaid. 'Waw, naw ddat's ddy wei tw end y long jyrni.' Eisteddodd ar ben ystlys hir y soffa siâp L a'r tecila'n cynhesu ei wddf, fel yfed tusw o flodau ar dân.

'He never tells me about his business, Felix. But he tells me about you. That he need you. Your help. When I hear this, I listen. How you say? I take notice.'

'Ai'm hîr bîcos Tecwyn . . . iw côl him Tecwyn?'

'People call him YK, I call him Tex,' meddai Amélie wrth bletio'i thraed noeth o dan ei phen-ôl a symud yn hamddenol fel cath.

'Tecwyn offyrd mi y tyn of myni, ddat's wai ai'm hîr, mis.'

'Amélie, please. You are not his friend?' gofynnodd y ddynes, ei llais yn ddidaro.

'Ai hadyn't sîn Tecwyn for y long taim. Byt ai tryst him. Inyff, eniwei.'

'Enough for what, Mister Felix?'

'Inyff to lîf mai job and hôm, byrn mai bridjys, on his wyrd. Widdawt nowing whai.' Cymerodd Felix lymaid arall o'r tecila ac edrych ar Amélie, yn edrych arno fo, yn bod yn onest. Nid oedd ei golwg wedi newid dim wrth iddo siarad. Efallai mai actores dda ydi hi wedi'r cyfan, meddyliodd.

Cerddodd Tecwyn trwy agoriad arall yn yr ystafell, y tu ôl i Amélie, roedd o wedi newid i siaced sidan las golau, crys-T gwyn a *chinos* lliw hufen. 'Barod. Be s'gyn ti'n fanna?'

'Tecila,' atebodd Felix gan godi'r gwydr fymryn.

'Craist, Amé! Don't weist ddy gwd stuff on ddis dŵd.' Dyma pawb yn chwerthin yn ysgafn a rhoddodd Tecwyn gusan arall ar gorun du ei gariad, a chododd Amélie ei llaw i gyffwrdd ei wyneb yn ysgafn. 'Won't bi long.' Edrychodd ar y bag coch wrth draed Felix. 'Gei di adal hwnna. Cwd iw pwt his bag in ddy gest bedrwm, beibs?'

'Of course,' atebodd Amélie, a'i llygaid yn gysglyd. 'Have fun.'

Cododd Felix ei law arni o ben arall y soffa cyn gosod y gwydr chwarter llawn o tecila ar y bwrdd derw plaen o'i flaen a dilyn Tecwyn allan o'r stafell ac am y drws ffrynt.

Agorodd Tecwyn ddrws i'r dde o'r drws ffrynt, a dilynodd Felix ef i lawr coridor tywyll a thrwy ddrws arall i garej oer oedd ynghlwm wrth weddill y tŷ. Safai Porsche 911, yn sgleinio'n ddu fel carreg lan môr o dan olau stribed plaen, yng nghanol yr ystafell wag. Gwasgodd Tecwyn fotwm ar ei allwedd, agorodd cloeon y car yn dawel a'r indicetyrs yn fflachio'n felyn. Rowliodd y drws o flaen y 911 ar agor gan adael i awel gynnes lifo i'r garej.

'Ti'n dod?' gofynnodd Tecwyn.

'Fi 'di Tubbs felly, ia?'

'Sori?'

'Gyn ti'r car, y dillad a'r drygs. Mae hi fath â Miami Vice 'ma. Os 'na chdi 'di Crockett, felly mae'n rhaid bod chdi'n meddwl mai fi 'di Tubbs.'

'Ffycin hel, ti 'di ngholli i. Ti'n ffycin teimlo'n iawn, soff'lad?'

Agorodd Felix ddrws y teithiwr, heb ateb.

6

Nɪᴅ ᴏᴇᴅᴅʏɴᴛ fawr o amser yn y Porsche cyn cyrraedd pen eu taith yn ddyfnach yng nghanol Swydd Gaer. Alderley Edge. Un o'r milionêrs rows, yn ôl Tecwyn. Cofia, meddai'r asiant wedyn, ma'r ardal gyfan 'ma'n berwi hefo milionêr Premiership ffwt-bolyrs. Roeddynt wedi gyrru trwy'r dref fechan, lewyrchus yr olwg, ac wedi dod i stop wrth giatiau un o'r dwsinau o dai ffug-Duduraidd a oedd yn britho'r ardal ymysg y plasdai o friciau coch ar hyd y lôn gefn gwlad brysur.

Rhoddodd Tecwyn ei law allan o'i ffenest agored a phwyso botwm ar flwch metal wrth ochr y giât.

'Iow!' meddai llais ymhen ychydig, a sŵn curiad bas hip-hop yn uchel yn y cefndir.

'YK,' gwaeddodd Tecwyn cyn edrych ar Felix a chodi'i aeliau.

'En-tah!' cyfarthodd y llais eto, a dyma'r giatiau'n agor yn llyfn a thawel.

Eisteddai hanner dwsin o geir drud – pob un yn ddu – wedi'u parcio bob sut, ar y rhodfa raeanog o flaen y tŷ. Porsche 911 arall, tri Range Rover, Lamborghini Aventador ac un car nad oedd Felix yn ei adnabod. Eu ffenestri'n byllau du bob un.

'Pwy bia'r Batmobîl?' gofynnodd Felix wrth blygu'i ben i gyfeiriad y car anghyfarwydd ac eithriadol o siapus a phrydferth.

'Y Bugatti Veyron? Chivers, dwi'n meddwl. Fo 'di'r ffrind sydd ar y mwya o gyflog.'

'Chivers, ffwl-bac Man Iw?'

Edrychodd Tecwyn arno gan wenu ac agor drws y 911; dringodd allan heb ddweud dim. Agorodd drws ffrynt mawr gwyn y tŷ ac yno safai merch ifanc mewn hwyrwisg goch drawiadol o fyr, a'i choesau hir wedi'u plethu'n un, a'i chanol yn siglo'n ara deg. Cerddodd Felix o amgylch blaen y 911 a sibrwd wrth Tecwyn, 'Dim mod i'n dychmygu cael bod yn agos at greadur mor egsotig, ond tydi hi ddim yn gadael llawer iddy fo, beth bynnag, yn na 'di? Y dychymyg, felly.'

'Celine? Ma'r hogan yn gorjys a bob dim, ond dwi'n meddwl 'nei di ffeindio fod chdi 'di iwsho bariau o sebon hefo IQs uwch,' atebodd Tecwyn o ochr ei geg, cyn rhoi ei ddwylo allan o'i flaen a dweud yn uchel. 'Celine, Celine, haw âr iw, mai lyf, mai darling, mai wyn and only?'

'Mister Seen,' meddai Celine yn gysglyd trwy fasg o golur a'i gwefusau fflamgoch yn plycio'n rhywiol. 'He's in the den, with the boys.' Yna edrychodd ar Felix yn dod i'r amlwg o dan olau'r lamp uwchben y drws. 'Who's your friend?'

'Ddis is Felix. Celine, Felix. Felix, Celine.'

'Like the cat food?' meddai Celine wrth edrych, heb frysio, i fyny ac i lawr corff ei gwestai diarth. Cydiodd Felix yn ei drwyn a chwerthin i mewn i gledr ei law, gan edrych ar ei draed.

'Iff iw laic. Can wi . . . ?' gofynnodd Tecwyn wrth bwyntio i mewn i'r tŷ a heibio i Celine.

Ciciodd Celine y drws ar gau ar eu holau. Pan edrychodd Felix yn ôl dros ei ysgwydd roedd hi'n pwyso yn erbyn y drws ac yn edrych arnynt yn cerdded ar hyd y cyntedd. Cafodd Felix y syniad fod Tecwyn yn gwybod i ble roedd o'n mynd heb gymorth y flondan ystrydebol. Unwaith eto, cafodd Felix ei hun mewn tŷ moethus ymhell y tu hwnt i'w ddychymyg, heb sôn am y tu hwnt i'w allu ariannol. Tŷ miliwnydd y tro hwn, heb amheuaeth. Lloriau marmor tywyll a chynnes. Waliau gyda phaneli o felfed lliw glas tywyll anghyffredin a golau isel yn eu fframio ar y to ac ar y llawr. Edrychodd yn sydyn ar yr hanner dwsin o luniau olew heb fframiau, yn arddull Andy Warhol, o chwaraewyr pêl-droed cyfoes ar y paneli, wrth iddynt frasgamu heibio dau ddrws a choridorau eraill i'r dde ac i'r chwith ac anelu mewn llinell syth am grombil yr adeilad. Giggs, Bale, Ronaldo a Messi, ond nid oedd Felix yn adnabod y dyn yn y llun cyntaf na'r olaf.

Dôi twrw'r gerddoriaeth hip-hop yn uwch gyda phob cam, a throdd y coridor i'r chwith. Yno safai dyn ifanc o'u blaenau mewn adwy drws ar ben rhodfa fer. Roedd yn gwisgo trywsus tri-chwarter a chrys-T gwyn, drud yr olwg. Gafaelai mewn can o Red Bull ac roedd yn pwyntio bys bawd ei law arall tuag at Tecwyn a'i freichiau'n noeth heblaw am haenen o inc patrymog trwm, lliwgar a dryslyd arnynt.

Curai rhythm y bas yn rymus ac yn fyw, fel anifail gwyllt, y tu ôl i'r llanc. Nid oedd yn edrych yn ddigon hen i gario'r fath datŵs mawr ar ei gorff main, cyhyrog, meddyliodd Felix. Sylwodd mai'r dyn ifanc hwn oedd gwrthrych y llun cyntaf ar wal y coridor ac roedd ei wyneb, erbyn hyn, yn canu cloch annelwig a thawel ym mhen pellaf ei gof.

'YK, ty'd fewn,' meddai'r hogyn mewn acen o rywle i'r dwyrain o Landudno. Ceisiodd Felix beidio â dangos ei syndod ei fod wedi siarad Cymraeg. 'A chi 'di Oswald Felix, ia?' gofynnodd gan ymestyn ei law wrth i Felix agosáu.

'Rwbath tebyg, jest Felix yn iawn. A llai o'r chi 'na, ocê?' Ysgydwodd Felix ei law a gweld bod llygaid yr hogyn yn dawnsio'n nerfus er ei fod yn ceisio celu hynny.

'Go thrw i'r offis, YK,' meddai'r hogyn wrth hel Felix i mewn i'r stafell deledu dywyll, ei fraich yn hofran ar lefel ei ysgwydd. Eisteddai dyn ifanc ar dop cefn soffa yn wynebu sgrin anferth ac yn pwnio'r awyr â'i ddwylo a'i freichiau. Roedd symudiadau'r dyn gwyn ar y soffa yn cyfateb yn union i rai'r paffiwr du, cartwnaidd o fawr, ar y teledu oedd yn waldio dyn du arall i ebargofiant. Boddwyd llais sylwebydd y gêm gyfrifiadur gan y gerddoriaeth a 2Pac yn bloeddio, 'Fuck all y'all, fuck all y'all . . .'

Eisteddai dwy ferch ar gadair, yn rhannu'r sedd, eu hwynebau tlws wedi'u goleuo'n loyw gan laswawl eu ffonau symudol. Meddyliodd Felix eto eu bod yn edrych yn rhy ifanc i fod yn berchen ar y ddau wydriad gwin gwyn ar y bwrdd o'u blaenau.

Dwi'n mynd yn hen, meddyliodd.

Clywodd Felix ddyn arall yn chwerthin uwchben twrw'r gerddoriaeth wrth i'r paffiwr gael ei lorio gan ei wrthwynebydd cyfrifiadurol. Cododd perchennog y chwarddiad o'r fan lle roedd yn gorwedd led ei gefn ar y soffa a gwelodd Felix Alex Chivers, amddiffynnwr ifanc Manchester United, yn pwnio top braich noeth ei ffrind, eto'n frith o datŵs.

Agorodd Tecwyn ddrws derw trwchus yn wal bella'r stafell a cherddodd i mewn i bylni'r swyddfa, oedd wedi'i goleuo gan un lamp Anglepoise ar ddesg lydan a thenau, a chyfrifiadur yn cysgu wrth ei hymyl, dilynodd Felix a'r hogyn ifanc ar ei ôl. Caeodd Tecwyn y drws a sylwodd Felix fod yr ystafell wedi'i hynysu'n effeithiol rhag sain, gyda bŵm y bas yn lleihau'n guriad calon dwl.

'Teic y sît, jents,' meddai'r hogyn gan droi nobyn golau wrth y drws fel bod y bylbiau, a oedd wedi'u suddo yn y nenfwd, yn hanner deffro. Nid oedd ffenest yn yr ystafell ac roedd y waliau wedi'u llenwi â silffoedd yn llawn DVDs, CDs a chomics wedi'u cadw'n ofalus mewn gorchuddion plastig – rhai miloedd ohonyn nhw, tybiodd Felix. 'Helpwch 'ych hunain i rwbath allan o'r ffrij, bîyr, côc, watefyr.' Pwyntiodd at y SMEG lliw hufen rhwng dwy soffa ledr o liw tebyg, â fframiau o ddur crôm gloyw o'u hamgylch. Gorweddai teigr, fel pe bai wedi'i fathru gan injan rowlio, ar y llawr rhwng y ddesg a'r soffas.

''Di bod yn hela?' gofynnodd Felix yn ysgafn.

'Be?' meddai'r hogyn cyn sylwi ar Felix yn edrych ar y llawr lliwgar. 'O, hwnna. Ffeic. Cwalyti ffeic, maind. Eît ffycin grand's wyrth.'

Eisteddodd Felix ar y soffa agosaf at y drws ac estynnodd Tecwyn Diet Pepsi o'r oergell a'i gynnig i Felix. Ysgydwodd hwnnw ei ben a chaeodd Tecwyn y SMEG a thynnu ar y tab. 'Dwi'm wedi deud jac-shit wrth Felix yn fama, felly, ofyr tw iw.' Eisteddodd Tecwyn yn ymyl Felix a dechreuodd yr hogyn gnoi ei ewinedd a chrafu cefn ei ben wrth gerdded yn ôl ac ymlaen, fel pe bai'n newid ei feddwl ble i fynd, rhwng y ddesg a'r oergell.

'Walts?' holodd Tecwyn.

Walts, Walts, meddyliodd Felix. Wrth gwrs, Walter Jones, midffîldyr Cymru. Chwarae i Everton ond ar ei ffordd i Man Iw. Un o chwaraewyr ifanc gora'r wlad. Y gloch yn canu, mwyaf sydyn, fel cloch gorsaf dân. Mae o'n edrych yn hŷn ar *Match of the Day*, meddyliodd Felix wedyn.

'Hold on am funud, YK. Ma hyn yn ffycin embarasing, totali embarasing.'

'Jyst deud y stori. O'r dechra,' awgrymodd Tecwyn wedyn, ei lais yn fwyn fel cowboi'n cysuro'i geffyl.

'Ocê, ocê,' meddai Walter Jones yn dawel wrth fynd tu ôl i'r ddesg daclus ac eistedd mewn cadair swyddfa gyfforddus yr olwg. Agorodd ddrôr hynod o denau oddi tan ganol wyneb y ddesg ac estyn bag Jiffy a'i luchio ar y ddesg o'i flaen. 'Ma hyn yn embarasing,' meddai eto a bochau ei wyneb lliw haul yn troi'n borffor wrth iddynt gochi.

'Dach chi'n dilyn ffwtbol, Felix?'

Ti'n dilyn, meddyliodd Felix ond dywedodd, 'Chydig, dim gymaint ag oeddwn i.'

'Wel, dwi'n sypôsd i fod yn injyrd, ond rîli disgwyl i'r transffyr i Man Iw fynd drwadd 'dan ni. Felly dwi ddim wedi bod yn treinio na ffyc ôl am bythefnos. Mwy na hynna, ella.'

'Reit,' meddai Felix pan stopiodd Walter Jones siarad, a bwlch amlwg o ddistawrwydd yn ymddangos ac yn erfyn am gael ei lenwi.

'Cân't dw it, fedra i ddim, YK,' meddai'r pêl-droediwr gan guddio'i wyneb tu ôl i'w ddwylo. 'Dangos di iddy fo.' Gwthiodd Walter y gadair swyddfa yn ôl i bwyso yn erbyn y silff wrth ei gefn a phlygu ei ben am i lawr – ei wyneb yn dal ynghudd, ei benelinoedd ar ei bengliniau.

Cododd Tecwyn a chamu tuag at wal o DVDs cyn pwyso ar hanner dwsin o deitlau. Daeth sŵn clic ac agorodd darn o'r wal yn ddrws o deitlau DVDs ffug i ddatgelu teledu sgrin-lydan. Gwasgodd Tecwyn y drws i fwlch o'r golwg yn daclus wrth ochr y teledu. Cydiodd yn y Jiffy ac edrych ar Felix, ei wyneb yn gwingo wrth iddo ysgwyd ei ben arno'n ysgafn. Ni symudodd Walter ac roedd Felix yn cael ei atgoffa o estrys, a'i ben yn y tywod, wrth edrych arno.

Tynnodd Tecwyn ddisg arian allan o'r bag a'i rhoi i mewn i dwll anweledig yn ochr chwith y teledu. Goleuodd y sgrin yn las llachar cyn i'r lluniau ymddangos yn un stribyn – un llun llonydd ar ôl y llall; wnaeth y sioe heb sain ddim para mwy na hanner munud. Ni symudodd Walter, yr estrys, gan wrthod edrych ar y delweddau digidol.

Walter Jones mewn coridor tywyll, yn amlwg wedi meddwi, a dyn tal, ei wyneb yn guddiedig tu ôl i gwmwl digidol, mewn siwt rad yn rhoi ei law o gwmpas gwddf y pêl-droediwr yn chwareus – y ddau'n chwerthin.

Nesa.

Walter Jones yn eistedd ar soffa goch yn yfed allan o botel o gwrw, ei lygaid yn goch fel sgwarnog wedi'i dal o flaen car yn y nos, a dwy ddynes Amasonaidd o fawr, un mewn gwisg binc a'r llall mewn bra a nicyrs du, yn rhoi mwythau i'w wallt pigog.

Nesa.

Walter yn llyfu bron noeth un o'r merched ac yn gafael ym mhen ôl pinc y llall tra oedd hithau'n claddu'i phen yn ei gesail. Crys Walter wedi diflannu a'i drywsus a'i drôns o gwmpas ei fferau.

Nesa.

Y ddynes â'i bronnau allan yn cymryd drosodd gan y ddynes binc a honno'n tynnu'i gwisg. Walter yn gwenu ond yn edrych fel petai'n hanner cysgu.

Nesa.

Walter Jones yn llyfu coc y ddynes heb ei gwisg binc tra oedd y llall yn ei farchogaeth . . .

Ac yn y blaen, ac yn y blaen . . .

'O! reit,' meddai Felix. 'Dwi'n dallt be 'di'r broblem rŵan. Un mawr ydi o hefyd, no pyn intendyd.'

'Dwi ddim yn gê. Dwi ddim yn cofio dim o beth sydd yn y llunia 'na. Totyl blanc,' griddfanodd Walter heb godi'i ben.

'Hon 'di'r stori, Felix,' dechreuodd Tecwyn. 'Wîcend dwytha ma Walts yn fama yn mynd allan am gwpwl o ddrincs yn Manchester hefo'i gefnder, Tom. Tom Jones . . . siriys,' meddai gan edrych ar Felix a chwerthin am eiliad. 'Chwarae i Wrecsam. Eniwê, y peth nesa, mae Walts yn deffro hefo'r hangofyr ffrom hel a dim co' o'r nait biffôr. Diwrnod wedyn ar y dydd Llun, wythnos yn ôl, ma'r Jiffy 'ma'n cyrradd yn y post. Dim nodyn na ffyc ôl, jyst y ddisc a'r llunia 'na arni hi.'

'Pam ddim mynd at y cops?' gofynnodd Felix gan godi'i ysgwyddau.

'Dyyy!' ebychodd yr estrys.

'Am faint o ffwt-bolyrs gê ti 'di clywad, Felix?' gofynnodd Tecwyn.

'Dwi *ddim* yn gê,' mwmialodd yr estrys.

"Dio ddim yn hoyw. Deit reip ydi peth fel 'ma felly, ia ddim?' dywedodd Felix.

'Fydd gynno fo ddim tshans os 'di'r llunia 'ma'n gweld gola dydd. Ddim ar y treining grownd, dim yn y tshenjing rŵms, ac yn sicr ddim gin y terasus. It's y jyngl awt dder, Felix,' meddai Tecwyn.

Ochneidiodd Felix. 'Deud y stori, Walter. Bob dim, o'r cychwyn cynta,' meddai gan gymryd y rimôt oddi wrth Tecwyn a diffodd y teledu. 'Os ti isho i fi dy helpu di, rhaid i chdi siarad hefo fi. Walter?' Cododd yr hogyn ei ben o'i ddwylo o'r diwedd. Roedd o'n wyn fel y galchen, er bod ei ben yn wynebu am i lawr. ''Nes i ffeindio allan heddiw fod un o'n ffrindia hyna i'n hoyw . . .'

'Dydw i ddim yn *homo!*' poerodd Walter trwy'i ddannedd caeëdig gan waldio'i ddwylo i lawr ar y ddesg, a'i dymer yn dod ag ychydig bach o liw yn ôl i'w fochau.

'Olréit, olréit. Câm dawn, gyfaill. Jest deud be ddigwyddodd cyn iddyn nhw ffilmio'r porno. Be ti yn gofio. Ocê?'

Caeodd Walter Jones ei lygaid a phwyso blaen ei fysedd ar ei arleisiau. Cymerodd anadl ddofn cyn rhoi ei ddwylo ar fraich y gadair, agor ei lygaid a dechrau siarad yn bwyllog.

Ac felly, dyma Walter Jones yn esbonio sut y cafodd dynnu'i lun yn ymrafael yn rhywiol gyda dyn arall. Roedd popeth yn berffaith yn ei fywyd hyd at y foment honno, wrth gwrs. Dim ond trafod telerau oedd angen iddo'i wneud cyn y byddai'n ymuno â'r tîm mwyaf ym Manceinion, yr enwocaf ym Mhrydain – un o gewri pêl-droed Ewrop, Manchester United. Nid oedd wedi chwarae i Everton ers i'r trafodaethau ddechrau bythefnos ynghynt. Oherwydd anaf – oedd yr esboniad a roddwyd i'r wasg, ond nonsens oedd hynny go iawn. Nid oedd rheolwr Everton yn meddwl amdano fel aelod o'i garfan mwyach ac felly roedd Walts, fel roedd pawb yn y byd egscliwsif yma'n ei alw, â'i draed yn rhydd i wneud fel ag y mynnai. Aeth â Celine am benwythnos hir a rhamantus i Baris ac er ei fod wedi bwriadu gofyn iddi ei briodi, nid oedd wedi llwyddo i fagu'r hyder hyd yn oed i ddechrau trafod y mater gyda'r ferch brydferth o Gaer.

Roedd wedi prynu Porsche 911 i Celine, am ei bod hi'n hoffi un YK, a Range Rover newydd iddo'i hun i ddathlu'r symud arfaethedig. Tyllwyd cwpwl o datŵs ychwanegol yn ei ysgwyddau, ac wedyn dyma Tom yn ffonio. Dydd Mercher. 'Tel him ai'm not in.' Yna eto dydd Iau. Am iddyn nhw fynd allan i ddathlu'r big mŵf. Er ei fod yn hoff o'i gefnder Tom, nid oedd Walter yn awyddus i dreulio noson gyfan yng nghwmni'r pêl-droediwr o Wrecsam. Nid oedd ganddo gymaint â hynny'n gyffredin ag ef, heblaw am y ffaith iddyn nhw dreulio cyfnodau hir o'u plentyndod yng nghwmni'i gilydd gan nad oedd gan y naill na'r llall unrhyw frodyr na chwiorydd. Ond mynnu wnaeth Tom. Un noson, cym-on, Walt. Walt oedd Tom yn ei alw, dim 's'. Erbyn dydd Gwener dyma Walter yn cyfaddawdu ac yn cytuno i fynd am gwpwl o ddrincs – 'Dim ond cwpwl, maind' – i Gaer bnawn Sadwrn. Cyfarfod yn y Chester Grosvenor, a Walter yn penderfynu aros yno ar y nos Wener honno gyda Celine, a hithau wedyn yn mynd â'r Porsche adra fore Sadwrn. Nid oedd Tom a'r Grosvenor yn gyfuniad cymharus, a bu'r dyn o Wrecsam, oedd flwyddyn yn hŷn na Walter, yn lleisio'i farn ddilornus a phlentynnaidd am bobl eraill yn y bar. Y merched ar fwrdd cyfagos yn 'hai-clas prosis' a phob lwc i'r dynion oedd gyda nhw'n esbonio'r STDs i'w gwragedd ar ôl mynd adra. Felly, dyma nhw'n symud i lawr stryd Eastgate a mentro i mewn i'r Boot Inn, ond eto, lle bwyta oedd hwn mewn gwirionedd, ac felly, ar ôl un bach sydyn, ymlaen eto. 'Dwi'n gwbod am rwla da,' meddai Tom. I'r Old Harkers Arms, ddeg munud ar droed, draw ar ochr arall y ddinas. Eisteddodd y ddau tu allan yn hel atgofion ac yn edrych allan ar y gamlas a redai'n gyfochrog â ffrynt y dafarn oedd yn llawn o bobl gyfoethog a phrydferth. Elît ifanc y ddinas hynafol.

Dechreuodd Walter ymlacio a mwynhau ei hun. Cwpwl o beints yn hwyrach, awgrymodd Tom y dylent ddal trên. ''Di'r steshon mond rownd gornol.' I Fanceinion. 'Fyddan ni yno mewn llai nag awr a hanner, cwpwl o tinis ar y ffordd i gadw ni'n lwbricetyd.'

Ac felly y bu hi. Y ddau gefnder yn camu oddi ar y trên yng ngorsaf Piccadilly wedi'u hanner piclo. Tacsi wedyn i Withey Grove, a Tom yn awyddus i tshecio allan clwb nos o'r enw Tiger Tiger. 'So gwd ddei neimd it twais, mae o i fod yn ffycin masif.'

Ac anferth yr oedd. Wedi'i leoli ar bum llawr y tu mewn i adeilad The Printworks wrth ochr yr Hard Rock Cafe yng nghanol bwrlwm prysura'r ddinas. Roedd y Tiger Tiger yn rhuo'n wyllt heno â'r gerddoriaeth tecno'n fyddarol a'r cannoedd cyrff yno'n sgleinio gan chwys. Anelodd Tom am y llawr uchaf a dyna lle roeddynt, yn y White Room, ystafell fwyaf ecsgliwsif y clwb, a phawb yn gwisgo Prada, Gucci neu Armani. Oglau persawr drud yn brwydro i orchfygu drewdod chwerw'r chwys a'r alcohol. Sylwodd Walter fod rhywun yn smocio sbliff, a'r perlysieuyn yn ddigon miniog i dorri hollt drwy bob arogl arall yn y stafell. Curai'r system sain, yn gyson a llyfn fel gynnau'n tanio, mor uchel nes bod croen wyneb Walter yn cosi. Gwelodd actor oddi ar *Coronation Street* yn eistedd ymysg criw o ffrindiau mewn bŵth wrth ochr y llawr dawnsio gorlawn. Rhoddodd Tom botel o gwrw Tiger yn llaw Walter a gweiddi, 'Wen in Rôm,' yn ei glust cyn pwyso i ffwrdd oddi wrtho a chwerthin. 'Yli,' medda'r cefnder wrtho wedyn. 'Ma 'na le i ni isda'n fanna.' Pwyntiodd â'i botel o Tiger i fŵth hanner gwag ym mhen draw'r stafell a dechrau cerdded drwy'r pla pobl ar y llawr dawnsio.

'And ddat's it,' meddai Walter Jones wrth bwyso 'nôl yn ei gadair ac astudio wyneb Oswyn Felix.

'Gyma i'r ddiod 'na, rŵan,' meddai Felix gan symud am y tro cyntaf ers i Walter ddechrau dweud ei stori. Cymerodd botel fach las o Tŷ Nant allan o'r oergell a mynd i sefyll o flaen y ddesg. 'Be arall ti'n gofio, Walter?

'Di rhywun ddim yn mynd yn total blanc, waeth ots be maen nhw 'di gym'yd. Dim heb fynd i fewn i coma gynta, beth bynnag.'

'Dwi'n cofio cerdded am y bŵth 'na. Ychydig wedyn, dwi'n cofio cerdded i fewn i goridor coch, blyd red, ti'n gwbod? Dwi'n cofio chwydu rywbryd, mewn toilet. Y rŵm yn rili gwyn. Dwi ddim yn cofio sycio coc neb. Dim o gwbwl, thanc God.'

'Oedd pobol yn dy nabod di?' gofynnodd Felix.

'Be ti'n feddwl?'

'Wel, ti'n ffwt-bolyr enwog. Oedd pobol yn nabod chdi rownd y lle? Yn y clwb nos?'

'Dwi'n edrych yn wahanol pan dwi'n chwarae. Gwallt i lawr a tatŵs allan. Felly, dwi ddim yn ca'l pobol yn notisho fi lot pan dwi allan. Jel yn gwallt a cyfro'r tats. Amball i "City reject" yn ca'l 'i weiddi, ella, yn Manchester. Ond dim byd rhy dodji. Dwi ddim egsactli'n Rooney neu'n Giggs, na'dw?'

'Be wedyn, ta?'

'Wedyn, be?'

'Bora wedyn, bora Sul,' anogodd Felix cyn cymryd swig o'i ddŵr.

'Ocê, hwn 'di'r peth mwya wiyrd am yr hôl thing. Dwi'n deffro yn 'y nhrôns ar ben gwely mewn pent-haws swît yn y Velvet Hotel ar Canal Strît, bron â bod ffycin milltir o'r naitclyb. Ma'n nillad i wedi'u plygu'n taidi laic ar y ffycin lethyr sytî coch 'ma ac ma'n watsh i a'n walad i'n disgwl amdana i ar y bed-said cabinet. Nything teicyn. Bob dim presynt and coréct. A heblaw am ffwc o gur pen dwi'n teimlo'n hollol iawn, heb fforgetio fod fy ngheg i'n blasu fatha siwar.'

'A 'dan ni'n gwbod pam rŵan, tydan,' meddai Tecwyn yn ysgafn. Syllodd Felix a Walter arno heb wenu.

'Be 'nest ti wedyn?' gofynnodd Felix.

'Cym'yd shawyr, gwisgo a mynd i lawr i'r risepshyn. Gofyn am y bil a'r ddynas yn dweud bo' fi wedi talu wrth fwcio'r pent-haws swît ar y dydd Gwener cynt. Sut 'nes i dalu, gofynnais inna. Cash, Mister Jones, medda hitha, yn gwbod pwy oeddwn i a bob dim. Pryd ddes i i fewn neithiwr, gofynnais iddi wedyn. Ond doedd dim syniad ganddi. 'Nes i jyst gadal a dal y trên 'nôl i Gaer a cael Celine i ddod i nôl fi. End of stori.'

'Beth am Tom?' gofynnodd Felix.

'Beth amdano fo? Dwi ddim wedi siarad hefo fo wedyn. Ffycin abandynio fi'n ganol Manchester wedi meddwi'n gaib. Twat. Dwi ddim isho siarad hefo fo. Ffwcio fo.'

'Ti yn deallt fod o 'di gneud mwy na dy adael di wedi meddwi, yn dwyt?' meddai Felix gan grychu'i dalcen arno.

'Be?'

Edrychodd Felix ar Tecwyn gan obeithio ei fod o o leiaf wedi bod yn cymryd sylw o drefn y digwyddiadau yn yr hanes. Edrychodd hwnnw arno'n ddifynegiant. 'Cym-on, bois. Mae o 'bach yn obfiys. Os oedd y pent-haws wedi'i fwcio ar y dydd Gwener yn enw Walter yn fama, wel, mae hynna'n golygu bod yr holl beth wedi cael ei blanio o flaen llaw, na'di o ddim?'

Edrychodd Tecwyn a Walter arno'n ddifynegiant y tro hwn, a throdd Felix tuag atynt fel pe bai'n gwylio gêm o ping-pong. 'Tom!' meddai, mewn llais uchel.

'Ffy-cîn Tom Jones,' meddai Tecwyn yn ara deg gan bwyntio tuag at Felix, a'r geiniog wedi disgyn.

'Be ti'n ddeud? Bod cefnder fi wedi setio fi i fyny?' gofynnodd Walter gan godi oddi ar y gadair. 'Fysa fo ddim yn neud hynna. No wei, fysa 'i fam o, Anti Jan, yn 'i ladd o.'

'Ella bod gynno fo fawr o ddewis. Ella bod o mewn trwbwl,' meddai Felix.

'Pa fath o drwbwl?'

'Trwbwl-trwbwl,' meddai Felix. 'Trwbwl sydd yn gorfodi chdi i neud petha ti ddim isho. Petha gwirion.' Syllodd y ddau arno a chymerodd Felix lymaid arall o ddŵr. 'Tom 'di'r lle i gychwyn, beth bynnag.'

7

'HE'S GONE to Narnia for the duration,' cadarnhaodd Seacome wrth Price gan gydio yng ngwallt Dick Adams oedd yn gorwedd ar ei gefn, yn noethlymun, ar y dillad gwely blêr. 'That's a pretty unconvincing syrup he's got there,' meddai gan rwbio'r saim gwallt oddi ar ei law ar hyd y cwilt tenau.

Roeddynt wedi disgwyl chwarter awr ar ôl i Angelina a Teri adael yr ystafell i wneud yn sicr na fyddai Gweinidog yr Economi, Gwyddoniaeth a Thrafnidiaeth yn deffro tra oeddynt yn gwagio'r stafell o'u technoleg, oedd yn cynnwys bron i ddwsin o gamerâu a microffonau cudd. Cymerwyd llai na dau funud i gyflawni'r dasg, cyn gadael a dychwelyd i'w hystafell hwythau i fyny'r coridor.

Treuliodd Price awr yn golygu'r pecyn ffilm fel nad oedd unrhyw beth yn cael i adael i ddychymyg y gwyliwr, tra eisteddodd Seacome ar y gwely'n gwylio sothach hwyrnos ar y teledu ac yn yfed wisgi rhad.

'Job's a good 'un,' meddai Price gan ddiffodd y sgrin o'i flaen ac agor drôr y DVD. Rhoddodd ei fys bawd drwy dwll canol y ddisg a'i dal i fyny er mwyn i Seacome allu ei gweld. Tynnodd Seacome ei ffôn symudol allan o boced ei drywsus a phwnio'i sgrin gwpwl o weithiau cyn ei roi wrth ei glust.

'Hi, Judy. We're finished.' Gwrandawodd Seacome am ychydig. 'Tonight?' Gwrandawodd am ychydig eto. 'See you later, then.' Rhoddodd y ffôn i lawr a rhwbio'i wyneb â'i law arall.

'What?' gofynnodd Price.

'We're to go back up. Tonight,' meddai Seacome drwy'i fysedd.

'Fuck's sake!'

'Stick that in a clean case. We're supposed to leave it for him at the desk on the way out.'

Felly paciodd Geoff Seacome a Sam Price eu bagiau a lygio'u gêr i lawr i dderbynfa'r St David's Hotel & Spa ym Mae Caerdydd. Roedd y cyntedd anferth yn dawel fel y bedd a hithau'n chwarter wedi tri y bore.

Rhoddodd Price y ddisg ar ddesg y dderbynfa a cherdyn-allwedd eu hystafell wrth ei hochr. Gwisgai fenig gyrru lledr a dyma fo'n gweiddi i'r gwagle tu ôl i'r ddesg, 'Service here.'

Daeth dyn i'r golwg yn edrych braidd yn gysglyd a phrintio copi o'u bil iddynt. Cynigiwyd cerdyn credyd wedi'i ddwyn i'r gwesty wrth archebu'r stafell y diwrnod cynt.

Dywedodd Price wrth y derbynnydd, 'Make sure our colleague in two-o-five gets this in the morning. Mister Adams, two-o-five. Okay?'

Gadawodd Seacome a Price y gwesty a gyrru allan o Gaerdydd gan anelu tuag at y gogledd-ddwyrain a'r M4.

■

Dair awr yn ddiweddarach, deffrodd Richard Adams, Gweinidog yr Economi, Gwyddoniaeth a Thrafnidiaeth yn Llywodraeth y Cynulliad, ei ben yn nofio fel pwll tro'n llawn sbwriel a'i ddwylo'n rhawiau oerwlyb a chrynedig. Cymerodd eiliad neu ddwy iddo sylweddoli lle roedd o a rhai munudau wedyn iddo gofio am ddigwyddiadau'r noson cynt wrth eistedd ar ymyl y gwely a syllu ar ei draed noeth.

Cofiodd am Angelina. Y gwin a'r cocên. Cofiodd wedyn am Teri, y ddynes oedd yn ddyn. Puteiniaid o fri ac uffar o noson dda. Chwarddodd wrtho'i hun cyn stopio'n sydyn oherwydd y cur pen a ddaeth yn ei sgil.

Cafodd gawod hir i gael gwared o'r oglau ymgydio rhywiol cryf oddi ar ei gorff bach crwn, gan ofalu peidio â gwlychu'i wig yn y broses. Dechreuodd y niwl godi ac erbyn iddo wisgo'i ddillad – siwt las golau a chrys gwyn, oedd angen ei olchi mewn gwirionedd – roedd Dic Adams AC yn barod, unwaith yn rhagor, i wynebu'r byd.

Chwarddodd iddo'i hun eto wrth gerdded tuag at y lifftiau gan bwnio'r botymau ar ei BlackBerry.

'Bore da, cariad. Ti'n iawn?' Pwysodd fotwm y lifft ac edrych ar ei oriawr. 'Pum munud wedi saith. Sori i ddeffro chdi.' Camodd i mewn i lifft gwag a phwyso'r botwm am y dderbynfa. 'Ti'n gwbod fel ma Carwyn hefo'i leit-naityrs. 'Nes i aros yn St David's, yli.' Caeodd y drysau. 'Jyst cwpwl o ddrincs yn y bar. Oedd hi'n hwyr. Rhy hwyr i ffonio.' Gwrandawodd ar ei wraig yn siarad am ychydig. 'Dwi'n gwbod, Sheila fach, ond fel 'na mae o. Be fedra i neud am y peth?' Agorodd y drysau. 'Yli, rhaid i fi fynd, dwi angen seinio am y stafell, ocê? Wela i di heno, ddo' i adra'n gynnar, yli. Hwyl, hwyl, a fi, a fi, hwyl.' Rhoddodd y ffôn yn ei boced. 'Jîsys ffycin Craist,' mwmialodd dan ei wynt gan gerdded at y ddesg.

'Gwd morning.' Gwenodd Adams ar y ferch ifanc, ddel tu ôl i ddesg y dderbynfa. 'Tŵ-o-ffaif.' Rhoddodd ei gerdyn goriad ar y ddesg. Pwniodd y ferch ar fysellfwrdd o'r golwg dan y ddesg.

'Thank you, Mister Adams. I'll just print out your receipt. Oh. And there's a package for you.'

'Pacej?' Trodd y ferch a rhoi'r goriad mewn blwch a oedd mewn rhesiad ohonynt ar y wal o flaen Adams. Syllodd y gwleidydd ar ei phen-ôl pwt mewn sgert ddu, dynn. Cymerodd hi'r ddisg allan o'r un blwch a'i rhoi ar y ddesg.

'What's ddis?' gofynnodd Adams gan godi'r câs plastig clir ac edrych ar y ddisg oddi mewn, heb unrhyw ysgrifen arni.

'From your colleagues in two-o-three.'

'Tŵ-o-thri? Sori?'

'That's all it says on the screen, Mister Adams: "From your colleagues in two-o-three. Package in keyhold".'

Ysgydwodd Adams ei ben wedi'i ddrysu'n llwyr a cheisiodd feddwl tybed oedd o wedi anghofio rhywbeth o'r noson cynt. 'Hŵ in tŵ-o thri? Whitsh coligs egsactli, mai dîr?' gofynnodd yn ysgafn.

Pwniodd y ferch ar y bysellfwrdd eto. 'A Mister Simpson and a Mister Stead.'

Simpson a Stead – meddyliodd Adams fod yr enwau'n gyfarwydd iddo rywsut. Yna dyma'r geiniog yn disgyn ... Stead and Simpson! Blydi comidians! Gwenodd ar y ferch, cydio yn ei dderbynneb a throi am y drws.

Cerddodd Dic Adams yr hanner milltir o'r gwesty i'r Senedd, y gwynt main yn clirio'i ben ac yn dod â phroffwydo tywyll i lenwi'i ymennydd. Be ddiawl oeddwn i'n feddwl yn gadael i Angelina ffonio'r blydi ffrîc 'na. A côc? Dwi byth yn iwsho drygs. Twpsyn gwirion! Stead a blydi Simpson! Be sydd ar y blydi ddisg 'ma? Syllodd ar y cylch plastig yn sgleinio'n ei law yn llygad yr haul isel. Cerddodd yn gynt yng nghysgod anferth adeilad Techniquest, ei galon yn suddo'n is yn ei frest gyda phob cam.

Brasgamodd y fyny'r grisiau ac i mewn i dderbynfa fawr agored y Senedd. Cododd ei law i gyfarch cwpwl o warchodwyr yn eu crysau glas: Clive a rhywun, doedd o ddim yn cofio enw'r llall, felly gwell peidio dweud dim, dim ond codi llaw a gwenu. Brysiodd am y lifft gan deimlo'r chwys yn casglu'n oer ar ei dalcen. Dringodd i'r trydydd llawr, pwnio'r cyfuniad o rifau i'r pad diogelwch a chael mynediad i'r swyddfeydd. Rhuthrodd i lawr y coridor gwag. Codi llaw ar Rhodri drwy ffenest ei swyddfa. Neb arall i mewn eto. Dim ond Rhodri druan, ei wraig wedi'i adael, a'r dyn ar goll. Ar goll yn ei waith. Gwthiodd Adams y cerdyn plastig i'r blwch yng nghlo drws ei swyddfa . . . golau gwyrdd. I mewn ag o, golau'r ystafell yn cynnau'n otomatig. Pwyso'r botwm i danio'r cyfrifiadur gan wthio'i gadair i'r naill ochr. Yna, dyma Adams yn ailfeddwl ac yn estyn allwedd i agor drôr ei ddesg. Estyn gliniadur. Efallai mai feirws sydd ar y ddisg. Efallai gallai adael trywydd. Gwell defnyddio'i liniadur. Tanio'r gliniadur a disgwyl, ei fysedd yn chwarae sonata frysiog, fud ar ymyl ei ddesg. Aeth yn ôl at ddrws ei swyddfa a'i gloi gan ollwng y glicied hefyd wrth aros i'r peiriant fynd drwy'i bethau. Llonydd, rhaid cael llonydd. Erbyn iddo ddychwelyd roedd y peiriant wedi deffro a thraeth mewn rhyw baradwys trofannol yn gefndir i'r ffeiliau ar y sgrin. Gwasgodd y ddisg i'r gyrrwr DVDs ar ochr y gliniadur a dechreuodd gadw sŵn troelli cymharol uchel yn nistawrwydd llethol y swyddfa.

Dechreuodd y fideo. Ystafell wag â gwely dwbl yn amlwg ynddi, a gorchudd lliw porffor arno. Roedd Adams yn ei adnabod yn syth. Yna'r drws yn agor, ac yntau ac Angelina yn dod i mewn yn chwerthin, ei ddwylo bach tew o'n cydio yn ei phen-ôl oedd wedi'i amgáu mewn sgert arian, dynn. Toriad sydyn, ongl y camera yr un fath, ond Adams ar y gwely wedi tynnu'i siaced ac Angelina yn dod allan o'r bathrwm yn gwisgo gŵn ymolchi wen y gwesty. Aeth Adams heibio'r butain gan gusanu'i gwddf, fel pe bai'n Dracula yn ymosod arni, ac i mewn i'r bathrwm. Angelina'n cerdded wedyn yn syth am y camera, gan syllu i mewn i'r lens cudd oedd wedi'i leoli wrth ymyl llun lliwgar o Fae Caerdydd. Chwythodd y butain gusan at y gwleidydd yn ei swyddfa o'r noson cynt a wincio arno, gan wenu'n slei.

'Y ffycin bitsh, hŵr,' ysgyrnygodd Adams mewn islais, ei wyneb crwn yn wyn fel ysbryd, gan wneud i daten gochlyd blaen ei drwyn edrych fel hen foronen ar ddyn eira.

Erbyn iddo wylio'r fideo hyd ei ddiwedd, a'r sgrin yn troi'n las llachar, roedd Adams wedi'i fferru i'w gadair. Methu symud. Nid oedd ganddo syniad am ba hyd y bu felly, ond yn sydyn reit dyma'r Gweinidog yn ysgwyd ei ben ac yn codi. Gwasgodd fotwm ar y gliniadur a chwydodd y peiriant y ddisg allan. Gafaelodd ynddi yn â'i ddwy law, ei dal allan o'i flaen a'i phlygu'n ara deg. Ffrwydrodd y ddisg yn ddau hanner blêr gan yrru darnau arian yn deilchion ar hyd y ddesg a'r carped o'i flaen. Dechreuodd Dic Adams grio. Dawnsiai ei ysgwyddau i fyny ac i lawr, ei lais yn llawn dagrau. Gollyngodd y darnau oedd yn ei ddyrnau ar y ddesg ac edrych ar ei fysedd bach tew oedd wedi'u britho â thameidiau bach o arian ac ambell ddiferyn o waed. Eisteddodd yn drwm yn ôl yn ei sedd, ei fochau'n sgleinio'n seimllyd gyda'i ddagrau a chwys.

Clywodd y prysurdeb yn cynyddu yn y coridor tu allan. Ymhen amser, dyma Rhian, ei ysgrifenyddes, yn cnocio ac yn holi amdano drwy'r drws. Edrychodd Adams ar ei oriawr. Hanner awr wedi naw. Agorodd y bleind gan adael golau llwyd llachar y bore i mewn ac ochneidio. Canodd ei ffôn symudol – arwyddgan *Dallas* yn chwarae wrth ei frest – ac estynnodd y BlackBerry o boced fewnol ei siaced. *Withheld* oedd ar y sgrin.

'Helo,' meddai'n dawel.

'Well, if it isn't Dodgy Dickie, the pencil-dick politician,' meddai llais dynes mewn acen gogledd Lloegr.

Rhewodd Adams ar ei hanner-cam, ac aeth ias i lawr ei gefn. 'Hŵ is ddis?'

'My friends call me Jude. You can call me Judy. How's it hanging Dickie? Did you enjoy the movie?'

'Wat mŵfi?'

'Oh! C'mon, Dickie, that won't do.'

'Ddêr is no mŵfi, it's gon, brocyn into y miliyn pîsys.'

'Denial won't make this go away, Dickie, boyo,' meddai Judy, y gair olaf mewn acen de Cymru ddofn. 'That's only a copy, you *little* man.'

'Wat dw iw want? Wat's ddy point?' gofynnodd Adams gan bwyso'i gefn yn erbyn y wal a dechrau suddo i'r llawr.

'Oh! Dickie. Dickie, Dickie, Dickie. You've been a bad boy. And now you're going to have to pay.'

■

'McNevis,' datganodd y llais ar y ffôn.

'Ryland, ma gynnon ni broblem,' meddai Adams, oedd yn eistedd ar lawr ei swyddfa erbyn hyn, ei gefn yn pwyso ar y wal ger y ffenest. Gorweddai'i wig, fel llygoden fawr wedi'i blingo, ar ei lin.

'Dic?' Oedi. 'Ble 'yt ti?'

'Yn yr offis, ar lawr.'

'Beth ti'n neud ar lawr?'

'Isda.'

'Pam ti ar lawr, 'chan?'

''Chos dwi'n methu codi.'

'Ti'n swno'n dost.'

'Mae o'n siriys, Ryland. Twll mawr yn y ffycin llong, ffycin Titanic saisd twll.'

'Ca' dy ben. 'Rosa nawr. Gad i fi feddwl.' Clywodd Adams Ryland McNevis yn anadlu'n bwyllog yn ei glust. 'Dishgwla gwarter awr, wedyn cera mas i'r Norwijan Tshyrtsh. Bydd car 'na'n aros amdanot ti.'

'I be?'

'I ti ddod fan 'yn, Dic. Paid â siarad ar y ffôn.'

'Ocê,' meddai Adams yn pathetig cyn diffodd y ffôn. Gadawodd i'r BlackBerry ddisgyn yn farwaidd o'i glust i'r carped. Cymerodd anadl ddofn ac ysgwyd ei ben yn ddifeddwl. Nid oedd y Gweinidog yn dreifio ers iddo gael ei ddal yn yfed a gyrru cyn y Nadolig a'i gosbi gyda blwyddyn o waharddiad. Nid oedd wedi yfed cymaint â hynny, diolch i'r drefn, ac roedd Carwyn wedi cadw'i ffydd ynddo. 'Ond ddim tro 'ma,' meddai wrtho'i hun. 'Blydi hwrod uffar.'

■

Cyrhaeddodd Mercedes du â ffenestri tywyll giatws plasty'r Rhoshouse yn Nhresimwn – er mai'r enw Saesneg Bonvilston oedd amlycaf ar yr arwydd – pentref bychan ar gyrion Caerdydd ar yr A48.

Agorodd Simonds, y gyrrwr, ei ffenest a daeth dyn allan drwy ddrws ochr y giatws dau lawr bychan. 'Alright?' dywedodd Simonds wrth y dyn.

'Alright,' atebodd y dyn mawr tew, pen moel, heb wddf, gan godi'r rhwystr cantilifrog gwyn a oedd yn atal eu siwrnai.

'Cheers, byt,' meddai Simonds wrth yrru heibio a gweld y rhwystr yn dychwelyd i'w le yn ei ddrych ôl. 'You've been here before, right?' gofynnodd i Adams ar y sedd gefn, gan edrych arno yn y drych ôl.

'Wyns. Last îr.'

'So you know to wait until I've closed the garage door before getting out, right?'

'Is he affreid symbodi's watshing ddy haws?'

'You and him, can't be seen together,' meddai Simonds. 'Better safe, and that. Right?'

'Ai sypôs,' atebodd Adams wrth edrych allan o'r ffenest flaen ar blasty Rhoshouse yn ymddangos ym mhen

91

draw'r dreif tarmac llyfn, du – tŷ tri llawr yn arddull bensaernïol yr adfywiad Gothig o oes Fictoria. Ynghlwm wrth dalcen yr hen dŷ ar yr ochr chwith, roedd estyniad modern – un deulawr ar ffurf chwarter cylch a tho fflat iddo. Ar blinth marmor o flaen y tŷ roedd cerflun efydd haniaethol anferth, a'r dreif yn troi o'i gwmpas. Safai coedwig drwchus i'r chwith o'r estyniad a gardd hynod liwgar a thrwsiadus o'i flaen ar hyd ymyl y dreif.

Pwysodd Simonds fotwm ar y dash ac agorodd ddrws garej ym mhen yr estyniad yn esmwyth a chyflym. Gyrrodd y Mercedes i mewn, caeodd y drws ar eu hôl, ac aeth cefn y cerbyd yn dywyll fel arch. Yn sydyn, cyneuwyd golau llachar a datgelu'r garej anferth gyda hanner dwsin o geir drud a lliwgar wedi'u parcio ar wahanol onglau oddi mewn iddo. Agorodd y ddau ddyn eu drysau a gwelodd Dic Adams, drwy wal wydr ar ei ochr dde, Ryland McNevis yn edrych arno â gwydriad o rywbeth brown a gwlyb yn ei law. Roedd ystafell fyw foethus tu ôl i McNevis a dynes ifanc yn eistedd ar un o'r soffas rhuddgoch, lledr yn gwylio teledu ar y wal uwchben y lle tân.

'Come,' arthiodd Simonds wrth gerdded heibio'r wal wydr a phwyntio teclyn, fel pe bai'n ddryll, tuag at y drws o ddur arian yn y wal fechan i'r chwith. Daeth sŵn clic ysgafn ac agorodd y drws o ryw fodfedd. Dilynodd Adams a chodi llaw lipa ar McNevis drwy'r gwydr wrth fynd heibio.

'Rita, cwd iw switsh ddat shit off and lîf ddy rŵm?'

gofynnodd McNevis heb symud o'i le wrth y wal wydr wrth i Simonds ac yna Adams ddod i mewn i'r stafell drwy'r drws ochr.

'Ray!' cwynodd Rita gan gicio clustog oddi ar y soffa ar y llawr gwyn disglair. 'It's Kirsty and Phil!'

'Go and watsh it on wyn of ddy tŵ dysyn yddyr Ti-Fis in the bilding. Just not hîr, ocê?'

Edrychodd Adams ar y ferch yn syllu ar gefn McNevis, ei llygaid prydferth yn holltau milain, main.

'Priti ffycin plis,' meddai McNevis yn ddiemosiwn. Ochneidiodd Rita'n uchel a stompio allan drwy ddrws ar ochr bella'r stafell.

Trodd McNevis i edrych ar Dic Adams, ei wyneb yn ddifynegiant ond yn dywyll fel angladd. Aeth ias i lawr cefn y gwleidydd. Cerddodd Simonds tuag at y lle tân a diffodd y teledu â'r teclyn oedd ar y bwrdd isel o flaen y soffa.

'Wel, Dic?' gofynnodd McNevis yn araf, gan wahodd y gwleidydd â'i law i eistedd ar y soffa.

Llusgodd Adams ei draed heibio i McNevis a chymryd ei le ar ymyl y dodrefnyn. 'Dwi'm yn gwbod sut uffar ma hyn wedi digwydd, Ryland. Ond . . .'

'Simonds, pôr ddy man y drinc, wil iw?' gorchmyn-nodd McNevis gan dorri ar draws.

'Dwi'n iawn,' atebodd Adams yn ddistaw, ei law chwith yn crynu wrth chwarae â'i wig yn nerfus a McNevis yn sefyll uwch ei ben, fymryn yn rhy agos ato.

'Mêc it y larj wyn,' bloeddiodd McNevis ar Simonds

wrth y bar ar ochr bella'r ystafell. Gwenodd fel llew bodlon ar Adams. 'Gwed y cyfan, Dic, onli in Inglish ffor awyr ffrend, Simonds, hiyr.'

Rhoddodd Simonds wydriad o wisgi yn llaw'r gwleidydd gan edrych arno'n hollol wag o emosiwn. Teimlodd Dic Adams y chwys yn oeri ar ei dalcen a chymerodd lymaid mawr o'r hylif brown tywyll cyn dechrau ar ei stori.

■

'. . . and dden ddis wymyn, Judy, côld,' meddai Adams, ar ôl bod yn siarad am bum munud. Nid oedd McNevis na Simonds wedi symud cam.

'Landlain? Mobail?' gofynnodd McNevis.

'Mobail. Myst haf got ddy nymbyr off Angelina, ddy prosi.'

'Roies di dy rif ffôn i ryw slapyr gwrddest ti mewn bar?'

'Hwn oedd y . . .'

'English,' cyfarthodd Simonds.

'Ddis wasynt ddy ffirst taim ai was widd this wyn.'

'This Angelina?'

'Coréct. Ai met hyr . . . let mi thinc. Ai met hyr last Ffraidei afftyr y rawnd of golff and y mîting in ddy Celtic Manyr. She was in ddy bar. Ai bôt hyr y drinc, and dden. Wel, iw now . . .'

'And the second?' gofynnodd Simonds.

'Shi sed shi lifd in Niwport, so ai peid ffor hyr tacsi intw ddy siti on Satyrdei.'

'Where in Newport?'

'Ai down't now. Nefyr ascd. Wi met in Ddy Gôt Meijyr in ddy siti sentyr. Ai slipd hyr ddy cî tw y rŵm in ddy Churchills Hotel. Wi twc sepryt tacsis and ddat's wen ai gêf hyr mai nymbyr and areinjd tw mît yp agein on Myndei nait, afftyr wyrc.'

'She must've been a great shag, this Angelina,' meddai Simonds. Edrychodd Adams i fyny arno'n wylaidd. 'Carry on.'

'Iw now ddy rest. But ddis Judy . . .'

Torrodd McNevis ar ei draws. 'Pam 'nest ti racso'r DVD, Dic?'

'Be?'

'Pam rhacso'r ddisg? Byse gwd inffo'n gallu bod ar hwnna, 'chan.'

''Nes i'm meddwl, Ryland. Y red mist, ma raid.'

'What did this Judy bird ask you for?' gofynnodd Simonds.

'Ddis is it, lads. She sed ddy shêl driling contract was tw go tw the Willis Fortuné Corporation. And ddy . . . ddy . . . wind-ffarm grîn-lait wyd go tw GreenSteer.'

'Bygyr off!' bloeddiodd McNevis. Nodiodd unwaith ar Simonds yn sefyll wrth ysgwydd Adams.

'Get up,' mynnodd Simonds.

'Sori?'

'Get your fat fucking self up off your fat fucking arse.'

Edrychodd Dic Adams i fyny'n erfyniol a dryslyd ar McNevis. Cododd yntau ei aeliau a chrechwenu'n ddirmygus arno. Safodd y gwleidydd a chymerodd Simonds y gwydr gwag oddi wrtho'n bwyllog a'i osod ar ymyl bwrdd oedd yn dal planhigyn gerllaw. Yna, dyrnodd Simonds y gwleidydd yn galed a chyflym yn ei stumog. Unwaith.

Disgynnodd Adams i'w bengliniau a'i wyneb yn troi'n borffor, ei fochau'n chwyddo fel pe bai am chwydu, tuchanodd a glafoer a pheswch yn tasgu o'i geg. Gafaelodd ym mhwll ei galon a dechrau ymladd am anadl gan gadw twrw fel dŵr yn llifo o fath. Am eiliad meddyliodd fod cyllell yn llaw Simonds a'i fod wedi'i drywanu'n farw yn y fan a'r lle.

'Faint odyn ni wedi infesto yndo ti, Dic?' gofynnodd McNevis yn ddidaro. 'Ti ddim yn cofio? Wel, wi'n cofio. Tŵ hyndryd and fforti thowsand, Dic. Bron i gwarter miliwn. A mwy i ddod os ti'n delifro popeth ti wedi addo. Lot fawr mwy.'

Gafaelodd Simonds yn llabedau siaced y gwleidydd a'i lusgo oddi ar ei bengliniau cyn ei sodro'n ôl ar y soffa. Dechreuodd Dic Adams grio.

'Gwed wrtha i, Dic. Ti'n meddwl bod y Judy 'ma'n gwbod am 'yn areinjment bach ni?'

Ysgydwodd Adams ei ben.

'Ti ddim yn meddwl 'i bod hi? Neu odyt ti'n gwbod nad yw hi?'

'Tydi hi'm yn gwbod dim byd amdana chdi a fi, Ryland.' Tagodd Adams y geiriau fel bwledi o wn.

'Ti'n swno'n siŵr iawn yn syden reit, Dic.'

Nodiodd Adams yn gyflym a di-baid, ei ben wedi'i blygu a'i wig wedi'i symud oddi ar ei echel ryw fymryn. Rhoddodd Ryland McNevis ei law ar y wig a'i osod yn ôl yn ei le cywir. Gwingodd Adams yn ofnus gyda chyffyrddiad McNevis.

'Ond chi politishians yn gallu synhwyro'r pethe 'ma'n well na ni'r plebs, siŵr o fod.'

'Hwn oedd y ffics,' meddai Dic Adams wrth edrych ar McNevis. 'Os bysa hi'n gwbod amdanan ni, fysa hi wedi dweud mai tshenj of plan oedd y blacmeil. Hwn ydi'r ffics. Dyna pam dwi'n siŵr. Chafodd McNevis Construction mo'i grybwyll, felly dwi'n siŵr bod y ddynes 'ma'n rhyw fath o eijynt i Willis Fortuné Corporation a GreenSteer. Dyna dwi'n feddwl. Mae o i gyd amdan y contracts. Chwarae'n fudur maen nhw, ti'm yn meddwl?'

'Olréit,' meddai Ryland McNevis, yn fwy wrtho'i hun na neb arall, a phwyso yn erbyn y wal wydr. Aeth yr ystafell yn ddistaw am ychydig heblaw am dwrw Adams yn chwythu'i drwyn llac mewn i hen hances bapur y cawsai hyd iddi ym mherfeddion un o'i bocedi.

'Simonds, ffaind ddis Anjelina hôr and têc it ffrom dder. Têc Newsom and Fox widd iw. Byrn ddeir haws dawn.'

'How quiet do we have to be, boss?'

'Ai dw not gif y Donald, mai ffrend. Just don't bring iôr blydi bŵts hôm ontw mai carpets, comprende?'

Nodiodd Simonds i gyfeiriad y gwleidydd, oedd yn belen pathetig ar ymyl y soffa. 'What about smiler-boy?'

'Chware di 'u gêm nhw, Dic. Ti'n clywed?' Cynigiodd McNevis ei law iddo. Gafaelodd Adams ynddi a thynnodd McNevis y gwleidydd i fyny oddi ar y soffa i'w sefyll. Cydiodd Adams yn y man lle'i trawyd yn ei stumog gyda'i law rydd. 'Fel bo' ti'n folon neud beth bynnag ma nhw moyn, ocê?'

'Beth bynnag ti'n ddeud, Ryland.'

'Teic him bac to ddy Bei,' meddai McNevis gan daro Adams sawl gwaith yn ysgafn ar ei foch.

8

Powliodd y ferfa i mewn i'r sied a choesau eiddil, noeth Llŷr Osian Morgan yn dolian yn stiff bob ochr i'r handlenni. Carl Gunther oedd yn gwthio. Ciciodd y ffarmwr moch y drws pren ynghau ar ei ôl a gyrru ymlaen i ganol y sied hir a thywyll, y moch yn eu tylciau bob ochr yn rhochian wrth iddo'u pasio. Gyrrodd y ferfa drwy lenni plastig trwm, oedd yn hongian mewn stribedi trwchus fel wal glir, drwodd i ystafell gefn lle roedd lleuad fain yn goleuo'r waliau gwyn yn llwydlas drwy ffenest yn y nenfwd. Roedd bwrdd dur gloyw yng nghanol yr ystafell a byrddau pren, dan orchudd o offer, wedi'u gwthio yn erbyn y wal ar y chwith.

Tynnodd Gunther ar gortyn oedd yn hongian uwchben y bwrdd a thanio stribedau golau llachar i oleuo wyneb arian y bwrdd. Cododd y corff noeth allan o'r ferfa – y cyhyrau wedi'u rhewi gyda sythder angau – a'i osod ar y bwrdd. Camodd tuag at y byrddau ar yr ochr a chydio yn un o'r hanner dwsin o lawlifiau oedd yno. Ei hoff lif.

Dyma'r unfed corff ar bymtheg iddo'i osod ar y bwrdd arian fel hyn – un ar bymtheg mewn un ar ddeg o flynyddoedd. Roedd Gunther wedi bod yn lladd ers dros ugain mlynedd ond dim ond ers un mlynedd ar ddeg roedd o wedi bod yn bwydo'i ysglyfaeth i'r moch. Awgrym Judy Fisher oedd hyn yn wreiddiol. Un o'i syniadau gorau hi, meddyliodd Gunther wrth ddechrau ar ei waith. Y breichiau gyntaf.

Y person cyntaf iddo'i ladd, er nad oedd o'n siŵr a oedd hi'n cyfri mewn difri calon, oedd ei fam. Roedd hi'n dal yn fyw pan wnaeth o gau'r drws a'i gadael i fygu i farwolaeth. Roedd ei dad a'i frawd Walter eisoes â'u pennau wedi suddo yn y biswail. Ond roedd ei fam, Gwen, yn dal i gydio yn ymyl y pydew, ei gwefusau'n lliw glas annaturiol a'i llygaid yn chwyddedig ac yn goch. Ceisiodd Gwen ofyn i'w mab am gymorth ond roedd hi'n rhy wan i siarad. Eiliad yn unig fuasai Gunther wedi'i gymryd i lusgo'i fam o'r pydew, ond nid dyna oedd ei reddf. Dechrau newydd, dyna oedd gan Carl Gunther ar ei feddwl. Y fferm i gyd iddo'i hun. Cychwyn o'r newydd, fel ei daid, Jurgis, saith deg mlynedd ynghynt.

■

Roedd Jurgis Gunther wedi mudo o'i famwlad, Lithwania, pan gipiwyd y brifddinas, Viḷṇa gan y Pwyliaid ym miwtini ffug Želigovskio yn 1920. Milwr yn y Bedwaredd Gatrawd oedd Jurgis Gunther, yn amddiffyn diwylliant ac ymreolaeth Lithwania rhag eu cymdogion ymosodol, y Pwyliaid. Pan chwalwyd ei gatrawd ac y meddiannwyd ardal anferth o Lithwania gan fyddin y Cadfridog Želigovskio, penderfynodd Jurgis ddianc dramor. Maes o law, yn 1922, glaniodd yng Nghymru a dechrau bywyd newydd yno. Yn 1923 priododd Jurgis ag Alice Fairchild yn Amwythig a mynd i weithio ar fferm ei thad. Etifeddodd Jurgis y fferm yn 1930 ac erbyn hynny roedd ganddo dri o blant; Vilhelmas, tad Carl, oedd y 'fengaf. Erbyn canol y degawd roedd dau o'r plant wedi marw o'r dwymyn goch a gadawodd y clefyd Vilhelmas, neu Wil Gunther, yn fyddar yn ei glust chwith. Oherwydd ei gyfenw dieithr, a'r ffaith iddo deithio drwy'r Almaen i gyrraedd Prydain, rhoddwyd Jurgis mewn gwersyll caethiwo gan y llywodraeth ar ddechrau'r Ail Ryfel Byd, ond o fewn ychydig fisoedd cafodd ei ryddhau fel 'estron dosbarth C', nad oedd yn fygythiad i'r wlad. Ond surodd Jurgis yn erbyn ei wlad fabwysiedig yn sgil hyn a throdd yn ddyn chwerw a blin, gan ddysgu Wil i fod yr un mor ddrwgdybus ag o. Ac felly y magwyd Carl a'i frawd, Walter: i fod yn galed ac anghymdeithasol, wedi'u hynysu ar y fferm, yn siarad Cymraeg a Saesneg gyda'u mam, Gwen, a dim ond Lithwaneg gyda'u tad, er na wnaeth Wil erioed sefyll ar dir gwlad enedigol y tad-cu.

Damwain ddiwydiannol a thrychineb deuluol, oedd dyfarniad y crwner. Roedd Wil Gunther, y tad, wedi disgyn i'r pydew ac roedd Walter wedi syrthio'n anymwybodol, wrth geisio'i helpu, oherwydd y nwyon gwenwynig a ryddhawyd o waelodion y pydew biswail gan ymaflyd Wil wrth ymdrechu i ddod ohono. Daeth Gwen Gunther i'r sied a darganfod ei gŵr a'i mab hynaf â'u pennau wedi'u suddo yn y budreddi drewllyd. Ceisiodd Gwen eu hachub ac anghofiodd am beryglon y pydew, ac felly disgynnodd hithau o dan ddylanwad anweledig y methan, carbon deuocsid, amonia a hydrogen sylffid hefyd. Yna, daeth Carl Gunther adref a chlywed erfyniadau olaf pathetig ei fam yn y sied slyri. Roedd o'n ddwy ar hugain oed pan gaeodd y drws ar ei fam. Aeth i'r tŷ a gwneud paned o goffi iddo'i hun. Pan aeth yn ôl i'r sied roedd ei fam wedi suddo o'r golwg, ac roedd Carl Gunther yn unig etifedd fferm chwe chan erw gydag wyth deg o warheg godro, ar y ffin rhwng Cymru a Lloegr, rhyw bum milltir o Amwythig.

Gwerthodd Gunther y fferm am ffortiwn a phrynu fferm foch Tyddyn Afallen ar y bryniau uwchben Aberystwyth. Hen ffermdy drafftiog oedd Tyddyn Afallen, a saith deg pump erw o goedwig yn ei amgylchynu, dwy berllan afalau aeddfed ac un gyfrinach nad oedd yn ymddangos ar y gweithredoedd.

Yn ystod yr Ail Ryfel Byd, â phethau'n edrych yn ddu ar Brydain, adeiladwyd cyfres o fynceri cyfrinachol anferth ledled y wlad – mannau cudd i'r gwrthsafwyr allu byw a chynllunio'u hymosodiadau yn erbyn eu goresgynwyr ffasgaidd, pe bai'n dod i hynny. Cloddiwyd un o'r bynceri hyn yng nghanol coedwig ar dir Tyddyn Afallen. Ugain troedfedd o dan y ddaear, trwy ddrws dur wedi'i gysgodi gan ddwy graig anferth, roedd wyth ystafell fawr wedi'u cysylltu gan goridor hir ar hyd ochr dde'r byncer. Roedd toiledau a sinciau yn y saith ystafell gyntaf a lle i bedwar gwely dwbl ynddynt. Yr ystafell bellaf oedd yr ystafell ymolchi, gyda dau fath a sawl cawod ynddi ac wedi'i theilsio o'r llawr hyd y nenfwd.

Drws nesaf i'r baddondy roedd yr ystafell lle roedd y myfyriwr ifanc o'r dref gyfagos wedi treulio cyfnod o ychydig mwy na mis. Damwain a hap oedd fod Gunther wedi taro heibio'r byncer yn hwyr y noson honno a gweld dŵr yn ymledu o dan ddrws y gell bellaf a thwll lle'r arferai'r toiled fod, a'i wystl yn amlwg ar ffo. Syllodd i mewn i'r twll, prin yn gallu credu bod dyn yn medru ffitio i ofod mor fach. Roedd yr ystafell yn socian a'r bibell ddŵr yn tasgu ar hyd y waliau.

Nid oedd Gunther wedi panicio. Yn hytrach, roedd wedi gwenu'n llydan wrth feddwl am ddewrder ffôl ac anobeithiol y llanc. Mae pob dyn angen gobaith mewn bywyd, meddyliodd. Roedd o wedi cipio'r llanc, heb feddwl, bron â bod. Gweld ei gyfle wrth ei wylio'n gogrwn mynd ar ei ben ei hun ar hyd y prom. Neb arall o gwmpas. Syniad beiddgar a ffôl dros ben mewn gwirionedd. Uffernol o beryglus. Uffernol o gyffrous.

Roedd wedi llofruddio Llŷr Osian o fewn yr awr ac yn awr, yng nghrombil tywyll y nos, roedd yr hyn oedd yn weddill o'i gorff ar y bwrdd dur yn y broses o gael ei ddynnu'n ddarnau. Bwyd i'r moch mawr.

Roedd wedi dechrau ar ei yrfa fel llofrudd y flwyddyn

ar ôl iddo brynu Tyddyn Afallen, a bellach roedd wedi claddu deg o gyrff dan orchudd o galch a phridd, yn ddwfn yn y goedwig binwydd drwchus wrth gefn y ffermdy. Dim ond un a gipiwyd oedd wedi cael ei draed yn rhydd cyn heno, a hynny am fod Gunther wedi taro bargen ryfeddol â hi.

Judy Fisher.

'Nôl yn 2001, meistres puteiniaid o Ellesmere Port oedd Judy Fisher, a phuteiniaid oedd unig ysglyfaeth Gunther yn y cyfnod hwnnw. Pan ddôi'r awydd, yn gynnwrf afreolus a gormodol, roedd Gunther yn teithio i wahanol ddinasoedd ac yn dewis ysglyfaeth ar hap – Birmingham, Swindon, Abertawe, Bryste, ar hyd ac ar led Cymru a Lloegr. Yr unig risg oedd y daith adref i Dyddyn Afallen â'i ysglyfaeth yng nghefn ei gerbyd. Ond, os digwyddai iddo gael stop gan yr heddlu, ni fuasai o reidrwydd ar ben arno gan nad oedd unrhyw dystiolaeth o'i weithgareddau 'nôl ar y fferm. Y cyfan y buasai'r awdurdodau'n weld fuasai putain wedi'i chipio gan ffarmwr unig heb unrhyw gofnod o droseddu blaenorol. Ond wrth yrru'n ofalus a thrwy gynnal a chadw'r gofal ar ei gerbydau, ddigwyddodd hyn byth. Ac wedyn, wrth gwrs, fyddai neb yn gweld y butain, boed yn wryw neu'n fenyw, yn farw neu'n fyw, byth eto. Felly, gan nad oedd yn eu cymryd o'r un ardal ddwywaith nac yn yr un modd ychwaith, nid oedd patrwm deongladwy, amlwg yn datblygu. Wedi'r cyfan, roedd degau o filoedd o bobl yn diflannu yn yr ynysoedd hyn bob blwyddyn, felly pwy oedd yn mynd i godi stŵr am lond llaw o buteiniaid?

Neb, siŵr iawn.

Cadwai Gunther y puteiniaid am ychydig wythnosau, weithiau am gwpwl o fisoedd, yn un o'r saith cell yn y byncer. Byth mwy nag un ohonynt ar y tro. Câi ei fwynhad eithaf yn eu clywed yn pledio ac yn crio am ryddid, am drugaredd ac weithiau, heb fod yn bell o'r diwedd, yn erfyn am gael marw.

Ond roedd Judy Fisher yn wahanol. Oedd, roedd hi wedi ymateb yn yr un modd ystrydebol o erfyniol â'r gweddill ar y dechrau, ond ymhen wythnos roedd y ddynes wedi llonyddu, fel pe bai wedi derbyn ei ffawd. Croesawodd hi Gunther i'w hystafell â gwên annisgwyl a dechrau'i alw'n Ffarmwr. *Hello, Farmer. I can smell the muck on yer. Come to have yer dirty way with me, have yer?* Roedd y newid yma yn ei hymddygiad wedi goglais chwilfrydedd Gunther. Nid oedd erioed wedi sgwrsio ag unrhyw un o'i westeion arbennig ond cafodd ei hun eisiau mynd i'r byncer i glywed beth oedd gan yr hwran yma i'w ddweud wrtho. Beth oedd ar ei meddwl? Pam nad oedd hi mwyach fel petai'n ofni Carl Gunther, ei charcharor?

Ei llofrudd.

Ymhen wythnos, dyma Judy Fisher yn rhoi cynnig i Gunther. Beth pe bai hi'n ymuno ag ef yn ei weithgareddau tywyll? Beth pe bai hi'n darparu ysglyfaeth ar ei gyfer? Merched na fuasai byth yn cael eu hystyried yn golled i neb. Y merched coll a oedd yn dod o fewn cylch ei dylanwad hi bob dydd. Merched o ddwyrain Ewrop a gwledydd Affrica, pobl ifanc o gartrefi plant, y digartref, y rhai mewn sefyllfaoedd enbydus a'r naïf. *What youse think of that, Farmer?*

Wel, meddyliodd Gunther. Wi ddim yn gwbod beth i feddwl.

Cymerodd ddiwrnod i ystyried ei ymateb i'w chynnig.

A sut byddai'n sicrhau ei bod hi o ddifri?

Penderfynodd ddangos y pinnau hetiau iddi.

Rhuthrodd i mewn i'r gell a chydio'n frwnt yn Judy Fisher cyn ei gwthio'n ffyrnig i eistedd ar y gadair fetal galed a'i chlymu'n sownd iddi. Rhwymau cadarn a thenau o blastig du tua deunaw modfedd o hyd â llygaid yn un pen i allu tynnu'r pen arall drwyddynt yn dynn o gwmpas ei breichiau a'i choesau. Aeth allan a dychwelyd gyda chadair debyg a'i gosod gyferbyn â Judy Fisher. Diflannodd eto, cyn ailymddangos â bwrdd bychan, ei wyneb pren yn cyrraedd hyd at ei bengliniau, a'i osod rhwng y ddwy gadair. Ni ddywedodd Judy na Gunther yr un gair, ond roedd Gunther yn gallu gweld yr ofn yn ôl yn llygaid ei garcharor. Aeth allan i nôl ei binnau. Cerddodd i mewn gyda'r pedwar deg chwech o binnau arian, wedi'u harddangos ar stand arian fel plu cynffon paun. Roedd y daliwr pinnau wedi'i addurno â phatrymau blodeuog cymhleth a grëwyd gan of arian arbennig. Disgleiriai pennau'r pinnau yn gynlluniau haniaethol a thra-addurniadol, rhai o aur, y mwyafrif yn arian, yng ngolau'r stribed golau uwch eu pennau.

Pefriai cerrig gwerthfawr ar dop ambell bin. Am eiliad, edrychai'n debyg i gacen ben-blwydd i Judy, a honno wedi'i haddurno â sparclyrs oedd heb eu cynnau eto. Gosododd y stand ar y bwrdd. Pedwar deg a chwech o binnau hetiau o oes Fictoria. Ei gasgliad personol ei hun oedd wyth ar hugain ohonynt, a'r gweddill yn etifeddiaeth gan ei fam. Rhedodd ei fysedd yn ysgafn ar hyd siâp cromen yr arddangosfa cyn aros a glanio ar un o'i ffefrynnau: pen ci, mewn aur, a'i fwstásh hir yn hongian dros ymyl ei geg a'i glustiau'n fain. Cododd y pin o'i nyth a dangos ei ben pigfain yn theatrig i Judy – fel petai'n gleddyf yn barod am ornest. Gwenodd arni, am y tro cyntaf efallai, ei ddannedd yn annaturiol o wyn a syth, fel rhai seren o Hollywood.

Rhoddodd y pin yn ôl yn ei briod le a gadael yr ystafell. Syllodd Judy Fisher ar y gromen o liw arian ar y bwrdd o'i blaen, ei meddwl yn rhedeg ar garlam drwy'r posibiliadau; nid oedd yr un ohonynt yn ffafriol.

Gwthiwyd y drws ar agor gan ferch denau mewn gwisg hafaidd liwgar, a mwgwd o ddefnydd du am ei phen. Nid oedd ganddi ddim am ei thraed budur, ac roedd Gunther yn gafael yn ei garddyrnau rhwymedig y tu ôl i'w chefn ac yn ei llusgo tuag at y gadair wag. Udai'r ferch; roedd rhywbeth yn ei cheg yn ei hatal rhag dweud dim na sgrechian. Torrodd Gunther y rhwymyn ag un slaes â chyllell hela anferth a'i sodro hi ar y gadair i wynebu Judy Fisher. Cydiodd yn y darnau plastig a dechrau rhwymo'r ferch gerfydd ei breichiau a'i choesau yn dynn i'r gadair. Dwsin o gylchoedd du yn gwasgu cnawd y ferch yn wyn a thyn wrth y ffrâm fetal. Aeth Gunther allan o'r ystafell. Wrth edrych ar y corff pathetig o'i blaen, meddyliodd Judy Fisher fod rhywbeth yn gyfarwydd amdani hi. Sylwodd fod marciau jynci ar ei breichiau a'i choesau ac yna gwelodd hi'r tatŵs ar figyrnau ei llaw chwith: L U K E mewn inc glas tywyll.

Mary. Nid oedd Judy Fisher yn cofio'i chyfenw. Merch o'r un puteindy â hi wrth y dociau yn Ellesmere Port. Un o'i merched hi. *Jesus, Mary, Mother of God*, meddyliodd wrth i Gunther ailymuno â'i westeion, a chamera fideo ar drybedd yn ei law. Gosododd y camera'n ofalus ddeg troedfedd oddi wrth y cadeiriau. Camodd tuag at y ferch a thynnu'r mwgwd du oddi ar ei phen. Udai'r ferch, Mary o Ellesmere Port, yn uchel, ei llygaid wedi'u cau yn dynn. *Jesus, Farmer boy! Youse been busy!* meddai Judy, a chwerthin wrth edrych yn feiddgar arno.

Camodd Gunther tuag at Judy Fisher gan gydio yn ei gyllell hela a'i llafn wyth modfedd o ddur gloyw laminedig yn disgleirio yn y stribedyn golau uwchben. Torrodd Judy yn rhydd o'i gafaelion plastig a gosod y gyllell yn ôl yn ei gwain wrth ei ganol. Camodd tu ôl i'r camera gan gadw'i lygaid ar Judy Fisher. Nid oedd Mary wedi agor ei llygaid ac roedd y ferch yn crynu fel deilen.

'Bai naw ai can cil a person with wyn pin,' meddai Gunther, ei lais yn uchel a hynod o fain. 'Let's sî wat iw can dw.' Pwysodd fotwm ar y camera a chynnau'r golau coch ar ei flaen.

9

Agorodd Felix ei lygaid. Deffro mewn ystafell ddiarth. Edrychodd yn otomatig am Heddwyn ar lawr fel pe bai ei feddwl angen cadarnhad nad oedd gartref yn ei wely ei hun.

'Does 'na'm adra ar hyn o bryd,' mwmialodd wrtho'i hun gan rwbio'i wyneb a dylyfu gên. Tŷ Tecwyn Keynes yn Knutsford. Heddwyn 'nôl yng Nghymru wedi neidio ar y gwely, nesaf at Karen, siŵr o fod, a gwrthod symud. Dyna steil Heddwyn pan nad oedd Felix yno i fynnu ei fod o'n mynd ar y llawr. Chwarddodd wrtho'i hun yn meddwl am Karen yn ceisio symud y bwystfil cyn rhoi 'give up'.

Bore trannoeth oedd hi, ar ôl y noson pan gyfarfu â Walter Jones a gweld y lluniau fuasai'n dinistrio bywyd y pêl-droediwr ifanc, pe baent yn gweld golau dydd. Golau'r dydd hwn wedyn yn llinyn tenau rhwng y llenni trwchus. Faint o'r gloch 'di hi? Trodd Felix i edrych ar ei oriawr ar y bwrdd wrth ymyl y gwely dwbwl. Hanner awr wedi wyth, newydd droi. Cnoc ar y drws, a hwnnw'n agor yn ara deg heb ddisgwyl am wahoddiad. Nid oedd Felix yn gwisgo dim ond blanced denau o sidan porffor a chododd y gorchudd i gyrraedd at ei geseiliau. Gwyddai rywsut mai Amélie fyddai yno cyn iddi ymddangos â mỳg o rywbeth poeth yn codi'n stêm yn ei dwy law.

'Wakey, wakey . . .' meddai Amélie, oedd yn gwisgo gŵn nos lliw hufen hyd at ei phengliniau. Sylwodd Felix nad oedd hi'n gwisgo dillad isaf o dan y dilledyn a dechreuodd larwm perygl ganu yn ei ben. ' . . . and how you say? *L'odeur du café*?'

'Coffi?' holodd Felix gan wenu'i ddannedd aur arni, ei wallt du, trwchus yn ddryslwyn blêr yn erbyn y pen gwely gwyn.

'*Oui.*'

'Wêr's Tecwyn . . . yyy . . . Tecs?' gofynnodd Felix gan dderbyn y baned a chodi ar ei eistedd ychydig yn y gwely. Disgynnodd y flanced a dadorchuddio'i stumog fflat a chyhyrog. Dechreuodd gochi o weld llygaid Amélie yn crwydro am eiliad i lawr o'i wyneb.

'He's taken Bertrand to playschool, and then to work. He said for you to call him later.'

'Rait,' meddai Felix cyn chwythu ar y coffi poeth ac felly osgoi edrych ar gorff siapus y ddynes wrth ei ochr, ei choesau'n cyffwrdd y flanced.

'You like some company in there, Felix?'

Tagodd Felix a phoeri ychydig o'r coffi 'nôl i mewn i'r mỳg. 'Sori?'

Cydiodd Amélie yn y gwpan a'i rhoi ar y bwrdd.

'Oh! Come, Felix. Are you a *fleur bleue*? A, how can I say, a prude?'

Cododd Felix ei ddwylo agored o flaen ei frest noeth. 'Ai'm y ffrend of iôr ffionsé, is hŵ ai am, Amélie. And ai won't dw ddy dirti on eni ffrend.'

Edrychodd Amelie arno, ei dwylo ar ei chluniau. 'Your friend under the *feuille de soie* seems to have another idea,' meddai wrth sylwi ar ddyndod Felix yn codi'n llumanbren dan y gorchudd sidan.

'Ddat's not an Amélie thing, ddat's y morning thing,' meddai Felix gan roi ei ddwylo dros ei falchder, ei wyneb coch yn gwingo.

'Tex is a good provider, a beautiful man in many ways. But he is not a great lover, Felix.' Agorodd Amélie y cwlwm sidan ar ei dilledyn ac ysgwydodd y gŵn oddi ar ei hysgwyddau, a syrthiodd honno i'r llawr. Nid oedd Felix yn anghywir am y diffyg dillad isaf.

'O! Amélie, plis!' ochneidiodd Felix gan gau ei lygaid ac yna chwerthin yn nerfus. Ni chafodd fwy na chipolwg ar ei chorff noeth ond roedd y ddelwedd yn ffotograff perffaith ar gynfas du ei lygaid caeëdig. 'Mam bach.'

'What is this *mam bach*?' gofynnodd Amélie gan ymuno yn y chwerthin.

'It mîns, gif mi y brêc, Amélie. Iôr y feri biwtiffyl leidi, and ai'm feri fflatyrd . . .' cododd Felix allan o'r gwely, un llaw dros ei lygaid a'r llall yn dal y gynfas sidan am ei ganol. Plygodd i lawr a chydio yn nilledyn y ddynes o Lille a'i roi yn ei dwylo gan ei hebrwng at ddrws yr ystafell wely yr un pryd. ' . . . byt ai'm going tw haf tw dicláin iôr caind offyr. Yndyr diffrynt syrcymstansis, bylîf mi, it wyd haf bîn a now-breinyr.' Teimlai groen ei braich yn esmwyth fel marmor a methodd Felix â pheidio ag agor ei lygaid am un sbec arall cyn cau'r drws ar Amélie, a golwg chwareus o bwdlyd ar ei hwyneb tlws. Pwysodd Oswyn Felix yn drwm yn erbyn y drws a golwg fel pe bai newydd weld damwain erchyll ar ei wep. Edrychodd i lawr wrth ollwng ei afael ar y flanced sidan.

'Dawn, boi,' sibrydodd.

■

Gyrrodd Felix i Wrecsam yng nghar benthyg BMW Tecwyn. Aeth yn syth i'r Cae Ras a pharcio o fewn golwg i faes parcio'r staff, a'r stadiwm gerllaw.

Estynnodd amlen o boced ei siaced a thynnu ei gynhwysion allan. Llun pasbort Tom Jones. Siec wedi'i gwneud allan i Tom Jones gan ei gefnder Walter am bum mil ar hugain o bunnoedd. Mil o bunnoedd mewn papurau decpunt. Eisteddodd yn y car o ddeg y bore tan chwarter wedi un pan welodd ddynion ifanc yn dod allan drwy ddrws ochr y stadiwm yn cario bagiau – llawer iawn o jel yn eu gwalltiau.

Ffwt-bolyrs 'di cyrraedd, meddyliodd Felix wrth agor drws y Bîmyr a cherdded tuag at yr hogiau.

'Olráit?' gofynnodd Felix i'r cynta, ond hefyd yn ddigon uchel i fod yn gyfarchiad cyffredinol.

'Alright,' atebodd hwnnw heb edrych ar Felix a pharhau i chwarae hefo'i ffôn.

'Dw iw happen tw now wêr Tom is? Tom Jones?'

Edrychodd y dyn arno am eiliad, heb stopio cerdded. 'Dunno, mate. Last I heard he was playin' Vegas.'

Chwarddodd cwpwl o'r bois tu ôl i'r digrifwr ac edrychodd yntau dros ei ysgwydd arnynt a gwenu.

'I 'eard he was in jail,' meddai un arall. 'Killed some bird called Delilah. Gonna hang 'im, I heard.'

''S not unusual,' meddai'r trydydd, a'r cwbwl lot yn pasio Felix gan chwerthin.

'He only plays the away games,' dywedodd yr un olaf o'r criw gan droi i wynebu Felix wrth ddal i gerdded am yn ôl. 'Doesn't like the green green grass of home, like.'

'Ooooh. Back of the net, Sammo!' bloeddiodd un o'r hogia a chynnig *high five* i Sammo.

Ocê, meddyliodd Felix gan estyn ei sbectol haul o'i boced a'i rhoi ar ei drwyn. Cerddodd yn ôl tuag at ei gar a phwyso arno'n edrych ar yr hogiau'n pasio, un ar ôl y llall, yn eu ceir a'u 4 x 4s. Cododd ei law ar bob un ohonynt yn eu tro a gwenu'n ysgafn. Stopiodd y car olaf gyferbyn â Felix ac agorwyd y ffenest gan Sammo.

'Does he owe you money?'

'Nythin laic ddat.'

'He's a worthless cunt and I hope you break his fuckin' legs,' meddai Sammo, a chasineb yn amlwg yn ei chwyrnu. Gadawodd Felix i'r geiriau hongian fel ogla drwg yn yr awyr. Nodiodd ei ben yn ddifater. 'Third trainin' he's missed this month. Boss is gettin' right pissed with 'im. Try Ladbrokes on Lord Street, or one of the nearby pubs. He'll be there or thereabouts.' Gyrrodd Sammo i ffwrdd, cyn iddo ddarfod y frawddeg bron.

Ddwy awr yn ddiweddarach roedd Felix ar y ffôn wrth y bar yn yr Horse and Jockey, dafliad carreg o'r bwcis.

'Dwi 'di ca'l hyd i'r cefnder,' meddai Felix yn ateb i helo amheus Tecwyn ar y ffôn, yntau'n amlwg ddim yn nabod y rhif.

'Felix, lle wyt ti?

'Mewn rhyw Yi Oldi Pỳb, rywle'n ganol Wrecsam. Y Jocis mae nhw'n 'i alw fo.'

'Dwi ddim yn nabod Wrecsam, felly . . .'

'Beth bynnag,' meddai Felix. 'Mae'r boi yn goc-oen llwyr. Wâst o garbon ffwtprint, go iawn.'

'Ti 'di siarad hefo fo?'

'Fi 'di 'i ffrind gora fo, erbyn rŵan. Oedd o yn y bwcis yn edrych ar y rasys ar y teli, golwg pell i ffwrdd yn 'i lygaid. 'Nes i ddechra sgwrs, crafu'i din o 'chydig am y ffwtbol, wedyn cynnig mynd am beint, fi'n talu.'

'Jyst fel 'na.'

'Jyst fel yna,' meddai Felix gan edrych ar Tom Jones drwodd yn y bar yn mynd drwy bocedi'i jîns yn sefyll wrth ymyl y peiriannau ffrwythau. 'Dwi yma ers awr a hanner a dio'm 'di stopio siarad, y fyrbals go iawn ar yr 'ogyn 'ma. Winjio am 'i gyflog o. Bitshio am hen gariadon. Ceg fel napi babi gynno fo. Wedyn ma gynnon ni opshyna.'

'Be ti'n feddwl?' gofynnodd Tecwyn.

'Os 'na i gario mlaen i brynu'r drincs, ella fydd o'n deud wrthan ni be 'dan ni isho'i wbod heb or'od rhoi'r twenti ffaif grand iddy fo. Ond wedyn ella fydd o'n cau'i geg am byth os 'na i stringio fo mlaen am llawer hirach heb ddweud wrtho pwy ydw i a be dwi isho, go iawn. Ond mae'r boi yn gymaint o dwat, ella fydda i wedi'i hitio fo cyn bo hir, ti'mbo?'

'Ffycin, iôr côl, Felix. Ond dim y twenti ffaif grand sy'n bwysig yn fama. Jyst ffonia fi wedyn, ia?'

Rhoddodd Felix y ffôn yn ôl yn ei grud a chydio yn y newid a'r ddau beint oddi ar y bar. Cerddodd 'nôl at eu seddi wrth y ffenest yng nghornel bella'r bar ac edrych allan ar neb o gwbwl yn pasio ar hyd y stryd gul ganol prynhawn. Roedd y dafarn hefyd yn dawel heblaw am drydar electronig gwallgo'r peiriant ffrwythau a Tom Jones yn ei gicio a'i waldio cyn rhegi'n uchel ac anymddiheurol. Cododd yr hen daid, unig gwsmer arall bar y Jocis, ei ben o'i groesair ac edrych ar Tom yn ddifynegiant.

Cerddodd Tom tuag at Felix a chydio yn ei beint o lagyr. 'Ffycin robar myshîn, landlord wedi'i ffidlo fo, ffycin garyntîd.'

'Tom?'

'A ma'r Heineken 'ma'n wotyrd dawn hef . . .'

'Tom?'

'. . . yd. Ffyc, ma'r ffycin dre 'ma'n shit-ho . . .'

'Tom!' meddai Felix ychydig yn uwch.

'Be?'

'Isda am funud, dwi 'sho gofyn rwbath i chdi.' Camodd Felix i'r ochr i ganiatáu i Tom symud i eistedd a'i gefn at y ffenest, glaw yn dechrau poeri ar sgwariau bach ei gwydr hi. Fel hyn, byddai'n rhaid i Tom Jones fynd drwy Oswyn Felix os oedd am adael y dafarn. Efallai y byddai'r awydd hwnnw'n ei gyrraedd o fewn y munud neu ddau nesaf.

'Wel? Wot? Wot? Wot?' gofynnodd, ei ddwylo a'i aeliau wedi'u codi'n ddisgwylgar.

'Wel,' dechreuodd Felix yn araf gan osod y llun pasbort o Tom wyneb i waered ar y bwrdd rhyngddynt yn sgwâr gwyn. 'Ges i hwn neithiwr, er mwyn gneud petha'n haws i fi, heddiw.'

'Be ydi o?' gofynnodd Tom heb fawr o ddiddordeb cyn casglu ei fwstásh cwrw i'w geg â'i wefus isaf.

'Llun o rywun.' Pwysodd Felix ei benelinoedd ar y bwrdd a chydio yn ei ddwrn dde â'i law chwith. Gwenodd ar Tom Jones gan ddangos ei ddannedd aur iddo. 'Rhywun oeddwn i i fod i ffeindio.'

Edrychodd Tom arno'n ddryslyd. 'Troi o drosodd,' awgrymodd Felix yn ysgafn.

Gwenodd Tom yn ôl arno a phwyso ymlaen cyn rhoi tro i'r sgwaryn gwyn a'i weld ef ei hun yn edrych 'nôl arno'n ddi-wên o'r gorffennol. 'Wot-ddy-ffyc?' gofynnodd Tom fel pe bai'n un gair.

Cydiodd Felix yn dynn yng ngarddwrn y pêl-droediwr gan beri i'r bwrdd ymddwyn fel drwm bas swnllyd a chyflwyno cyffro, terfysg a thensiwn i'r bar llonydd. Synhwyrodd Felix symudiad wrth ei ochr, cymerodd gip dros ei ysgwydd a gweld y barman yn ymddangos am eiliad cyn diflannu'n ôl i far y lolfa. Dim isho gwbod. Chwarddodd yr hen daid â gwen lydan, dim un dant yn ei geg. Cafodd Felix ei atgoffa, mwyaf sydyn, o sbageti westyrns Sergio Leone.

'Ti 'di bod yn hogyn drwg, Tom.' Stopiodd Felix wenu ond parhaodd i ddangos ei ddannedd.

'Ti'n cidio fi? Dwi'n sgwerd yp. Peid in ffwl. Misyndyrstanding 'di hwn, Mike.' Ceisiodd Tom ailfeddiannu'i law heb lwyddo.

Y mwyaf roedd o'n tynnu, y mwyaf roedd Felix yn gwasgu. Galwodd ei hun yn Mike Thor. *Fel y viking blôc 'na, hefo'r morthw'l?* roedd Tom wedi gofyn pan gyflwynodd Felix ei hun ynghynt. Ei feddylfryd ar y pryd oedd efallai bod Mike Hammer ychydig yn rhy amlwg.

'Be sy'n gneud i chdi feddwl hynna, Tomi bach?' Cymerodd Felix lymaid o'i Guinness â'i law chwith.

'Ma Judy fod wedi ffycin sortio fo, ffycin wythnos dwytha. Onest!' meddai Tom mewn llais gwichlyd.

'Faint oedd o hefyd, Tomi? Rimeindia fi.'

'Sicsti eît grand. C'mon, Mike, dwi'n colli gymaint â hynna hefo Big Malcs bron bob chwech ffycin mis. Wat's ddy big ffycin dîl, man?'

'Diolch am hynna,' dywedodd Felix gan adael iddo fynd a phwyso 'nôl yn ei gadair. 'Dwi'n gwbod pam fod chdi 'di setio fo i fyny rŵan, beth bynnag.'

'Wat ddy ffyc?' Rhoddodd Tom fwythau i'w arddwrn a gwgu'n ddryslyd ar Felix.

'Wyn taim offyr ydi hwn. Felly gwranda'n ofalus Tom, reit?'

Nodiodd Tom arno, ei dalcen wedi'i grychu wrth iddo ganolbwyntio. Aeth Felix i'w boced ac estyn y siec a'i gosod ar y bwrdd fel bod Tom yn gallu'i darllen. 'Ma hwn i chdi os ti'n deud 'tha fi yn strêt, rŵan hyn, pam ac hefo pwy 'nes di setio dy gefnder, Walter, i fyny i ga'l ei blacmeilio wythnos dwytha. Un ffycin cynnig, dyna'r oll ti'n ga'l, Tomi lad. Dim bwlshit.'

■

'Ma gynna i syniad sut i sortio'r peth 'ma,' meddai Felix wrth Tecwyn a Walter, 'nôl yn swyddfa'r pêl-droediwr. 'Ond mae o'n bell o fod yn ffŵl-prwff.'

'Pwy 'di'r Judy ddynes 'ma?' gofynnodd Walter.

'Hi sydd yn blacmeilio chdi, Walts,' atebodd Tecwyn.

'Hi fydd yn blacmeilio chdi,' cywirodd Felix. 'Tydi hi'm wedi gneud 'i mŵf eto. Os byswn i'n gor'od gesio, ma hi'n disgw'l i chdi symud i Man Iw cyn dechra gofyn am ffeifyrs. Synnwn i ddim bod 'na lot o ffwt-bolyrs o dan ddylanwad Judy a phobol debyg.'

'Fedra i ddim gneud hynna Felix. No can dw. No wei. Fyswn i'm yn gallu chwarae llai na hyndryd and ten pyr-sent.'

'Lle ti'n ca'l y deg ecstra 'na, Walter?' gofynnodd Felix trwy'i ddannedd, yn casáu'r ymadrodd.

'Be?'

'Dim byd. Ma gynnon ni 'chydig o amsar i neud rwbath am y sefyllfa cyn i chdi ddechrau chwarae i Man Iw ddo, does?'

'Be 'di'r plan 'ma?' gofynnodd Tecwyn.

'Be 'dan ni isho mwy na ddim byd, ar y stêj yma, ydi gwbod pwy 'di'r gelyn. Pwy yn union 'dan ni'n delio hefo. Ca'l y Judy person 'ma a'i chriw i ddod i'r amlwg. Cytuno?' Nodiodd Tecwyn a Walter, eu hwynebau'n edrych o ddifrif. 'A'r unig beth sydd gynnon ni ydi rhif ffôn y Judy 'ma, gan dy gefnder.' Dangosodd Felix y slip papur bwcis a'r rhifau arno i'r ddau. 'Yn amlwg, does 'na'm pwynt jyst ffonio hi fyny a gofyn am y lluniau'n ôl, felly . . .'

'Ia?' meddai'r ddau wrandawr yn ara deg ac ar yr un pryd.

'Wel, ma gynna i ffrind. American, o'r enw Clifton Cassell. Cliff. Mae o'n actor ac yn sgwennwr . . .' Nodiodd y ddau arno'n gegagored a dechreuodd Felix wenu.

■

Edrychodd Judy Fisher ar y Nokia Lumia, un o'r deg smart-ffôn mewn hanner cylch ar bedestalau ar y ddesg o'i blaen. Roedd y Nokia yn chwyrnu ac wedi goleuo'n wawl oren llachar. Nid oedd hi na'r ffôn yn adnabod y rhif. Oherwydd y ffordd roeddynt wedi gosod eu systemau cyfathrebu yn eu lle, roedd hyn yn anghyffredin iawn. Un ffôn i bob un prosiect, un rhif ffôn i bob un prosiect.

'Geoff,' bloeddiodd Judy o'i sedd tu ôl i'r ddesg. 'Come in here.'

Chwyrnodd y ffôn dair gwaith eto cyn i Geoff Seacome ymddangos, allan o wynt, yn nrws y Portakabin. 'Boss?' meddai, â brechdan bacwn yn ei law dde.

'Recognise this?' gofynnodd Judy, a cherddodd Seacome o gwmpas y ddesg ac edrych ar y ffôn cyn ysgwyd ei ben. Pwysodd Judy fotwm ar y ffôn heb ei godi oddi ar y pedestal. 'Yes?'

'Is that Judy?' gofynnodd rhyw ddyn ag acen Americanaidd. 'I was just gonna hang up.'

'Who's this?'

'You don't know me. I'm Jake Vanderhaughe, I'm callin' from Riverside County, California.'

'Yes?'

'I was told you might be of service to us on a . . . how can I say . . . a delicate matter.'

Dangosodd Seacome dudalen Gwgl Jake Vanderhaughe i Judy Fisher oddi ar iPad. Jake Vanderhaughe. Un o'r uwch-swyddogion ym mhencadlys y Church of Scientology yn Gold Base, Riverside County, California. Cododd Judy ei haeliau ar Seacome a gwenu fymryn. 'Yes? How did you get this number, Mister Vanderhaughe?'

'When we have a problem, we need a solution. We find the numbers, Miss Judy, we find the right numbers. We had five different cell numbers for you; this is the third I've tried and the first that's been answered,' meddai Vanderhaughe.

Gwgodd Judy ac ysgwyd ei phen ar Seacome, yn amlwg heb fod yn or-hoff o'r ateb. 'Go on.'

'We have a VIP coming over to your country, England. We need eyes and ears on him. That simple.'

'That simple, Mister Vanderhaughe? In my experience nothing is ever that simple.'

Chwarddodd Vanderhaughe i lawr y lein ac ar draws cefnfor yr Iwerydd. 'You've got me there, Missy. Things do have a way of sometimes gettin' complicated, all of a sudden, right?'

'Who is this person?'

'Not so fast, Miss Judy. Will you accept the contract?'

'Not without a lot more information and a little taste,' meddai Judy Fisher.

'What's the expense on your side? How many in a surveillance team?'

'It'll be a flat fee, Mister. If I take the contract.' Edrychodd Judy ar Seacome eto gan bwyntio at y ffôn ac ysgwyd ei phen, bysedd ei llaw chwith yn gwasgu ffroenau'i thrwyn ar gau.

'I was thinkin', one fifty. Fifty upfront, wherever you want it.'

Newidiodd hyn osgo Judy'n llwyr a throdd ei chlust

tua'r ffôn fel pe bai newydd glywed y gwcw yn y pellter, ei hwyneb esgyrnog yn ddifynegiant. 'Fifty grand?'

'If that's acceptable,' meddai Jake Vanderhaughe.

'Pounds or dollars?' gofynnodd Judy gan edrych ar Seacome â gwên lydan ar ei hwyneb.

'We're talkin' your English pounds, here.'

Arhosodd Judy am eiliad cyn chwerthin-ofyn, 'Who is this VIP? Tom fuckin' Cruise or someone?'

Chwarddodd Vanderhaughe yn nerfus cyn clirio'i wddf. 'You don't know who he is, even after he arrives at the location. You don't know who he is. Even when you *know* who he is, you don't know who he is. Is that understood, Miss Judy?'

'Discretion is the better part of valour, Mr Vanderhaughe.'

'And curiosity killed the cat, Miss Judy. You observe, you record, you deliver all copies. No keepsakes. There will be repercussions otherwise. Do we understand one another?'

'Of course. And the money?'

'As I said, if our terms are amenable, the first payment can be made immediately. You just have to say where and when.'

'I have an account with a bank in Hong Kong. Can I send you the details to this number?'

'Of course, Miss Judy. We're on a tight schedule. Today's Thursday, the a.m. here, around four p.m where you are, right? The package touches down in Manchester,

England, six p.m. Saturday. Can you be ready at the location by Saturday evening?'

'When do we get the location?' gofynnodd Judy.

'Call this number when you've recieved confirmation about the downpayment, Miss . . . now what *do* I call you?'

'Judy's fine, Mr Vanderhaughe. Judy's fine for now.'

'Fine by me. Send me those numbers, then call me back when you're happy. Okay?'

'I will.' Diffoddodd Judy Fisher y ffôn ac edrych ar Seacome yn gafael yn ei farf, ei lygaid ar gau. 'Well?'

'He sends the money, he's legit, maybe. He doesn't, what's he got? Nothin'.'

'We play?'

'Play on, boss. Play on.'

■

'Whaddaya think?' gofynnodd Clifton Cassell ar y ffôn o Los Angeles. 'They buy it?'

Edrychodd Felix ar y ddau arall yn nodio arno wrth iddynt eistedd yn swyddfa Walter Jones, y ffôn ar uned uchelseinio. 'Wi thinc so, Cliff. Grêt job enihaw. Côl mi iff ddei send ddy banc dîteils, ocei?'

'Sure thing, Felix. That was a kick, buddy.'

'Leityr,' meddai Felix, a dyma'r uned sain yn marw. 'Disgwl, rŵan.' Crafodd ei ddannedd blaen aur â'i ewinedd wrth siarad.

'A be os ydyn nhw ddim wedi "bai it", Felix?' gofynnodd Walter gan godi'n sydyn a dechrau cerdded o gwmpas y stafell fel cath wyllt mewn cawell, ei ddwylo'n cyffwrdd pigau jel caled ei wallt. 'Be ffycin wedyn?'

'Walts, Walts,' dechreuodd Tecwyn, yn estyn ei ddwylo allan o'i flaen ar y soffa. 'Câm ddy ffyc dawn. 'Dan ni'n lwcus bod Felix yn fama wedi dod i fyny hefo plan Ê, heb dechra meddwl am ga'l plan Bi yn barod.'

'Ia, sori Felix. Sori, sori.' Agorodd Walter y rhewgell ac estyn can o Red Bull.

'Ti'n siŵr am hwnna?' gofynnodd Tecwyn iddo. 'Ti'n ddigon jympi fel ma hi.'

Hisiodd y diod ar agor a chymerodd lymaid hir cyn ateb. 'Ffiffti grand yn lot o bres, Felix. Ti'n siŵr bod chdi'n trystio'r Cassell blôc 'ma i sendio fo mlaen.'

Nodiodd Felix yn ateb, ei wyneb yn ddifynegiant, a gweddill ei gorff yn llonydd fel delw.

'Gwd, gwd. No probs. Gwd.' Rhoddodd glec i weddill y tanwydd a gwasgu'r can cyn ei luchio fel pêl fasged ar draws y stafell tuag at y bin metal ar y llawr rhwng Felix a'r ddesg. Methwyd y nod a phlygodd Felix i lawr yn ara deg a'i godi cyn ei ollwng yn y bin. Canodd y ffôn a *ringtone* 'Jump Around' gan yr House of Pain yn gwichian allan o'r uned sain.

Edrychodd Felix ar y ffôn. 'Cliff.' Pwysodd y botwm a galw allan. 'Cliff.'

'Guys, I've got the account details. Do I send?'

Edrychodd Felix eto ar y ddau yn edrych yn ôl arno'n ddifrifol. 'Send it, Cliff. Diolch, mêt.'

'Dee-olsh, I remember that one, means thanks, right?' Roedd Clifton Cassell wedi bod yn aros gyda Felix ym Mhortmeirion am wythnos y flwyddyn cynt tra oedd yn teithio Ewrop dros yr haf.

'Diolch yn fawr, Cliff. Thancs y lot. Send ddy adrés, dden ddy myni. Côl mi wen iw get an ansyr.'

'It's done, buddy. Take it easy.' Aeth yr uned sain yn farw eto.

'Edrych yn debyg fod plan Ê yn go,' meddai Tecwyn cyn rhoi clec i'w bengliniau â'i ddwylo a chodi ar ei draed.

10

DECHREUODD Simonds weithio i McNevis pan aeth ei glwb nos olaf i'r wal ym Mryste ar ddechrau'r mileniwm. Nid oedd y byd busnes, er y cyfleon a roddai iddo i werthu ei gyffuriau, yn cyd-fynd â'i gryfderau fel unigolyn. Sef, delio mewn trais a bygwth. Trais, a'r bygythiad o drais. Trais yn bennaf. Colbio, curo, taro, hitio, waldio, torri esgyrn, trywanu weithiau, ac achosi nifer o ymweliadau ag unedau damwain ac argyfwng. Ambell waith byddai gwrthrych ei ymosodiad yn waeth ei dynged. Ac wedyn, anaml y byddai corff ar gael i'w ddarganfod er mwyn rhoi'r gair ar led fod llofruddiaeth wedi digwydd. Diffodd egni'r enaid byw a chuddio'r corff marw, dyna oedd Simonds yn gallu'i gynnig fel gwasanaeth i Ryland McNevis. Rhedeg busnes gwaith plymio yr oedd McNevis pan gynigiwyd gwaith i Simonds yn wreiddiol. Y busnes gwaith plymio mwyaf yn ne Cymru, gyda warws anferth ar gyrion Caerdydd. Gwaith Simonds oedd sicrhau nad oedd unrhyw gystadleuaeth yn curo McNevis Plumbing am y cytundebau mawr.

Bygwth a thrais.

Erbyn canol degawd cyntaf y ganrif roedd y busnes gwaith plymio wedi tyfu'n fusnes adeiladu cyffredinol, McNevis Construction. Erbyn heddiw hwn oedd y cwmni adeiladu mwyaf yng Nghaerdydd, roedd ganddo nifer o gytundebau gwerthfawr â chynghorau a chwmnïau preifat ar hyd a lled y de. Roedd Ryland McNevis yn filiwnydd ac erbyn hyn yn codi ofn ar bawb oedd yn ddigon anffodus i ddod ar ei draws.

Dyma'r prosiect mwyaf uchelgeisiol iddo geisio amdano eto – cais am gytundeb i ddrilio nwy siâl ar ddarn anferth o dir diffaith i'r gorllewin o Gaerdydd. Hefyd, cytundeb nad oedd fymryn yn llai dadleuol, i godi tri chant o felinau gwynt ar ddarn arall o dir o'i eiddo i'r dwyrain o Aberhonddu. Prosiectau anferth, gwerth degau o filiynau o bunnoedd. Roedd y broses ddewis erbyn hyn yn nwylo'r Llywodraeth yng Nghaerdydd ac yn cael ei harwain gan bwyllgor oedd yn cael ei gadeirio gan Weinidog yr Economi, Gwyddoniaeth a Thrafnidiaeth – Richard Adams. Dyn mor fach, fel ei fod o'n ffitio'n hawdd ym mhoced Ryland McNevis.

Ond nawr, mae'r corrach bach â'r rỳg ar ei ben mawr crwn wedi gwneud mès o bethau. Llanast go iawn. A phwy oedd yn gorfod sortio'r mès 'ma allan? Simonds, siŵr iawn.

Bygwth a thrais.

Dyma'r pymthegfed cyfeiriad iddynt ymweld ag ef yn y deuddydd ers i Simonds a'i ddynion adael Tresimwn.

A gyda phob blaen esgid ar bob clo drws, roeddent yn naddu'u ffordd yn nes at yr hwran Angelina. Buasent wedi ffeindio'r ast o fewn oriau'n unig pe byddai'r twpsyn Adams 'na wedi cadw'r ffycin ddisg. Mae cael llun yn gwneud y math yma o waith yn gymaint haws. Ond dyna ni, enw oedd y cyfan oedd ganddyn nhw i weithio ag ef. Dim pwynt cwyno. Eisteddodd Fox – lwmp crwn o ddyn na allai edrych yn llai fel llwynog – wrth ei ochr yn y fan Renault Trafic llwyd tywyll yn cwyno fod y Wotsits yn y paced yn ei law yn blasu'n hen.

'What do youse expect? It's been in the glovie for months,' meddai Simonds gan stwmpio'i sigarét yn y blwch llwch. Curodd ei ddwrn ar do'r cerbyd. 'Rise and shine, big man,' bloeddiodd wrth edrych yn ei ddrych ôl ar Newsom yn gorwedd ar ei hyd yng nghefn gwag y fan.

Holodd yntau ble roedd o ac atebodd Simonds eu bod wedi cyrraedd Ranmoor ar gyrion Sheffield. Dyma nhw, wedi stopio wrth y pafin ar Gladstone Avenue, tu allan i rif 14. Y cyfeiriad a gafwyd yng Nghasnewydd rai oriau ynghynt. Puteindy taclus, mewn ardal eithaf llewyrchus, o galchfaen lliw tywod ac yn sefyll ar ei ben ei hun y tu ôl i wrych uchel a thrwsiadus.

'Newsom, you go round the back. Foxie, stay here while I go in.'

Aeth y tri allan o'r fan – y stryd yn dawel a'r awyr uwchben yn llwyd ac yn bygwth glaw. Roedd cyrff Newsom a Fox o'r maint cywir i fod yn ystrydeb o'r bownsars clwb nos yr oeddent. Simonds yn deneuach ond yn dalach, a'r tri'n gwisgo dillad du heblaw am sgidiau tedi boi coch Newsom. Safodd Fox wrth y gwrych yn edrych o'i gwmpas, ei ddwylo i lawr o'i flaen a'i fysedd wedi'u plethu i'w gilydd, ei draed ar wahân, mewn ystum bownsar. Brysiodd Newsom o flaen Simonds ac anelu am ochr yr adeilad; roedd y tŷ i'w weld yn dawel a llenni'r ffenestri crwm ar y ddau lawr ynghau. Nid oedd llawer o dystiolaeth o waith cynnal a chadw i'w weld ar yr eiddo: stympiau sigaréts yn britho'r cerrig mân ar lawr ymysg y chwyn ac ambell gan a photel gwrw yma ac acw. Roedd y paent ar fframiau'r ffenestri wedi troi'n chwysigod ac wedi sychu, a'r pren oddi tano wedi pydru mewn mannau. Nid oedd neb wedi golchi'r ffenestri ers peth amser chwaith. Camodd Simonds i fyny dau ris o lechi llydan i gyrraedd y drws ffrynt uPVC gwyrdd tywyll oedd heb flwch llythyrau na ffenest ynddo. Sylwodd fod twll sbecian ynddo, a gwenodd wrth edrych arno a phwyso'r gloch. Disgwyliodd gan glustfeinio am unrhyw dwrw o'r tu fewn. Po fwyaf roedd o'n gwrando, y tawelaf roedd yr amgylchedd i'w glywed. Yna, gwelodd ddüwch yn disgyn dros lwydni'r gwydr bychan yn y twll sbecian; rhywun yno. Datglowyd pedwar clo gwahanol cyn i'r drws agor a merch ganol oed â llawer gormod o golur ar ei hwyneb yn edrych i fyny arno a dweud, 'Bit early love. Come back in a couple of hours, yeah?'

Gwthiodd Simonds y ddynes i'r naill ochr.

'Hey! What d'ya think you're . . .'

Rhoddodd Simonds ei fys bawd ar wefusau'r ddynes

ac roedd pastwn o ledr brown tywyll wedi'i godi, bron â bod yn ffalig, yn ei law arall. Nodiodd Simonds i gyfeiriad y drws ffrynt y tu ôl iddi, a dilynodd y ddynes ei gyfarwyddyd a'i gau'n dawel. Cododd Simonds y pastwn yn fygythiol a dyma'r ddynes yn disgyn i'r gornel yn belen o ddychryn, ei dwylo dros ei phen.

'Where's Angelina?'

Arhosodd y ddynes am eiliad cyn ateb, yn siŵr o fod yn cysidro a ddylai hi ddweud y gwir ai peidio, heb edrych ar Simonds.

'Upstairs, first on the left. Moira's next door on the right . . .' gwirfoddolodd wedyn. 'Otherwise the house is empty.'

'Look at me,' gorchmynnodd Simonds mewn llais rhesymol, ac ymhen ychydig symudodd y ddynes ei dwylo'n ofalus oddi ar ei phen ac edrych i fyny ar Simonds yn gwenu wrth sefyll yn ormesol drosti. Disgynnodd y pastwn ar ei phen a'r glec yn atseinio i lawr y coridor gwag. Llithrodd y ddynes yn araf i lawr y wal i orwedd yn ddiymadferth ar y carped budur.

'You'll have a sore head in the morning,' mwmialodd Simonds wrth droi a cherdded i lawr y coridor.

Dringodd Simonds y grisiau tywyll yn gyflym heb allu bod yn siŵr nad oedd ei ysglyfaeth wedi clywed y cyffro wrth y drws ffrynt. Camodd y ddau gam ymlaen o ben y grisiau i sefyll wrth y drws cyntaf caeëdig ar y chwith. Gwrandawodd am eiliad cyn troi dwrn y drws a'i wthio ar agor yn dawel. Edrychodd ar ferch yn gorwedd ar wely dwbwl mewn ystafell binc. O gwmpas ei bronnau gwisgai dywel gwyn hir a oedd yn cyrraedd at ei phengliniau fel ffrog. Roedd tywel arall wedi'i blethu o gwmpas ei phen ac roedd ei hwyneb wedi'i orchuddio â hufen trwchus gwyrdd, dau ddarn crwn o giwcymbyr yn cuddio'i llygaid. Dawnsiai ei bysedd yn fywiog wrth ei chanol ar y tywel i rythm y gerddoriaeth ar ei iPod a'i glustffonau bychain yn gwichian.

'I'm going to enjoy this,' sibrydodd Simonds wrtho'i hun a chamu i mewn i'r stafell. Edrychodd o'i gwmpas; roedd y stafell yn debyg i lawer o weithleoedd eraill puteiniaid roedd wedi'u mynychu dros y degawdau. Popeth yn binc a gwyn, y gorchudd gwely o sidan, drychau ar bob wal ac un ar y nenfwd uwchben y gwely. *Vibrators*, dildos a chondoms yn flêr o gwmpas y lle. Oglau persawr rhad yn llygru'i ffroenau. Safodd uwch ei phen a gweld ei gwefusau trwchus yn symud ryw ychydig i ddynwared pwy bynnag oedd yn canu yn ei chlustiau. Pob nodyn a lwyddodd i sibrwd-ddianc o'i cheg yn ansoniarus o fflat.

Agorodd Simonds y drôr i'r cabinet wrth y gwely. Mwy o gondoms lliwgar, brwsh gwallt yn llawn llywethau du a phwrs sgwâr o ledr brown. Cydiodd yn y pwrs a'i agor, a gweld llun o'r butain ar gerdyn trwydded yrru. *Del iawn*, meddyliodd a sylwi ar yr enw Angelika Blaszczyk. Tsiecaidd neu Bwylaidd dyfalodd, gan stwffio'r pwrs ym mhoced ei siaced. Gafaelodd yn yr iPod Touch gwyn wrth ymyl *vibrator* pinc a phigog yr olwg ar y cabinet a phwysodd y sgrin i roi taw ar y gerddoriaeth. Llonyddodd y ferch yn syth ac aeth ei llaw dde i chwilio am y teclyn ar y cabinet. Nid oedd yno mwyach ond yn hytrach yn llaw Simonds wrth ei ochr.

'*Co piekło*?' sibrydodd y ferch gan symud i dynnu'r darnau ciwcymbyr oddi ar ei llygaid.

Cydiodd Simonds yn ei gwddf yr un pryd yn union ag y gwelodd y butain ei thormentiwr, ei llygaid yn fawr a'r hufen wyneb gwyrdd yn graciau. Gwasgodd Simonds yn dynn a gwenu arni.

'Stay still, there's a good girl. Tell me now, where can I find this Judy woman?'

■

Chwibanai Simonds yn uchel wrth gerdded i ffwrdd o'r puteindy gydag Angelika Blaszczyk farw yn addurno'i ysgwydd, ei thraed yn slempio'n llac fel rhai sgwarnog ar gefn potsiar.

Ymddangosodd Newsom yn brasgamu'r tu ôl iddo a Fox wedyn o'i flaen yn adwy'r dreif. 'Is it clear?' gofynnodd Simonds. Edrychodd Fox i'r dde ac i'r chwith i lawr y rhodfa goed dawel cyn nodio arno. Safodd Newsom yn ei ymyl a dywedodd Simonds wrtho, 'Take her, put her in the back.'

'Is she . . . ?' gofynnodd Fox i Simonds wrth i Newsom ei basio. Nodiodd Simonds a gwenu'n ysgafn.

'What she say?'

'What's it to you?' meddai Simonds.

'Nuthin.'

'Well there you go. Shut it and get in the back,' meddai Simonds wrth agor cefn y fan i Newsom.

Dyrnodd y Renault Trafic i lawr yr M1, Simonds yn sicrhau nad oedd yn gyrru'n gynt na'r 70 milltir yr awr cyfreithiol.

'Woah! She fuckin' stinks,' bloeddiodd Newsom, oedd yn eistedd yng nghefn y fan, ei esgidiau mawr coch yn pwyso ar gorff y butain.

'That's what happens when you're strangled,' meddai Simonds dros ei ysgwydd. 'You lose control . . .'

'Open the window lads, for God's sakes,' meddai Newsom.

Cymeron nhw'r M42 ac yna'r M5 a'r M4 cyn cyrraedd Caerdydd â'r golau'n dechrau diflannu o'r dydd. Cyrhaeddon nhw'r safle adeiladu ar ffordd Croescadarn ar gyrion ardal Pontprennau toc wedi naw, ac agorodd y gofalwr nos y giatiau.

Safai rhesiad o focsys mawr gwyn wedi'u goleuo'n llachar gan lampiau uchel a phwerus ar y safle, a diflannodd yr haul i ddangos düwch y cefn gwlad oedd y tu hwnt i'r waliau pren, uchel o gwmpas y safle. Gyrrodd Simonds heibio'r bocsys a dod i stop o dan y lamp bellaf. Diffoddodd yr injan cyn hanner troi i wynebu'r ddau gawr.

'They're pouring the slab for the school here tomorrow. Stick her in the hole. There's some sacks of lime in the end box there. Don't forget to stab the body several times otherwise the bitch might swell up and crack the slab. The kiddies will be goin' to school with gas masks. Questions?'

'Where youse goin'?' gofynnodd Newsom, wedi codi i sefyll yng nghefn y fan.

'See the boss. Stay here til the concrete's poured. No fuck-ups okay?'

Nodiodd y ddau a gadawodd Fox y cerbyd cyn agor y cefn. Llusgodd y ddau Angelika Blaszczyk allan o'r cefn gerfydd y darn plastig trwchus a chlir oedd o dan ei chorff anhyblyg, llwydaidd. Cychwynnodd Simonds yr injan a gyrru'n araf mewn cylch a heibio'r ddau gawr oedd yn codi llaw arno a thuag at allanfa'r safle.

■

'So shi'd nefyr sîn ddis Judy woman?' gofynnodd Ryland McNevis, yn pwyso'i gorff yn erbyn y plinth oddi tan y gwaith celf efydd o flaen ei gartref. Codai mwg trwchus ei sigâr yn gwmwl heibio'i wyneb cyn cael ei gipio'n gyflym gan awel gref a'i chwalu'n rhubanau tenau bob sut a diflannu i mewn i'r nos.

'No sir, just Seacome and Price. This Geoff Seacome was in charge, on site.'

'And ddis tacsi ffyrm?'

'Redfire Taxis, seems to be a front for their ops. Prostitution mainly, or so she thought. Blackmail being a sideline. She'd only done a couple more stings, same MO. Her and a trannie called Teri. Never got a surname, probably fake anyway. Probably called Trevor or somethin'." Safai Simonds yn syth fel milwr o flaen y miliwnydd, ei ddwylo wedi'u plethu tu ôl i'w gefn a'i draed ar wahân.

'So iw thinc Willis Fortuné and GreenSteer comishynd ddy sting on Adams not nowing hi was in mai pocet olredi?'

'Way it looks.'

'So if wi can get y hold of ddy blacmeil ffwtej wî'r bac in bisnys. And Willis Fortuné and GreenSteer won't haf y cliw hŵ did it yntil awyr man gifs ys ddy contracts. Dden it'l bi tw lêt.'

'How I see it, boss.'

'Cil ddem ôl, Simonds. Mêc it lwc gangland.'

'Not a problem.'

11

HEL MEDDYLIAU am foreau cynnar, melys wrth gerdded llwybrau Portmeirion cyn dechrau ar ei waith yr oedd Felix: Heddwyn yn loncian mynd o'i flaen yn ddedwydd a golygfeydd arbennig rownd pob cornel. Heddwyn yn gwybod y ffordd ond yn edrych dros ei ysgwydd o bryd i'w gilydd gan wneud yn siŵr fod Felix yn dilyn. Heddwyn yn gwenu arno, ei dafod pinc yn hongian allan o'i geg agored fel cadach. Agorodd Felix ei lygaid wrth i gerbyd mawr yrru heibio'i BMW. Dyma lle roedd o ar Ashbourne Road, gyferbyn â pharc Markeaton, heb fod ymhell o'r brifysgol yn Derby – ardal eithaf gwledig, a chysidro bod canol y ddinas lai na phum munud i ffwrdd.

Disgwyl i'r ddynes Judy yma, neu ei chriw, gyrraedd yr oedd Felix. Roedd ei ffrind Clifton Cassell, neu Jake Vanderhaughe fel roedd Judy yn ei adnabod, wedi gyrru'r cyfeiriad Pine Lodge, Ashbourne Road, Derby ati tua dwy awr ynghynt. Cyfeiriad tŷ nodweddiadol o'r nawdegau a oedd yn eiddo i ffrind i Tecwyn Keynes.

Ei rentio wnâi ei ffrind am bris sylweddol, fel tŷ gwyliau i bobl o dramor yn bennaf. Cael ei fenthyg am ddeuddydd roedd Tecwyn. Edrychodd Felix i lawr y stryd dawel i gyfeiriad Pine Lodge, ei lygaid yn boenus mwyaf sydyn yng ngolau llachar y prynhawn, a gwelodd fan fawr wen yn diflannu i mewn i ddreif y tŷ.

Dyma ni, meddyliodd wrth osod ei sbectol haul ar ei drwyn.

Arhosodd am ychydig, ar ôl iddo glywed sŵn dau ddrws yn agor a chau o gyfeiriad Pine Lodge, cyn cau ei ffenest a mentro allan o'i gar. Tyfai gwrychoedd uchel a thaclus wrth waelod gerddi'r tai modern ar hyd Ashbourne Road, ac roedd coed aeddfed yn cynnig cysgod i'r pafin wrth y lôn. Cerddodd Felix yn hamddenol, y ddau gan llath o'i gar i'r tŷ, ar hyd y pafin syth gan chwibanu'n isel a'i ddwylo ym mhocedi ei siaced denim ddu. Edrychodd, drwy gil ei lygaid, wrth yr agoriad i'r dreif a gweld pen ôl y Ford Transit gwyn yn llenwi'r tarmac gyferbyn â'r lawnt fechan. Roedd drws ffrynt y tŷ yn llydan agored. Stopiodd yn sydyn ar ôl mynd heibio'r agoriad, a'r gwrych trwchus yn ei guddio. Trodd Felix, gwyrodd a sbecian unwaith eto rownd y gornel ar y fan. Dim arwydd arni o gwbl, dim hyd yn oed sticer GB. Tynnodd nodiadur allan o'i boced a sgwennu rhif y plât arno. Yna, clywodd ddau ddyn yn siarad, eu lleisiau'n codi wrth iddynt gamu allan o'r tŷ: dyn ifanc tenau, pryd golau, a dyn canol oed eithaf tew a phygddu. Cododd Felix a cherdded ar hyd y pafin cyn croesi'r lôn dawel a chychwyn yn ôl at ei gar. Edrychodd, o fan ymhellach i ffwrdd y tro hwn, ar Pine Lodge wrth gerdded heibio a gweld y dyn tenau'n cario dau siwtces trwm yr olwg i mewn i'r tŷ.

Tynnodd ei sbectol haul a mynd i eistedd ar sedd gefn y BMW, â'i ffenestri tywyll yn ei guddio. Agorodd y blwch ar gefn y sedd o'i flaen ac estyn ffôn symudol. Pwniodd rif ar fotymau'r teclyn a disgwyl am ateb.

'Felix?'

'Cliff, iw can ring hyr bac naw. Wel dỳn meit, dam gwd job.'

'You're one crazy dude, Felix my friend. I'm glad I haven't a clue what this is all about.'

'Jyst fforget ôl abawt it, Cliff, ddat's ddy helthiyst opshyn.'

'Forget about what?'

'Ddat's ddy spirit! Leityr.'

'Good luck,' meddai Clifton Cassell o'r Unol Daleithiau.

Diffoddodd Felix yr alwad cyn pwnio rhif arall i'r ffôn a disgwyl eto am ateb.

'Helo, Felix?'

'Tecs. Dau ddyn a fan fawr, dim golwg o ddynes.'

'Ti 'di ffonio dy fêt, yr Ianc?'

'Newydd neud. Mae o am ffonio'r Judy 'ma i ddeud wrthi fod y VIP wedi penderfynu peidio â mynd i'r Pine Lodge wedi'r cyfan. Abandyn mishyn, felly.'

'Pa iws ydi hynna i ni, yn union?' gofynnodd Tecwyn Keynes.

'Fydd y dynion 'ma'n gada'l fama felly, cyn bo hir. A wedyn fydda i'n 'u dilyn nhw. Gweld lle ma nhw'n mynd. Ti'n dallt?'

'Wedyn be?'

'Beth bynnag. Dwi'm 'di meddwl ddim pellach na ffeindio allan hefo pwy 'dan ni'n delio'n fama.'

'Ocê, ocê. Bydda'n ofalus, Felix.'

'Gadwa i'n ddigon pell i ffwrdd, paid â poeni. Ffonia i chdi pan dwi 'di dysgu rwbath.'

'Iawn, mêt.'

Diffoddodd Felix y ffôn a'i osod yn ôl yn y blwch yn gwmni i'w waled a'i oriadau. Nid oedd am wneud bywyd yn hawdd i unrhyw un os digwydd iddo gael ei ddal yn busnesu. Nid oedd am gario dim yn ei bocedi heblaw am y co' bach SanDisk 64GB, yr USB â'r mwyaf o faint cof yr oedd wedi gallu cael ei fachau arno. Pwysodd ymlaen rhwng y ddwy sedd flaen a rhoi'r radio ymlaen. Radio 3. Cerddoriaeth gerddorfaol. Trodd Felix y sain i lawr ychydig cyn pwyso 'nôl a suddo'n isel yn ei sedd. Rhoddodd ei sbectol dywyll yn ôl ar ei drwyn. Syllodd ar yr agoriad i ddreif Pine Lodge. Dim i'w wneud ond disgwyl.

Chwarter awr yn ddiweddarach baciodd y fan wen allan o'r dreif a gyrru ymlaen tuag at gar Felix. Suddodd yn is fyth yn ei sedd cyn rhuthro'n strachlyd rhwng y ddwy sedd flaen yr eiliad yr oeddynt wedi pasio. Edrychodd yn ei ddrych ôl ar y fan yn troi'r gornel ac yn diflannu cyn tanio'r injan a gwneud trithro cyflym a'i dilyn i lawr Ashbourne Road.

Dilynodd Felix y fan i fyny i'r gogledd ar hyd yr A52 gan gadw'n ddigon pell i ffwrdd. Yn ôl ei sat nav roedd Felix yn gallu ymlacio am ychydig gan nad oedd unrhyw fforch sylweddol yn y ffordd hyd nes y byddent yn cyrraedd tref Ashbourne mewn tua hanner awr. Ar ôl cyrraedd Ashbourne gwelodd Felix y fan, tua deg cerbyd o'i flaen, yn troi i ddilyn yr A515 am Buxton.

Manceinion, meddyliodd Felix, maen nhw'n mynd i Fanceinion.

Dilynodd mewn rhes o geir drwy gefn gwlad arbennig o dlws, ei glustiau'n popian wrth ddringo, ar gyrion Parc Cenedlaethol y Peak District. Dilyn wedyn drwy dref farchnad uchel a hynafol Buxton gan droi, fel roedd Felix wedi'i ddyfalu, am Fanceinion ar Manchester Road, ag adeiladau hirsgwar, sawl llawr o uchder o galchfaen urddasol ar ei chwith. Prifysgol neu ysbyty Fictoraidd, dyfalai Felix wrth ryfeddu, unwaith eto, ar geinder a chyfoeth amlwg y trefi yma yng nghanol Lloegr – yn wahanol iawn i drefi tlawd cefn gwlad Cymru fach drws nesa.

I fyny'r A5004, heibio i Whaley Bridge – tref arall sylweddol a llewyrchus yr olwg nad oedd Felix wedi clywed amdani o'r blaen. Troi i'r chwith oddi ar yr A5004, ac i fyny'r A6. Heibio i dair tref fach arall eto oedd yn ddiarth i Felix – Danebank, Disley a Hazel Grove – cyn mentro 'nôl i gefn gwlad gwyrddlas a phrydferth. Ceisiodd gadw o fewn golwg y fan ond roedd tipyn llai o draffig yn digwydd bod ar y lôn iddo guddio tu ôl iddynt.

Yna, yn sydyn, fel roedd clustiau Felix yn popian am yr ail dro a'r gerddoriaeth ar y radio unwaith eto'n swnio'n fain a chlir, dyma'r cefn gwlad prydferth yn ildio'i le i ardal drefol flêr a di-raen. Blerdwf ar gyrion tref Stockport ar gyrion Manceinion ei hun. Roedd Felix dri cherbyd i ffwrdd o'i darged ac yn hapusach ei fyd yng nghanol prysurdeb y traffig dinesig. Mwy o fynd a dod, mwy o ganolbwyntio ar yrru dy gerbyd. Haws cuddio yn yr amlwg.

Aeth y fan i'r chwith i lawr Greek Street a dilynodd Felix, dim ond un car rhyngddynt erbyn hyn, a hanner can metr. I'r dde ar y gylchfan anferth uwchben y rheilffordd ac i'r chwith wedyn i fyny Bengal Street, dim un cerbyd rhyngddynt, Felix yn cadw'n bell tu ôl. Ardal eithaf gyffredin oedd hon, â thai teras taclus o frics coch a blociau saith llawr o fflatiau preifat â balconïau, braf yr olwg, ar eu blaenau. Ardal ddosbarth canol. Gyrrodd y fan o amgylch strydoedd tebyg: chwith, de, de, diflannodd.

Diflannu?

Crychodd talcen Felix wrth iddo sibrwd, 'Ble uffar . . . ?' Roedd y stryd o'i flaen yn hir a chul a cheir wedi'u parcio mewn rhes ddi-dor ar y chwith a llinell felen ddwbl ar y dde. Doedd hi ddim yn bosib fod y fan wedi gyrru i ben draw'r stryd ac wedi troi cyn i Felix droi'r gornel. Felly?

Felly, ble ddiawl aeth y fan?

Baciodd Felix yn ôl rownd y gornel a pharcio o'r golwg

ar y gwair ger ffens oedd yn gyfochrog â'r rheilffordd. Crafodd ei ddannedd aur blaen am eiliad neu ddwy cyn llusgo'i hun gan riddfan allan o'r car, ei gorff yn stiff ar ôl y siwrnai. Caeodd rai o'r botymau ar ei siaced Levi's ddu gan ei bod hi wedi dechrau cymylu ac oeri ryw ychydig ers iddo adael Derby, a cherdded at gornel y stryd lle diflannodd y fan. Edrychodd i fyny ar arwydd yn uchel ar dalcen blaen y tŷ teras gyferbyn. Grafton Street. Croesodd fel ei fod yn cerdded ar y pafin rhwng y tai a'r ceir oedd wedi'u parcio yn un llinell hir. Ymhen ychydig gwelodd wal o sinc gwrymiog gwyrdd yn llenwi agoriad rhwng dau deras ar draws y stryd. Roedd weiran bigog wedi'i gosod yn gylchoedd tyn a thaclus ar ben y wal uchel. Wrth agosáu ati gwelodd Felix arwydd mewn llythrennau coch i lawr ochr dde'r wal wrth ochr drysau dwbl caeëdig:

REDFIRE TAXIS

Nid oedd neb o gwmpas. Roedd y stryd yn gwbl lonydd, fel ffotograff, dan yr awyr lwyd. Croesodd Felix gan dynnu'r llyfr nodiadau allan o'i boced a nodi rhif ffôn y cwmni tacsis. Edrychodd drwy'r bwlch fertigol tenau yng nghanol y drysau dwbl sinc a gweld pen ôl y fan wedi'i pharcio mewn iard fawr rhwng rhes o bedwar tacsi a dau Portakabin mawr melyn, un wedi'i osod ar ben y llall. Nid oedd neb o gwmpas. Yna gwelodd Felix y dyn pryd tywyll eithaf tew yn dod allan o'r Portakabin isaf ac yn dringo'r grisiau pren cyn cnocio ar ddrws y Portakabin uchaf.

Yna neidiodd ei galon yn reddfol wrth i gi mawr chwyrnu'n fygythiol wrth ei draed yr ochr draw i'r drysau. Iesu, meddyliodd Felix, wrth gymryd cam yn ôl, ei ddwylo'n agored o'i flaen yn amddiffynnol.

'Cassius, what you doin', soft lad?' meddai rhywun heb fod yn bell o'r ci, a dyma Felix yn ei miglo hi i lawr y stryd yn go handi. Sylwai fod blaen siop wag ar draws y ffordd a'i drws wedi'i suddo mewn alcof eithaf dwfn. Perffaith. Heb fod yn rhy agos na'n rhy bell.

Awr a chwarter yn ddiweddarach, a Felix yn dechrau mynd yn benwan isho piso, agorodd drysau'r iard. Daeth un tacsi llwyd allan gyda'r dyn ifanc penfelyn yn gyrru, neb arall yn y cerbyd, a throi i'r chwith i ffwrdd oddi wrth Felix. Ni wnaeth y giatiau sinc gau ar ei ôl. Plygodd Felix ymlaen yng nghysgodion yr alcof ac edrych drwy ffenestri'r Nissan Micra oedd wedi'i barcio o'i flaen, wrth i'r ail dacsi droi allan i'r dde ar hyd y stryd dawel. Wrth i'r car basio gwelodd Felix y dyn pygddu'n gyrru a dynes gwallt coch yn sedd y teithiwr. Gwallt coch o botel, tybiodd Felix; sbectol haul anferth yn cuddio traean o'i hwyneb gwyn esgyrnog.

Judy, efallai?

Clywodd ddwndwr dwl a gweld bod y drysau wedi'u cau ar eu hôl, yn otomatig, gobeithiodd. Diflannodd y ddau gar ac edrychodd Felix ar ei oriawr, deg munud wedi pedwar. Arhosodd am ychydig heb weld dim na neb. Edrychodd eto ar ei oriawr, bron â bod yn hanner awr wedi pedwar. Bydd pobl yn dechrau dod adra o'u gwaith cyn bo hir. Neu yn dod i gasglu'u ceir beth bynnag, a Felix yn amau mai stryd parcio ceir er mwyn dal y trên oedd hon.

Cerddodd ar draws y stryd ac edrych unwaith eto drwy'r bwlch yn y drysau. Roedd y fan wedi troi ac wedi'i pharcio i wynebu'r drysau ble'r arferai'r ddau bellaf o'r pedwar tacsi sefyll. Ar ganol y iard gwelodd fwngrel yn gorwedd â chôt wen â chlytwaith o farciau brown arni, ei glustiau'n bigau, yn syllu'n syth at Felix.

Ffyc.

Cododd y mwngrel a dechrau cerdded yn frysiog tuag at y drysau sinc. 'Di hyn ddim yn rhy ffôl, meddyliodd Felix, o leiaf ga' i weld os oes 'na rywun arall yma. Chwyrnodd y ci ar Felix, ei drwyn yn chwythu fel trên stêm yn y bwlch tenau wrth ei draed.

'Iawn, Cassius, pwy sydd yn fanna hefo chdi? E?' sibrydodd Felix gan gicio gwaelod y drws yn ysgafn i herio'r mwngrel. Cyfarthodd hwnnw – ei gyfarthiad yn debyg i lais Tom Waits ar ôl uffar o noson fawr, meddyliodd Felix, heb fod yn uchel ond yn arw a blin. Arhosodd Felix i weld a fuasai rhywun yn dod i weld beth oedd wedi cynhyrfu Cassius. Roedd hwnnw'n chwyrnu eto ac yn crafu ar y concrit wrth waelod y bwlch. Edrychodd Felix eto ar y weiran bigog arian ar ben y wal. Dim gobaith. Edrychodd eto drwy'r bwlch yng nghefn yr iard. Wal uchel o frics coch, y fan wen wedi'i bacio yn ei herbyn. Dim weiran bigog.

'Wela i di'n munud, Cas,' meddai Felix gan roi cic olaf i'r drws cyn cerdded 'nôl i gyfeiriad ei gar. Edrychodd i fyny ac i lawr y lôn oedd yn rhedeg yn gyfochrog â'r rheilffordd. Neb o gwmpas. Croesodd, gan agor ei falog wrth fynd, ac erbyn iddo gyrraedd ochr draw'r BMW roedd o'n piso'n bwerus, y teimlad o ryddhad fel cymryd cyffur cryf. Agorodd ddrws cefn y Bîmyr a rhoi'r llyfr nodiadau yn gwmni i'w waled a'i oriadau yn y blwch wrth gefn sedd flaen y teithiwr. Caeodd y drws a chloi'r car ac edrychodd o'i gwmpas, neb i'w weld, cyn gosod y goriadau yn ecsôst y car.

Sylwodd fod ochr y cwmni tacsi o Grafton Street yn rhedeg yn gyfochrog â stryd deras debyg, a'u bod yn rhannu llwybr ar waelod eu ierdydd cefn. Llwybr nad oedd yn ddigon llydan i gar, dim cweit, gyda bolard concrit wrth yr agoriad i rwystro unrhyw un rhag trio.

Trotiodd Felix ar draws y lôn a heibio'r bolard ar hyd y llwybr tarmac, dwy resiad o finiau mawr gwyrdd y Cyngor yn ei wynebu wrth ddrysau cefn uchel yr ierdydd, a dwsinau o ddarnau baw ci bob sut o'i flaen ar hyd y lôn. Lyfli, meddyliodd wrth dynnu'i sbectol dywyll a thramwyo'i ffordd yn ofalus i lawr y llwybr, un llygad ar y wal frics goch, uchel ar y chwith. Daeth i stop hanner ffordd i lawr y llwybr a neidio i fyny ac i lawr yn ei unfan er mwyn edrych dros y wal i weld a oedd o wedi cyrraedd iard y cwmni tacsis ai peidio. Cafodd gip ar y weiran bigog ar ben y wal sinc.

Sbot on.

Aeth i nôl y bin agosaf a'i rowlio ar ei ddwy olwyn ôl at waelod wal yr iard. Dringodd i ben y bin a sbecian yn araf a gofalus dros y wal. Gorweddai Cassius yn wynebu'r drysau, ei ben yn pwyso ar ganol ei bawennau blaen. Gwelodd fod top y fan ryw wyth troedfedd i'r chwith iddo a dringodd Felix i lawr oddi ar y bin gwyrdd yn dawel. Llusgodd y bin ryw ddeg troedfedd i'r chwith cyn ailddringo ar ei ben ac yna sboncio'n dawel i ben y wal frics. Edrychodd o'i gwmpas ar gefnau'r tai teras bob ochr i'r iard a hefyd ar gefnau'r tai ar draws y ffordd i'r llwybr canol. Gwelodd ddynes ifanc â thatŵ o ryw aderyn ar ei hysgwydd, ei chefn ato, yn pegio blanced ar garwsél ddillad ryw dri thŷ i lawr i'w chwith. Neb arall o gwmpas. Symudodd yn sydyn gan osod blaen ei sgidiau Doc Martens yn araf a thawel ar do'r fan wen cyn symud gweddill pwysau'i gorff yn raddol oddi ar dop y wal a gwthio'i hun i sefyll yn gyfan gwbl ar ben y fan.

Cododd ei ben a gweld nad oedd Cassius wedi symud. Edrychodd ar y bwlch tair troedfedd tywyll rhwng y wal a chefn y fan wen. Drysau dwbl â handlen ddu. Crafodd Felix ei ddannedd aur blaen am eiliad wrth chwilota ym mhoced fewnol ei siaced denim ddu. Edrychodd ar y teclyn yn ei law. Edrychai fel cyllell boced arian ond yn hytrach na llafn cyllell, agorodd Felix, mewn bwa o hanner dwsin, ddarnau hir a thenau o fetalau datod cloeon ohono. Gosododd yr offeryn agored rhwng ei ddannedd cyn gwasgu ei gorff yn erbyn drws cefn y fan a cherdded, un cam ar y tro, i lawr y wal frics. Glaniodd yn dawel ar y llawr cyn pwyso i lawr yn isel ac edrych o dan y fan ac ar hyd llawr yr iard ar Cassius. Nid oedd y ci wedi symud. Edrychodd Felix ar yr handlen ddu a diawlio'i lwc.

Ffycin sentral locing. Dim clo.

Rhoddodd yr offeryn datod i gadw a chymerodd gipolwg sydyn ar Cassius. Fysa Felix yn taeru ei fod o'n clywed y ci gwarchod yn chwyrnu cysgu. Cydiodd yn yr handlen, yn fympwyol yn hytrach nag yn obeithiol.

Clic!

Atseiniodd twrw'r clo yn agor a tharfu ar dawelwch yr iard fel pe bai Felix wedi taro drwm.

Rhrhrhr, wyff.

Agorodd Felix y drws yn gyflym a dringo i mewn i'r fan cyn i Cassius ddod i chwilio amdano. Tynnodd y drws i glicio ynghau ar ei ôl, gan wneud y fan yn dywyll fel angau. Aeth Felix i'w boced eto, a'r düwch fel pe bai'n gwneud iddo anghofio sut i sefyll ar ei draed, a'i gorff yn siglo yn ôl ac ymlaen. Pwysodd fotwm ar ochr yr offeryn datod a dyma belydryn gwan o lasolau LED yn dod o'i waelod. Anelodd y golau tuag i lawr er mwyn ffeindio'i draed. Llawr pren a silffoedd pren wedi'u gosod bob ochr. Roedd y silffoedd yn llawn o bethau technegol, o'r cefn i flaen y cerbyd, o'r to i'r llawr. Ceblau mewn un rhes, gwifrau mewn rhes arall, wedi'u hel yn dorchau taclus. Monitorau teledu tenau wedi'u gosod a'u rhoi i gadw wyneb yn wyneb ar y silff i'r dde a bocsys *hard-drives* cyfrifiaduron yn daclus ar y chwith. Lle i bopeth a phopeth yn ei le. Camodd Felix ymlaen a gweld llawer o gamerâu o wahanol feintiau ar y silffoedd i'r dde, rhagor o geblau drws nesaf ac wedyn microffonau bychain yn bentwr ar y chwith. Yna, yn pwyso yn erbyn blaen y caban, roedd desg o bren wedi'i gwasgu rhwng y ddwy silff. Roedd gliniadur a'i glawr wedi'i gau arno. Cododd Felix y sgrin cyn gosod y tortsh bychan rhwng ei ddannedd a phwyso'r botwm i gynnau'r gliniadur.

Starting Windows, meddai'r sgrin. Arhosodd am beth oedd yn teimlo fel hydoedd i'r peiriant ddeffro, a diffoddodd y tortsh gan nad oedd ei angen yn llwydni golau'r sgrin.

Da-DA da-DA, canodd y gliniadur yn uchel â'r sgrin yn goleuo i ddangos llun o bâr o fronnau, noeth, anferth.

'Shshshsh, taw,' sibrydodd Felix gan chwilio am fotwm mudsain ac yna'i daro ar y bysellfwrdd. Clywodd Cassius yn chwyrnu rywle wrth gefn y cerbyd.

Aeth i'w boced ac estyn y co' bach. Gwthiodd y teclyn i un o'r pyrth USB ar ochr y gliniadur. Pwysodd *Start* ac yna *My Pictures* a gweld tair ffeil ddienw yno. Llusgodd gopïau o'r ffeiliau i'r co' bach cyn mynd i hela am chwaneg o wybodaeth yn *My Documents*. Copïodd a phastiodd yr ugain ffeil yno i'r co' bach cyn ei dynnu allan o'r gliniadur. Cododd y gliniadur a defnyddio'i sgrin, llun y bronnau, fel tortsh i archwilio gweddill y silffoedd.

Doedd dim byd arall diddorol, megis gliniaduron eraill, i'w weld yno. Tynnodd Felix ei Doc Martens oddi ar ei droed chwith a stwffio'r co' bach i nyth bodiau'r esgid. Gwisgodd ei esgid yn ôl am ei droed – doedd o ddim yn rhy anghyfforddus – a mynd at ddrysau ôl y fan. Rhoddodd ei fysedd ar handlen y drws cyn iddo gau'r gliniadur a'i ddal dan ei gesail; roedd y fan unwaith eto fel y bedd.

Y cynllun oedd, dianc yr un ffordd ag y daethai, gan obeithio nad oedd Cassius mor gyflym ar ei draed â'i ragflaenydd enwog. Agorodd y drws a gwasgu'i lygaid yn holltau main i'w amddiffyn rhag cryfder golau'r dydd. Rhoddodd un droed ar y wal frics a dechreuodd lansio'i hun tuag i fyny allan o'r fan.

'Where do you think you're going, buddy?' gofynnodd llais uwch ei ben a syllodd Felix ar bâr o sgidiau dal adar Nike oedd yn perthyn i bâr o jîns du yn dolian o ben y wal. Edrychodd i fyny a gweld y dyn 'fengach, penfelyn yn eistedd ar y wal ac yn gafael, yn ddidaro a llipa, mewn llawddryll otomatig arian. Gwenodd Felix arno â'i ddannedd aur. Ymddangosodd y dyn arall yn y bwlch rhwng y fan a'r wal wrth ysgwydd Felix a Cassius ar dennyn tyn yn ei law chwith.

Amneidiodd â'r llawddryll tywyll yn ei law dde a dweud, 'Get down. Slowly.'

Ufuddhaodd Felix, gliniadur dan un gesail, ei law rydd yn ildio ac wedi'i chodi uwch ei ben.

'Don't know why I've got this out . . .' meddai'r dyn

pygddu gan chwifio'i lawddryll wrth ei ochr. 'I hate guns. Haven't shot so much as a fuckin' squirrel.' Stwffiodd y dryll i wasband ei drywsus. 'My friend up there, on the other hand . . .'

Edrychodd Felix i fyny'n sydyn a gweld y dyn penfelyn yn dechrau symud oddi ar y wal i do'r fan. I gyflawni hyn roedd angen dwy law arno ac o'r herwydd roedd ei ddryll, am eiliad, yn cymryd holl bwysau'i gorff ac yn ddi-werth yn ei law dde.

Rhaid i chdi drio, yndoes, meddyliodd Felix gan luchio'r gliniadur tuag at y dyn pygddu a bacio'n ôl yn chwim o amgylch ochr arall y fan. Clywodd rywun yn rhegi tu ôl iddo a thwrw traed fel gong ar do'r fan wrth i Felix wasgu'i ffordd rhwng y wal ochr a'r fan. Plygodd Felix ei ben o dan ddrych ochr mawr du'r fan a chyrraedd yr iard agored yr un pryd ag yr ymddangosodd Cassius wrth ochr flaen arall y fan. Nid oedd y ci'n edrych yn rhyw hapus iawn, sylwodd Felix heb oedi. Crychodd trwyn hir y ci mewn chwyrnad, ei flaenddannedd llym a gwyn yn denu sylw Felix yn benodol. Lansiodd y ci ei hun oddi ar y llawr a neidiodd Felix mor uchel ag oedd yr ongl yn ei chaniatáu wrth droi'r gornel, a theimlo blaen trwyn Cassius yn gwrthdaro â gwaelod ei esgid. Clywodd dwrw dannedd y ci yn clecian ynghau ac yna sŵn ei bawennau'n sglefrio i ffwrdd oddi wrtho ar hyd llawr concrit yr iard. Dechreuodd Felix redeg yn igam-ogam tuag at ddrysau cilagored yr iard, nad oedd fwy nag ugain cam o'i flaen, yn ymwybodol fod dryll yn ei gefn.

Ymddangosodd dyn cyffredin yr olwg yn yr adwy yn gwisgo côt werdd drwchus yn debyg i glustog neu sach gysgu – fel côt aeaf ffermwr.

Diolch i Dduw, meddyliodd Felix. Tydy nhw'm yn mynd i saethu neb hefo tyst o gwmpas. Cymerodd gip dros ei ysgwydd a gweld y dyn penfelyn ar ben y fan yn cuddio'i ddryll tu ôl i'w gefn. Grêt, meddyliodd Felix gan droi i wenu ar y dyn o'i flaen. Gwelodd y dyn, â'i wep brudd a llonydd, yn cau'r drws mawr wrth ei gefn heb dynnu'i lygaid, yn byllau duon, oddi arno.

O! meddyliodd Felix gan sylwi, mwyaf sydyn, fod y dyn o'i flaen yn ddyn peryg. Os oes modd gweld enaid dyn yn ei lygaid, roedd hefyd yn bosib gweld ychydig o'i orffennol efallai. Gwyddai Felix, wrth edrych i'r llygaid pyllau duon, fod y dyn yma wedi lladd.

Ond nid oedd arf yn nwylo'r dyn ac roedd Felix tua hanner troedfedd yn dalach ac ugain pwys yn drymach na'r creadur rhyfedd o'i flaen. Be mae'r Sais yn 'i ddweud? meddyliodd Felix, in ffor y penni . . . Cyrhaeddodd Felix y dyn fel roedd y drws yn cau y tu ôl iddo gan anelu holl nerth ei ddwrn de tuag at ei ganol. Sylwodd ar fynegiant y dyn yn newid ryw ychydig wrth i'r ergyd ei daro, fel pe bai wedi cael ei siomi braidd gan benderfyniad Felix.

Blydi hel! meddyliodd Felix wrth i boen deithio fel sioc drydanol i fyny'i fraich, ei law'n crynu'n ddiffrwyth a'i ysgwydd yn fferru'n graig o boen. Nid oedd y dyn wedi symud modfedd.

'Aw,' meddai Felix gan wenu ar y dyn a rhoi ei law o dan ei gesail chwith. Synhwyrodd fod rhywrai'n agosáu tu ôl iddo ond allai Felix ddim tynnu'i lygaid oddi wrth y pyllau duon. Roedd fel pe bai'n cael ei hypnoteiddio gan eu hadlewychiad gloyw a thywyll. Gwyrodd y dyn ei ben ryw fymryn i'r ochr fel pe bai wedi sylwi ar rywbeth anarferol. Yna teimlodd Felix flaen troed rhywun ar gefn ei ben-glin wnaeth ei orfodi i blygu i'r llawr o flaen traed y dyn â'r llygaid pyllau duon – sgidiau newydd o ledr du, a blaenau haearn iddyn nhw.

Cafodd olwg ar wadn ddilychwin wedyn wrth i ddyn y pyllau duon osod ei esgid yn ofalus ar ysgwydd Felix a'i wthio'n ôl wysg ei gefn ar y concrit. Edrychodd Felix i fyny ar y dyn pygddu, a Cassius yn chwyrnu yn ôl ar ei dennyn yn ei law a ffôn symudol wrth ei glust.

'Got 'im. He was coming out of the van, threw a fuckin' laptop at me!' meddai'r dyn pygddu. Distawrwydd. Yna. ''Bout six foot, thirty five – forty.' Distawrwydd, a'r dyn penfelyn yn ymddangos yn erbyn yr awyr lwyd uwchben Felix. 'Aye, aye, white. Doesn't look like a junkie or nowt. Funny gold teeth, front ones an' all.' Distawrwydd. 'Hang on.' Rhoddodd Pygddu'r ffôn a thennyn Cassius i Penfelyn cyn llusgo Felix yn ôl ar ei bengliniau a dechrau ysbeilio'i bocedi, y defnydd weithiau'n rhwygo wrth iddo'u troi nhw'r tu chwith allan yn frysiog. Ar ôl gorffen ei archwiliad, rhoddodd slap ar gefn pen Felix, a'r teclyn agor cloeon yn ei law agored. 'What are you, then? A burglar?'

Edrychodd Felix i fyny ar y dyn, ei ben yn llosgi, a gwên ddiniwed ar ei wyneb.

Cydiodd Pygddu yn y ffôn o law Penfelyn a dweud, 'Nothin', just a decent set of lock picks.' Distawrwydd. 'He doesn't look the type to just tell us what we want to know, to be honest with you, Jude. Hang on . . .' Rhoddodd Pygddu'r ffôn i orwedd ar ei frest a gofyn, 'What's yer name, fella?'

Sychodd Felix ei drwyn â chefn ei law cyn crafu cefn ei ben, ei wyneb wedi'i rychu fel pe bai'n trio cofio. Mewn gwirionedd roedd o wedi bod yn ysu am y cyfle i gael rhwbio'i friw. Ni lefarodd air yn ateb.

Edrychodd Pygddu ar ddyn y llygaid pyllau duon a dyma hwnnw'n ffrwydro dwrn i wyneb Felix, yn galed fel morthwyl, ar ei ochr dywyll. Aeth popeth yn ddu am eiliad a buasai Felix yn taeru ei fod wedi teimlo'i ymennydd yn curo yn erbyn waliau'i benglog, ei glust yn pigo fel pe bai dwsinau o nodwyddau ynddi.

'Name?' gofynnodd Pygddu eto.

Poerodd Felix belen binc o waed o ble roedd wedi brathu ymyl ei dafod ar lawr yr iard.

'He no speakie, Jude,' meddai Pygddu, a'r ffôn wrth ei glust. 'Just 'im and Sam? What do youse want me to do . . . ? Okay, you're the boss.' Rhoddodd y ffôn yn ei boced, cymryd y tennyn gan Penfelyn a dweud wrth y dyrnwr, 'She wants to see him. Take Sam and the laptop . . .' Cyfeiriodd dros ei ysgwydd at y gliniadur ar y llawr wrth y fan. 'She's in Ellesmere, the Travelodge, room six.' Edrychodd ar Felix eto. 'You're gonna wish you'd had a nice chat with your Uncle Geoff, my son.'

■

Baglodd Felix ar y rhiniog wrth fynd o'r tu allan i'r tu mewn i adeilad yn rhywle. Roedd ganddo orchudd o ddefnydd du, llac ar ei ben. Caewyd y drws ar eu holau, diflannodd canu'r adar a thwrw'r ffordd fawr a daeth twrw mwmial isel i gymryd ei le. Pwniwyd ef yn ei gefn gan Penfelyn fel yr oedd wedi bod yn ei wneud yn achlysurol ers iddo gael ei lusgo allan o gist y cerbyd.

'Mush,' meddai Penfelyn mewn llais diflas am y degfed tro.

Roedd garddyrnau Felix wedi'u clymu'n dynn â darnau hir o blastig du, tenau. Tynnwyd ef yn ei flaen gan raff fer oedd wedi'i dolennu rhwng ei ddwylo gan ddyn y pyllau duon. Clywodd sŵn cnoc, yna oedi cyn twrw tair cnoc arall mewn rhes sydyn. Sŵn drws yn agor.

'Mush.'

Aeth Felix yn ei flaen a chlywed y drws yn cau ar eu holau. Teimlodd garped dan ei draed wrth fynd, a'r awyrgylch yn newid unwaith eto, yr ystafell yn fwy distaw byth.

'Stick him in the chair,' gorchmynnodd llais benywaidd. Dwylo ar ysgwyddau Felix yn ei wthio i lawr. Cadair dan ei ben-ôl, cyllell fain yn torri'r rhwymyn plastig yn rhwydd. Dechreuodd Felix rwbio'i arddyrnau'n reddfol; roedd yn dal i weld dim ond düwch, ei wyneb yn wlyb gyda'i chwys. Twrw crawcio tâp gludiog yn cael ei dynnu'n rhydd o'i gylch. Cydiwyd yn ei fraich chwith a'i chlymu'n dynn at fraich y gadair. Twrw crawcio eto, yna yr un peth gyda'i fraich dde. Crawcio, ei figwrn dde i goes y gadair. Crawcio, yna'i figwrn chwith. 'Price. Wait outside, take a chair,' gorchmynnodd y ddynes.

'What do you want me to do with this?' gofynnodd Sam Price, y dyn penfelyn.

'Leave it on the fucking bed. I don't care,' clywodd lais dynes – Judy? – yn arthio'n ddiamynedd.

Clywodd Felix y drws yn cau â chlec dawel. Distawrwydd am ychydig, yna chwipiwyd y gorchudd oddi ar ei ben. Gwasgodd Felix ei lygad chwith ynghau i'w harbed rhag y goleuni annisgwyl a sbecian drwy hollt ei lygad dde ar y ddynes o'i flaen. Eisteddai hithau, yn edrych arno, ar flaen y gwely â'i dwylo wedi'u plethu'n llipa ar ei choes dde, oedd wedi'i chroesi dros ei choes chwith. Pentwr o wallt, lliw coch annaturiol, ar ei phen. Y ddynes o'r cwmni tacsis.

'Hello, you,' meddai hi'n ysgafn.

Edrychodd Felix dros ei ysgwydd yn gyflym a gweld dyn y llygaid pyllau duon yn sefyll yno'n llonydd fel delw. Neu efallai fel neidr eiliad cyn iddi daro'i tharged, meddyliodd. 'Helo,' atebodd yn gyfeillgar gan wenu arni.

'I see what Seacombe meant by those fabulous gnashers. Most unusual.'

'Howpffyli ddei'l pei ffor mai ffiwnryl, wyn dei.'

'Unless that's a shallow grave out in a woods someplace.'

'Dden ai won't haf tw wyri abawt sytsh things, wil ai?'

Gwenodd y ddynes arno a rhoi llaw ar y gliniadur wrth ei hochr ar y gwely. 'Let's talk about your little mistake, shall we?'

'Geting côt, iw mîn?'

Gwnaeth y ddynes ymgais wangalon i chwerthin cyn dweud, 'Who sent you? Adams?'

Syllodd Felix arni, ei wyneb yn wag.

'Not Adams? Who then?'

Distawrwydd. Clywodd Felix yr aer yn symud yn agos at ei glust dde cyn i'r trawiad lanio fel carreg o bell ar ochr ei ben.

'Ooohh, that looked painful,' meddai'r ddynes gan wingo. 'The Farmer can be a bit rough sometimes.' Symudodd ei dwylo i bwyso yn erbyn y matres bob ochr i'w chefn a datglymu'i choesau'n ara deg gan gynnig cipolwg o'r düwch ym mhen draw twnnel ei choesau, ei sgert gul uwch ei phengliniau.

Allai Felix ddim peidio â chael y darlun yn ei ben o Sharon Stone mewn rhyw sothach o ffilm o'r wythdegau. Sgert wen oedd honno, nid un ddu, meddyliodd, yn ceisio meddwl am rywbeth yn lle'r cur yn ei ben.

'I detect a Welsh accent, is that right? Could be Dutch, but my guess is you're Welsh Welsh.' Mae'n rhaid fod wyneb Felix wedi'i fradychu a dyma wyneb y ddynes yn goleuo; edrychodd heibio i ysgwydd Felix. 'He's a fellow Welshman, Farmer. What do you think of that?'

Trodd Felix i edrych ar y ffarmwr y tu ôl iddo a gofyn. 'Ti'n siarad Cymraeg?' Llyfodd y ffarmwr ei wefusau trwchus ac anghyffredin o llyfn, fel rhai merch ifanc, gan rythu'n flin ar y ddynes ac anwybyddu'r cwestiwn. 'Cymraeg?' gofynnodd Felix eto.

'Oh! C'mon. Don't look at me like that.' Yna edrychodd y ddynes ar Felix eto. 'He's a very private person. A very, very private person.'

'Pam ti'n helpu'r hen wrach 'ma?'

'English,' meddai'r ddynes, y wên yn diflannu mwyaf sydyn oddi ar ei hwyneb.

'Ca' dy ben,' meddai'r ffarmwr, ei lais yn rhyfeddol o fain. Fel hogyn cyn i'w geilliau ddisgyn, meddyliodd Felix. Sowthi 'di o hefyd, neu i'r de o Fachynlleth, beth bynnag.

'English, for crying out loud,' meddai'r ddynes eto wrth ochneidio'n ddicllon a cherdded tuag at y cabinet wrth ymyl y gwely. Tywalltodd wydriad o rywbeth clir o botel chwart. Jin neu fodca, nid oedd Felix yn siŵr. Cymerodd lymaid hir o'r gwydr plastig, ei llygaid wedi cau. Cerddodd yn ôl a sefyll, ei chanol yn union o flaen wyneb Felix. 'My name is Judy Fisher, by the way. But you probably know that anyway. You probably know that I own Redfire Taxis, amongst other legitimate business ventures, and you probably know that I run a lucrative sideline in prostitution, blackmail and extortion. I'm a dangerous lady to cross, Taff.'

'Ai'm not shwyr ai'd iws ddat wyrd,' meddai Felix wrth edrych i fyny arni.

'What word?'

'Leidi,' meddai Felix gan wenu'i ddannedd aur arni. Derbyniodd weddill cynnwys y gwydriad plastig ar ei ben i wlychu a llosgi sgathriadau'i wyneb. Llyfodd un wefus â'r llall. Fodca.

'Who sent you, you little shit? Not the fuckin' footballer, surely? He wouldn't have the balls,' meddai Judy Fisher yn gyflym cyn tawelu a throi i eistedd yn araf ar ymyl y gwely. Roedd hi'n gwenu eto. 'He is Welsh, though. Walter Jones, well, well, did you go and get yourself some help? Is that it, Taff? Are you working for the faggotty footballer? Another one of his cousins maybe, youse lot are all related anyways, aren't youse?' Ceisiodd Felix edrych yn euog, mewn ymgais i ddyblu'i blyff. Edrychodd Fisher arno am eiliad cyn codi'i haeliau'n ddifater. 'Maybe, maybe not. I don't really care. You got the right laptop, by the way.' Rhoddodd un llaw ar y gliniadur ac aeth y llall i chwilio am rywbeth i lawr blaen ei blows sidan agored. Daeth y llaw allan yn cydio mewn co' bach du ar gadwyn arian. 'But I always keep a copy of everything with me at all times. See?' Gwasgodd y darn plastig ar ganol y co' bach a dyma'r darn arian i'r porth USB yn dod i'r amlwg. 'I thought you had the right to know you were wasting your time and effort, whoever you're working for. Are you sure you don't have a name, Taff?' Edrychodd Felix arni'n gysglyd. 'Look to your left for a sec. The Farmer's got something to show you.'

Syllodd Felix arni'n amheus a synhwyro'r dyn y tu ôl iddo'n camu'n bellach i ffwrdd oddi wrtho. Trodd i edrych i'r chwith a gweld y Ffarmwr yn cydio yn nwrn drws yr ystafell molchi. Gwthiodd y drws ar agor a dyma Felix yn deall yn syth. Roedd pob darn o'r ystafell, y waliau a'r to, y bath, y toiled a'r llawr, wedi'u gorchuddio â llenni plastig clir wedi'u gludo at ei gilydd. Roedd Felix wedi gweld digon o ffilmiau treisgar ac wedi gwylio digon o deledu i wybod beth oedd arwyddocâd y gwaith gorchuddio. Ystafell ladd oedd pwrpas yr ystafell ymolchi, bellach.

'I've been setting up kill rooms for the Farmer here for over ten years, do quite a good job even if I do say so myself.' Ochneidiodd Judy Fisher yn ormodol a dyma'i chyfle hi i wneud llygaid cysglyd yn ôl ar Felix. 'Anything you want to say now, Taffy?'

'No,' meddai Felix gan syllu'n syth i'w llygaid. 'Iff iôr going tw cil mi . . . mae'n well cael dy gladdu'n ffŵl ffyddlon nag yn gachgi pathetig. Dw iôr wyrst, iw ygli bitsh.'

Edrychodd Judy Fisher ar y Ffarmwr, Carl Gunther. 'What did he say?'

'Hi won't tôc,' atebodd Gunther ac yn yr eiliad honno dyma ddrws yr ystafell yn ffrwydro'n agored a safai dyn, yn gwisgo dillad du, yn yr adwy a llawddryll gyda thawelydd mawr du arno ar ben draw ei fraich estynedig.

12

GYRRODD Simonds rownd y gornel a gweld dyn ar ben
draw'r stryd yn agor ei falog ac yn diflannu tu ôl i gar
wrth y ffens ger y rheilffordd ar ei chwith. Nid oedd y
dyn wedi'i weld yn troi'r gornel ar ei ben ei hun yn y
Renault Trafic llwyd. Roedd y *sat nav* yn fflachio bod
lleoliad cwmni tacsis Redfire ar y stryd nesa i'r dde.

*Gormod o gyd-ddigwyddiad, dyn yn mynd am bisiad
mor agos*, meddyliodd Simonds. *Neb arall o gwmpas.*
Parciodd y fan wrth ochr y ffens. Gwelai ben y dyn yn
plygu, roedd yn dal i ganolbwyntio ar wagio'i bledren
wrth ochr y car du, a thua dwsin o geir rhyngddynt
wedi'u parcio ar y llain gwelltog. Edrychodd y dyn i
fyny tua'r nefoedd a'i geg yn agored; roedd wedi bod yn
piso am dros funud erbyn hyn. Ysgydwodd ei wialen a'i
rhoi i gadw, yna agor drws cefn y car du. BMW efallai?
Aeth hanner ei gorff i mewn i'r car, yna daeth yn ôl allan
a chau'r drws. Fflachiodd goleuadau'r car yr un pryd
yn oren, a dyma'r dyn yn diflannu o'r golwg. Yn cau ei
gareiau, efallai?

Cododd y dyn a cherdded ar draws y lôn cyn diflannu i lawr llwybr oedd ar ben dwy res o dai teras, a rhwng gerddi cefn. Dringodd Simonds allan o'r fan, ei gorff yn stiff ar ôl bod yn dreifio drwy'r bore o Gaerdydd. Cerddodd yn wyliadwrus i lawr y lôn dawel; yna daeth sŵn trên o bell i darfu arno, a hwnnw'n atseinio'n rhythmig ar y cledrau, y sŵn yn tyfu'n uwch wrth agosáu. Aeth Simonds am sbec rownd cornel y llwybr a gweld y dyn yn llusgo bin mawr gwyrdd o un ochr y llwybr i'r llall. Dringodd y dyn ar ben y bin cyn disgyn oddi arno, ei symud eto, ac yna dringo'n ôl i fyny ar y bin. Y tro hwn, neidiodd y dyn i fyny i ben y wal. Edrychodd o'i gwmpas a chuddiodd Simonds, dim ond mewn pryd. Erbyn iddo edrych eto roedd y dyn wedi diflannu dros y wal.

Cerddodd Simonds yn ei flaen at gornel y stryd. Gwelodd arwydd yn uchel ar dalcen y tŷ pen gyferbyn: Grafton Street. *Hwn 'di'r lle*, meddyliodd. Edrychodd i lawr y stryd dawel – dim enaid byw i'w weld. Ceir wedi'u parcio'n dynn at ei gilydd ar y chwith. Yna, daeth car i'r golwg o ben draw arall y stryd a dechrau gyrru'n ara deg tuag ato. Tacsi â lamp goch heb ei golau ar ei do. Stopiodd y tacsi hanner ffordd i lawr y stryd a pharcio ar y llinellau dwbl a'r pafin bychan. Daeth tri dyn allan o'r car. Dechreuodd un ohonynt redeg yn eithaf hamddenol tuag ato. Ffyc. Trodd Simonds a rhuthro i guddio tu ôl i Skoda porffor o flaen y BMW du ar ochr bella'r lôn. Gwelodd y dyn ifanc yn troi'r gornel ac yn hel ei wallt melyn, hir allan o'i lygaid ag un llaw ac yn estyn dryll arian o rywle o'r tu mewn i'w siaced ysgafn. Diflannodd wedyn i lawr yr un llwybr ag yr aeth y dyn arall ar ei hydddo ynghynt.

Brasgamodd Simonds, ei gorff yn dynn wrth y ffens, gan ddefnyddio ambell gar i'w guddio'i hun wrth iddo fynd, nes ei fod yn gallu croesi'r lôn ac edrych i lawr Grafton Street unwaith eto. Y tro hwn, o'r ochr chwith, dros doeau'r ceir segur. Clywodd sŵn ci yn cyfarth yn gryg o rywle cuddiedig ar draws y ffordd. Gwelodd ddyn yn sefyll wrth ddrws uchel, mewn bwlch rhwng y tai yng nghanol y rhes ar yr ochr draw. Roedd yna rywbeth nad oedd cweit yn iawn am edrychiad y stwcyn byr – roedd yn debyg i frân ar ganol y ffordd meddyliodd Simonds, yn pigo ar rywbeth marw ac yn cadw llygad allan am geir yr un pryd, ei ben yn siglo'n ara deg o un ochr i'r llall cyn edrych i fyny ac i lawr yn gyflym. *Rhyfedd o beth*, meddyliodd. Yna, cerddodd y dyn drwy'r drws mawr, cilagored ac ymhen ychydig caewyd y drws â thwrw rymblan yn atseinio i lawr y stryd.

Safodd Simonds yno am gyfnod hir yn syllu ar ddim. Daeth criw o bobl yn gwisgo dillad mynd i'r swyddfa i lawr y lôn, heibio'i fan lwyd, yn cerdded yn bwrpasol. Rhoddodd Simonds sbectol dywyll ar ei drwyn, cododd goler ei siaced ledr ddu ac edrychodd i lawr ar ei esgidiau'n crafu'r pafin. Diflannodd rhai o'r bobl ar hyd y stryd oedd yn rhedeg yn gyfochrog â Grafton Street ac aeth eraill heibio'i ysgwydd dde ac ymlaen i'r stryd nesaf. Aeth rhai o'r cymudwyr i lawr Grafton Street gan chwilio am eu goriadau yn eu bagiau a'u pocedi. Côr trydarol wrth i'r ceir cael eu datgloi un ar ôl y llall. Yn raddol, ymddangosodd bylchau niferus ar y stryd wrth i'r ceir ymadael, a phenderfynodd Simonds symud ei Renault yn nes at yr achos. Rhedodd at y fan ac o fewn hanner munud roedd yn troi'r gornel i lawr Grafton Street ac yn gobeithio nad oedd wedi colli unrhyw beth. Nid oedd wedi cael cyfle i ddiffodd yr injan, ar ôl parcio ym mhen draw'r stryd, pan agorwyd drysau dwbl mawr y lle roedd y dyn rhyfedd wedi diflannu i mewn iddo ynghynt. Roedd Simonds yn gallu gweld yr arwydd erbyn hyn:

REDFIRE TAXIS

Daeth tacsi allan drwy'r bwlch a throi tuag ato. Rhoddodd ei law i fyny at ei wyneb – roedd yn dal i wisgo'i sbectol dywyll – wrth i'r tacsi basio, a gweld y dyn rhyfedd yn gyrru a'r penfelyn ifanc yn sedd y teithiwr. Daeth y trydydd dyn allan a symud y tacsi roedd y tri wedi cyrraedd ynddo i mewn i'r iard. Penderfynodd Simonds fynd i weld be welai yn yr iard dacsis.

Roedd y drysau wedi'u cau eto erbyn iddo gyrraedd, felly dyma Simonds yn rhoi cynnig ar yr handlen. Agorodd y drws a'i wthio'n ddigon pell iddo allu gwasgu'i ffordd i mewn i'r iard. Gwelodd ddyn a'i gefn ato ym mhen draw'r iard yn rhoi ci mawr i gadw mewn cawell fawr o bren a weiran cwt ieir. Chwibanodd Simonds – chwiban hapus a chyfeillgar – a throdd y dyn a syllu'n llonydd arno wrth y drws.

'Yeah?' gwaeddodd y dyn bach pryd tywyll mewn llais undonog.

'Any taxis available?'

'We're closed sorry.'

'C'mon, mate, must be somebody . . . you maybe?' Dechreuodd Simonds gerdded tuag at y dyn gan edrych o'i gwmpas ar y ddau Portakabin melyn a'r cwt toiled wrth ochr y gawell.

'We're closed . . .' Sgwariodd y dyn a rhoi ei law ar glicied giât y gawell. 'Now fuck off. Right?'

'Ooohh, I'm scared!' meddai Simonds gan ysgwyd ei sgwyddau'n chwareus, yn dangos cledrau'i ddwylo i'r dyn oedd yn amlwg erbyn hyn yn nerfus.

Agorodd y dyn y glicied.

'I wouldn't do that if I were you,' meddai Simonds gan adael i'w ddwylo ddisgyn yn llipa wrth ei ochrau.

Tynnodd y dyn y giât ar agor. 'Sick 'im, Cassius, sick.' Carlamodd y ci mawr allan o'r gawell yn chwyrnu'n filain ac yn anelu'n syth am Simonds.

Gwthiodd Simonds ganol ei sbectol yn ôl i dop ei drwyn cyn estyn llawddryll a thawelydd mawr du arno o wain dryll wrth ei gesail. Atseiniodd yr ergyd, yn annisgwyl o uchel – fel balŵn yn byrstio – yng ngwacter yr iard. Canodd cetrisen wag y fwled yn ymyl Simonds a bownsio ar y llawr concrit. Ffrwydrodd pen y ci a disgynnodd yr anifail ymlaen, ei din dros ei ben, a glanio ar ei gefn yn farw hollol.

'Jeezus, man! Why'd you do that?' gofynnodd y dyn bach, ei ddwylo yn ei wallt.

'I hate dogs,' esboniodd Simonds, cyn ategu, 'I hate people too come to think of it.' Siglodd y dryll yn hamddenol tuag at y dyn. 'What's your name?'

Cododd Seacome ei ddwylo uwch ei ben; nid oedd ganddynt lawer o ffordd i deithio. 'Geoff.'

'Geoff?' chwarddodd Simonds a phlethu'i freichiau o'i flaen, y dryll yn llipa yn erbyn ei glun yn ei law dde. 'You look like a "Geoff".'

Cododd Geoff Seacome ei ysgwyddau a gwenu'n nerfus.

'Well, Geoff, let's have a nice friendly little chat. Yeah?'

■

Gyrrodd Simonds ar hyd yr M56 am Ellesmere Port, a'r ffôn yn canu wrth ei glust. 'Boss. Things are getting complicated.'

'What's ocyring, mai ffrend?'

'Got a line on this Judy woman. She's some whore-mongering blackmailer called Fisher. Runs a lot of different angles. She got contracted by GreenSteer and Fortuné to do the honourable Dickie Adams.'

'Haw did iw hapyn acros this infformeishyn?'

'Best not to say over the phone. Where I'm going now, could get messy. Public place.'

'Dw wat iw haf tw do. Ddis is dw or dai. Mêc or brêc. Ynderstand?'

Diffoddodd Simonds y ffôn a'i daflu i ddüwch y bag agored ar sedd y teithiwr. Symudodd y drych ôl er mwyn gallu edrych i mewn i'w lygaid ei hun a dechrau chwerthin yn wallgof. Dechreuodd floeddio'n wyllt wedyn a churo'r olwyn lywio, yr adrenalin yn achosi i holl gyhyrau'i gorff galedu. Rhwbiodd ei dalcen wlyb gyda'i law cyn chwarae â'r chwys seimllyd rhwng ei fys a'i fawd. Tynnodd anadl hir a llonyddodd ei gorff. Gyrrodd y Renault Trafic ymlaen am Ellesmere Port.

■

Parciodd y fan mewn cilfan ar ymyl y ffordd bengaead, chwarter milltir o'r Travelodge. Roedd o eisoes wedi gyrru heibio'r gwesty pum llawr ac wedi gweld y tacsi wedi'i barcio yn y maes parcio gwag wrth ochr yr adeilad. Nid oedd mwy na dwsin o geir i gyd yn y prif faes parcio o flaen y gwesty. Noson ddistaw.

Ystafell rhif chwech roedd Geoff wedi'i ddweud, ac roedd Simonds yn eithaf sicr ei fod yn dweud y gwir gan fod y dyn bach tywyll yn beichio crio ar y pryd. Cydiodd yn y bag du ar sedd y teithiwr a dechrau pawennu drwy'i gynnwys. Pedwar magasîn sbâr i'r Walther P22, y tawelydd SAK, cyllell hela fawr mewn gwain ledr, tun bach o betrol i daniwr sigaréts a dau rôl o dâp gludiog, du a thrwchus. Tynnodd ei Walther P22 allan o'i wain wrth ei gesail ac ailosod y tawelydd SAK ar ei ben blaen. Nid oedd yn gyfforddus yn gyrru â'r tawelydd yn sownd i'r llawddryll. Aeth Simonds allan o'r fan ac aros i gar fynd heibio cyn estyn y dryll hir a'i ailosod yn ei wely dan ei gesail. Cymerodd y bag a gosod y strap dros ei ben, yna gwthio'r bag i orwedd wrth waelod ei gefn â'r strap yn croesi blaen ei gorff. Gwthiodd y sbectol dywyll yn ôl i ran uchaf ei drwyn ac estyn cap pêl fas du o boced allanol ei siaced ledr ddu i'w roi am ei ben. Cerddodd tuag at y gwesty â'i fol yn cosi, yn rhagflasu'r cyffro i ddod.

Un bocs mawr, hirsgwar oedd adeilad y Travelodge, â chladin o ddur arian a phren yn ogystal â'r gwaith rendro lliw briallu – ymdrech aflwyddiannus i wneud i'r adeilad diflas edrych yn ddiddorol. Cerddodd Simonds drwy'r drws mawr oedd yn cylchdroi gan sicrhau bod ei gap yn cuddio'i wyneb. Gwyddai fod camera wastad wrth ddrysau'r gwestai mawr. Roedd y cyntedd yn wag heblaw am un derbynnydd yn chwarae gyda charwsél y pamffledi twristiaid. Roedd ei gefn tuag at Simonds a cherddodd yntau'n gyflym am y lifftiau. Agorodd y lifft ar y dde, camodd dyn mewn siwt rad allan, camodd Simonds i mewn yn gyflym cyn i'r drysau gau. Gorchuddiodd Simonds ei wyneb â'i law ac edrych ar nenfwd y lifft. Dim camera.

Edrychodd ar y botymau. Dim camera ar y panel yma chwaith ac felly tynnodd Simonds ei sbectol, ochneidio'n ymlaciol a phwyso botwm rhif 1 ar y panel. Tynnodd ei gap a rhwbio cefn ei ben wrth feddwl sut orau i gyflawni'r weithred. Agorodd y drws a phwysodd Simonds fotwm rhif 4 i yrru'r lift i'r llawr uchaf cyn camu allan ohono. *Ffwcio fo, mynd amdani*, meddyliodd. Gwelodd ddrws ystafell rhif 2 ychydig i fyny'r coridor byr yn arwain at ffenest ar ei chwith ac un drws arall. Rhif 1, siŵr o fod. Edrychodd i'r dde a gweld dau ddrws arall cyn i'r coridor droi cornel naw deg gradd. Cerddodd heibio i ddrysau 3 a 4 gan sylwi nad oedd camerâu ar y nenfwd. Cymerodd sbec gyflym rownd y gornel a gweld y dyn penfelyn yn siglo ar ddwy goes ôl cadair, ei goesau hir i fyny ar y wal gyferbyn. Trodd Simonds ei ben i wrando. Dim byd i'w glywed heblaw am dwrw'r system awyru swnllyd ar y gornel uwch ei ben.

Ocê, dyma ni'n mynd, meddyliodd Simonds gan estyn y dryll hir a throi'r gornel mewn un symudiad. Un ergydiad, y getrisen yn taro'r wal dde wrth ei ochr yn fwy swnllyd na'r fwled wrth iddi adael y tawelydd ac yn turio i mewn i arlais chwith y dyn penfelyn. Disgynnodd ei ben i'r dde, fel pen doli glwt, ei draed yn syrthio oddi ar y wal a gyrru'r gadair i sefyll ar ei phedair coes ar lawr carpedog y coridor. Nid oedd y fwled wedi dod allan o'i benglog, ac felly dim ond diferyn o waed oedd i'w weld yn llinell dywyll o'i arlais i lawr ar hyd ei wddf. Plygodd Simonds, codi'r getrisen oddi ar y llawr a'i rhoi yn ei boced. Cerddodd yn araf ar hyd y coridor, y dryll allan o'i flaen yn ei ddwy law. Ystafell 5 ar y chwith a drws 6 heibio'r corff ar y dde. Sylwodd Simonds fod drws y ddihangfa dân ym mhen draw'r coridor yn gilagored. Gwelodd ddarn o bren siâp cŷn wrth ei waelod yn ei rwystro rhag cau. Cyrhaeddodd at y dyn penfelyn oedd yn edrych fel pe bai'n cysgu, ei wefusau ar agor fymryn ac yn wlyb a llipa. Camodd dros ei goesau a mynd i sefyll wrth ddrws rhif 6. Anelodd y dryll am y llawr a rhoi ei glust chwith yn erbyn y drws, un o'i fysedd yn cau'r sŵn allan o'i glust dde. Clywed dim. Cymerodd anadl ddofn a chamu yn ôl oddi wrth y drws. Edrychodd i lawr am eiliad ar ei esgidiau DeWalt du ac yna ar ddwrn crwn y drws. Dyma'r union reswn paham ei fod yn ffafrio'r esgid drom hon, hyd yn oed ar ddiwrnodau poeth. Roedd ganddo hyder yn eu cadernid.

Un cyfle, dos amdani.

Cododd ei droed dde a'i gwthio ymlaen â holl nerth ei gorff gan anelu ychydig uwchben y dwrn. Ffrwydrodd y drws yn agored a thasgodd darnau tenau o bren yn deilchion o ganol ffrâm y drws. Camodd Simonds yn syth i'r adwy, y dryll o'i flaen ar ben ei fraich estynedig. Gwelodd y dyn bach rhyfedd hwnnw a welsai ynghynt yn troi ac yn syllu arno – *llygaid rhyfeddol* – ei law yn hanner estyn cyllell fawr o'i felt. Tair ergyd: gwaed yn chwistrellu, fel pibell ddŵr yn byrstio, o ysgwydd y dyn a hwnnw'n troi ac yn disgyn fel coeden ar ei fol ar y llawr gwyrdd tywyll. Roedd dau berson arall yn yr ystafell: dyn yn eistedd mewn cadair ar ochr dde'r stafell o flaen y gwely a dynes ag un ben-glin yn pwyso ar y gwely ac un droed ar y llawr. Pwyntiodd y dryll tuag at y dyn –

a oedd ar fin dweud rhywbeth – a saethu unwaith cyn i Simonds sylwi ei fod wedi cael ei rwymo i'r gadair. Ymddangosodd sblash o goch ar y wal tu ôl i'r dyn rhwymedig a disgynnodd ei ben yn llipa. *O, wel!*

Pwyntiodd y dryll at y ddynes â'r gwallt coch. *Mae hi'n edrych fel hen hwran*, meddyliodd.

Roedd dwylo Judy Fisher i fyny o'i blaen a chamodd oddi ar y gwely gan ddweud mewn panig, 'Deal, we can do a deal!'

Saethodd Simonds ddwy waith, unwaith yn ei stumog – *am hwyl* – yna, pan oedd ei phen wedi gwyro mymryn, gyrrodd fwled i beri i'w hymennydd a darnau o asgwrn ffrwydro allan o'i phenglog a difwyno'r wal a'r llenni tu ôl iddi.

'Banker says, no deal,' sibrydodd Simonds gan chwerthin wrtho'i hun yn fyr. Rhoddodd ei law ar y tawelydd, oedd yn boeth fel tecell newydd ferwi, a mwynhau'r gwres mawr ar ei fysedd oedd fel asbestos o wydn. Camodd ymlaen a chicio corff y dyn rhyfedd ar y llawr o'i flaen. Yna edrychodd i'r chwith a gweld yr ystafell molchi wedi'i gorchuddio â'r plastig. *Be ffwc . . . ?* meddyliodd cyn i'r darnau ddisgyn i'w lle – y stori'n ffurfio'n gyflawn yn ei feddwl. *Y dyn yn y gadair wedi trio dwyn oddi wrth yr hwran a'i chriw ac wedyn wedi cael ei ddal ac am gael ei dorri'n ddarnau bach yn y bathrwm. Ac wedyn, dyma fi'n dod ac yn lladd y cradur bach beth bynnag. Nid ei ddiwrnod lwcus o, yn amlwg.*

Aeth Simonds allan o'r ystafell ac edrych i fyny ac i

lawr y coridor. Neb o gwmpas; dim sŵn heblaw am y system awyru. Cydiodd yng ngholer crys y dyn penfelyn a'i lusgo i mewn i'r stafell. Yna aeth allan i nôl y gadair, cau'r drws gan wasgu'r gadair yn dynn dan y dwrn. Aeth i boced fewnol siaced yr hogyn penfelyn marw, estyn ei ddryll arian a'i luchio ar y gwely. Tynnodd y bag oddi ar ei gefn, estyn y tun petrol bychan a'i roi yn ei boced, cyn gosod y bag ar ymyl y gwely. Llusgodd y corff eto heibio'r dyn rhyfedd ar y llawr a'i ollwng yn llipa wrth draed y ddynes. Cydiodd mewn gobennydd oddi ar y gwely a'i daflu dros gorff Judy Fisher. Cymerodd y dryll arian oddi ar y gwely a'i roi yn llaw y llanc penfelyn. Gwasgodd fys bawd marw hwnnw dros glicied y dryll a stwffio'i flaen i mewn i'r gobennydd. Taniodd y dryll drwy'r gobennydd ac i mewn i frest Judy Fisher, neidiodd y dyn yn y gadair fymryn ym mherifferi golwg Simonds. *Mae'r dyn bach sownd yn dal yn fyw. Dim am hir.* Cydiodd ym maril poeth y dryll a llusgo corff yr hogyn penfelyn i mewn i'r ystafell molchi a'i godi i'r bath. Defnyddiodd dywel, oedd o dan yr haen blastig, i rwbio'i olion bysedd oddi ar y dryll. Yna gollyngodd ef ar gorff yr hogyn. Aeth yn ôl i'r stafell a dechrau casglu'r chwe chetrisen o'i Walther P22 oddi ar y carped. Yna, aeth drwy bocedi'r dyn oedd wedi'i glymu i'r gadair, gan ddarganfod dim byd o gwbl. Rhyfedd. Stwffiodd ei fysedd i bocedi allanol y siaced denim ddu wrth frest y dyn a theimlo darn o bapur. Crafodd gerdyn busnes gwyn, hirsgwar allan o'r boced ac edrych arno:

Y K Seen Management
Representing the BEST
Office: Corn Exchange, Manchester

Rhoddodd y cerdyn ym mhoced ei drywsus a throi ei sylw at y ddynes gan sylwi'n syth ar y ddyfais ddu ar gadwyn arian o amgylch ei gwddf. *Cofbin*, meddyliodd wrth gydio yn y darn a rhwygo'r gadwyn oddi ar ei gwddf. Clywodd dwrw, fel injan stêm yn segura, wrth i'r anadl olaf ddianc yn hwyr o ysgyfaint Judy Fisher. Gwenodd Simonds a rhoi ei law wrth ei cheg i weld a oedd yr anadl yn gynnes ai peidio. *Yndi, mae o.*

Rhoddodd y co' bach yn ei boced, cydio yn y gliniadur a'i roi yn y bag du ar y gwely. Cafodd afael ar fag Louis Vuitton – *ffugbeth*, meddyliodd Simonds – oddi ar y cabinet a throi ei gynnwys allan ar y gwely: goriadau, lipstic, ffôn symudol, clip o bapur arian a manion eraill fel derbynebau papur a gwm cnoi. Cymerodd Simonds y pres papur a'r ffôn a'u rhoi yn y bag. Rhoddodd y bag yn ôl dros ei ysgwydd i orwedd wrth waelod ei gefn. Edrychodd i fyny a gweld y larwm tân yng nghanol y nenfwd. Gafaelodd yn y dryll wrth y tawelydd a defnyddio'i handlen fel morthwyl i guro'r larwm oddi ar y nenfwd. Aeth i'w boced ac estyn taniwr sigaréts. Taniodd fflam a'i rhoi wrth waelod y cyrtans, yn agos at gorff Judy Fisher. Edrychodd allan drwy'r ffenest ar yr awyr lwyd a'r ceir yn gwibio bob ffordd ar y draffordd yn y pellter. Edrychodd ar wrych trwchus o dan ffenest y llawr cyntaf yn cael ei hyrddio'n ddeuliw gwyrdd i bob cyfeiriad gan y gwynt. Cododd y fflamau i fyny'r cyrtans yn eithaf cyflym. Aeth i estyn y tun petrol o'i boced ac agor ei chwistrellydd bach coch. Dechreuodd wasgu'r tun a thywallt y tanwydd ar hyd y gwely a thros Judy Fisher, gan wneud yn siŵr nad oedd yn pontio'r bwlch rhwng y fflamau a'r hylif ffrwydrol eto. Cofiodd yn fwyaf sydyn am y dyn yn y gadair. Dechreuodd gamu i'r bwlch yng nghanol yr ystafell rhwng y dyn yn y gadair a'r dyn llygaid rhyfedd ar y llawr, gan osgoi sathru yng ngwaed ymledol yr ail. Aeth i estyn am ei ddryll o'i wain unwaith eto a sylwi bod y dyn yn y gadair yn sbecian arno, ei ben ar ogwydd a gwaed yn diferu'n dywyll a thrwchus oddi ar ei ên.

'Time to go bye-byes,' meddai Simonds.

13

Fysa petha ddim yn gallu bod llawar gwaeth, meddyliodd Felix, a gwaed yn diferu allan o'r twll bwled yn ei foch. Rhedodd ei dafod dros y darnau teilchion o'i gilddant lle'r adlamodd y fwled drwyddo a ffrwydro allan drwy'i foch. Fysa nhw'n gallu bod yn waeth hefyd, meddyliodd wedyn, os bysa'r bwlet 'na wedi bownsio'r ffordd arall. Cilagorodd ei lygad chwith, ei ben yn gwyro tua'r llawr, a sbecian ar y dyn mewn dillad du yn cychwyn tân ar waelod cyrtans agored wrth ymyl ffenest ystafell y Travelodge gyda'i daniwr sigaréts. Nid oedd dim y gallai Oswyn Felix ei wneud am y sefyllfa, roedd ei gorff wedi'i glymu at y gadair freichiau â thâp gludiog trwchus, arian. Dechreuodd darnau o ymennydd Judy Fisher farbeciwio a hisian wrth i'r fflamau ddawnsio drostynt yn awchus a dringo defnydd rhad y cyrtans. O'i sedd ar lawr yn pwyso ar ongl yn erbyn y wal fer dan y ffenest, edrychodd Judy Fisher ar Felix â'i llygaid marw yn hanner agored a'i thafod yn ymddangos wrth ei gwefus fel pe bai am ddweud rhywbeth. Tydi Judy

Fisher ddim yn mynd i ddweud dim wrth neb, byth eto, meddyliodd Felix wrth weld y dyn mewn du yn estyn tun hirsgwar gwyn, maint dwrn, o boced ei siaced. Dechreuodd hwnnw chwistrellu hylif yn bisiad tenau clir o big coch y tun ar hyd y gwely wrth ochr y ffenest a gweithio'i ffordd yn ôl tuag at y fflamau.

Gorweddai'r Ffarmwr, fel yr oedd Judy Fisher yn ei alw, ar ei fol wrth ddrws yr ystafell, gyferbyn â'r gwely, â thair bwled yn ei frest. Roedd y carped gwyrdd tywyll wrth ymyl y Ffarmwr yn troi'n lliw brown wrth i'w waed ddianc o'i gorff ac ymledu tuag at Felix. Daeth y dyn mewn du i sefyll o flaen Felix, a rhoi ei law yn ei siaced i chwilio. Roedd Oswyn Felix yn gwybod mai mynd i nôl ei bladur roedd o.

Ac meddai'r Medelwr Mawr, 'Time to go bye-byes.'

Fel 'ma mae hi'n darfod? meddyliodd Felix a siom yn cosi, fel cath yn setlo i gysgu, yn ei frest. Dechreuodd gau ei lygaid yn erbyn yr anochel pan welodd, ar ei ochr chwith, y Ffarmwr yn codi'n gyflym, fel dyn o bwll nofio, ac yn hyrddio'i hun tuag at y llofrudd mewn du. Yr amrantiad honno gwelodd Felix y dyn yn sylwi bod rhywbeth wedi newid yn llygaid ei darged hefyd. Gwelodd obaith yn fflamio ynddynt, yn ei rybuddio bod rhywbeth arall ar ddigwydd. I'r chwith iddo. Daeth y dryll allan o'i wain a throdd y dyn tuag at y Ffarmwr, eiliad yn rhy hwyr. Taniodd y dryll, a ffrwydrodd y fwled y drych ar y wal wrth glust chwith Felix, yn union yr un adeg ag y gwrthdrawodd y ddau ddyn â'i gilydd.

Nid oedd pwysau nac osgo'r dyn mewn du yn barod am ymosodiad o'r ochr. Gyrrodd pwysau a grym y Ffarmwr y ddau ohonynt, heb arafu, i ddawnsio mewn cylch yn un corff grotésg heibio'r gwely cyn ffrwydro drwy'r ffenest a diflannu allan o'r stafell. Rhwygwyd y cyrtans a dechreuodd darnau o'r defnydd oedd ar dân ddisgyn fel eira aur yn yr ystafell dawel. Syllodd Felix yn gegagored drwy'r ffenest ar y gorwel diwydiannol yn y pellter gan geisio dyfalu ar ba lawr oedd yr ystafell. Ond allai o ddim gweld o'i ongl isel, yn gaeth i'w sedd. Roedd y llonyddwch a'r tawelwch yn swrealaidd, mwyaf sydyn.

'Ac wedi'r elwch, tawelwch fu,' mwmialodd Felix, y geiriau o'r braidd yn cael eu hynganu, â'i foch wedi chwyddo fel balŵn. Yna glaniodd un o ddarnau'r cyrtans ar y gwely a ffrwydrodd y cwilt yn fflamau prysur a dilyn trywydd y tanwydd i lawr ei ymyl. Boddwyd corff Judy Fisher mewn fflamau, ei gwallt yn hisian ac yn drewi drwy'r stafell. 'Shit,' mwmialodd Felix gan ddechrau brwydro â'i holl nerth yn erbyn caethiwed y tâp gludiog. Rhyddhawyd tipyn ar y rhwymau ond dim digon i adael iddo ddianc o afael y dodrefnyn. Ymledodd y fflamau a dod yn nes a dechreuodd y mwg lenwi'r stafell. 'Ty'laen, y bastad peth,' meddai drwy'i ddannedd aur wrth ymladd, a dagrau'n dechrau'i ddallu. Roedd y stafell yn ddau liw o'i flaen erbyn hyn, yn fflamau oren ac, uwchben, yn fwg du. Dechreuodd fynd i banig wrth feddwl am y fflamau'n ei lyncu. Cododd ei gorff a thraed ôl y gadair oddi ar y llawr, ei wyneb yn pwyso yn nes at wres yr oddaith o'i flaen. Pe buasai'n digwydd disgyn ymlaen fe fyddai ar ben arno, ond llwyddodd i gadw'i falans. Hyrddiodd ei hun nerth ei holl bwysau yn ôl ac i lawr a chlywed y coesau ôl haearn y gadair yn ildio ac yn plygu. Roedd Felix ar ei gefn, ei ben yn cyffwrdd gwaelod y wal ar yr ochr. Darnau o'r drych yn crensian dan ei wallt. Dechreuodd gicio'i draed yn rhydd o goesau blaen y gadair. Plygodd y rhain yn rhwydd ac yn rhydd o fwced pren a defnydd y gadair. Gyda'i goesau'n rhydd ond ei ddwylo'n dal yn sownd wrth freichiau'r gadair, a'i ben-ôl yn dynn yn ei bwced, cododd Felix a dechrau waldio braich chwith y gadair yn erbyn ffrâm drws yr ystafell molchi. Torrodd y fraich yn rhydd o'r bwced pren ac ni fu Felix chwinciad cyn rhyddhau'i ddwy fraich a lluchio'r gadair yn ddarnau ar lawr. Gwelodd fag Judy Fisher yn fflamau ar ymyl y gwely a thwmpath bychan o'i gynnwys wrth ei ymyl.

Goriada! meddyliodd Felix.

Lapiodd ei fraich o gwmpas ei wyneb, ei drwyn yn nythu yn nefnydd ei siaced wrth ei benelin cyn mentro'n boenus o agos at y tân ffyrnig. Chwiliodd drwy'r twmpath pethau ar ymyl y gwely a theimlo'i fysedd yn llosgi wrth gydio yng ngoriadau Judy Fisher. Rhuthrodd allan o'r stafell, gan gicio'r gadair oedd dan ddwrn y drws i'r naill ochr. Rhuai'r fflamau wrth ei gefn wrth iddo ymddangos yn y coridor tawel, a'r mwg du'n ymledu'n chwantus i bob cyfeiriad. Cododd twrw'r larwm tân a disgynnodd cawodydd o ddŵr allan o'r system daenellu yn y nenfwd. Edrychodd Felix i'r dde i lawr y coridor a gweld drws y ddihangfa dân yn gilagored. Dyna'r ffordd ddes i i fewn, meddyliodd wrth hercian ar hyd y coridor a'r dŵr yn lleddfu gwres ei groen. Gwthiodd y drws ar agor gyda'i ysgwydd cyn dianc o'r gwesty ar hyd risiau metal uwchben cwymp o ugain troedfedd yn y tir rhwng yr adeilad a'r maes parcio bychan.

Ysgydwodd y diferion dŵr oddi ar ei wyneb a difaru'n syth wrth i boen twll y fwled ei atgoffa o'i bresenoldeb. Edrychodd ar y tusw o oriadau yn ei ddwylo a gweld allwedd ac arno bedwar cylch bach arian cydgysylltiedig ar gefndir du. Goriad i Audi. Reit, meddyliodd, chwilia am Audi. Sylwodd Felix fwyfwy ar y gloch dân yn canu'n undonog wrth iddo hercian yn stiff o gwmpas ochr y gwesty gan basio'r tacsi Redfire.

Safai hanner dwsin o bobl o flaen y gwesty'n edrych ar yr adeilad ac yn siarad ymysg ei gilydd. Daeth eraill allan yn codi'u dwylo'n ddryslyd ac yn ysgwyd eu pennau. Rhoddodd Felix ei ben i lawr a gwasgu'r goriad tuag at ddwy res o geir gyferbyn â'r dderbynfa. Canodd un ohonynt a gwelodd Felix adlewyrchiad fflach o olau oren ar gorff du un o'r ceir o'i flaen. Plygodd yn ymyl y car agosaf wrth i ddau neu dri droi eu sylw oddi ar y gwesty ac ato fo. Roedd Felix yn ymwybodol fod golwg y diawl arno. Swatiodd a mynd o gwmpas cefn y rhes gyntaf o geir a gweld Audi gwyn ar ben yr ail res. Agorodd y drws yn dawel cyn sleifio i mewn i'r cerbyd, gan blygu ei ben. Pwysodd fotwm ar y panel a chlodd y car. Yna, cymerodd ei anadl ddofn gyntaf ers oesoedd. Taniodd yr injan gan edrych yn ei ddrych ôl ar bobl y gwesty. Neb yn troi i edrych. Gwthiodd y ffon i'r gêr gyntaf a gyrru'r Audi allan o'r maes parcio ac i lawr y lôn. Wrth iddo ddechrau troi i ymuno â'r ffordd fawr ymddangosodd injan dân ar garlam gwyllt ar y gornel. Arhosodd ar y gyffordd nes roedd wedi'i basio.

Yn mynd i ddiffodd Judy Fisher druan, meddyliodd Felix gan edrych ar y peiriant mawr coch yn diflannu'n canu a fflachio yn ei ddrych ôl.

Trodd y drych i edrych ar y difrod i'w wyneb. Roedd ei ochr chwith wedi chwyddo'n biws a'i lygad wedi dechrau cau. Cododd ei fysedd i gyffwrdd â chroen ei foch, a oedd yn galed fel drwm. Nid oedd gwaed yn llifo allan o'r twll bychan uwchben ei ên ond roedd y briw'n plycio'n boenus ac yn chwantus fel y twll du yng nghanol y galaeth.

'Fi 'di hwnna?' mwmialodd Felix a cheisio gwenu, ond roedd y dasg yn rhy boenus i'w chyflawni.

■

Cyrhaeddodd Felix yn ôl i Grafton Street, yn Stockport, a pharcio'r Audi tu allan i ddrysau'r iard dacsis. Rhwbiodd yr olwyn lywio a'r panel blaen yn lân â llawes ei siaced cyn agor y drws a gadael y goriadau yn y taniwr. Rhwbiodd handlen y drws wrth ei gau a dechreuodd gerdded i fyny'r stryd yn ôl i'r fan lle roedd wedi parcio'r BMW, oes yn ôl. Ar ôl cerdded ychydig gamau arhosodd ac edrych ar y drysau oedd yn arwain i'r iard. Nid oeddynt wedi'u llwyr gau a chafodd Felix syniad annoeth arall. Dyma fo'n croesi'r stryd ac yn edrych drwy'r bwlch rhwng y drysau. Gwelodd Cassius, y ci, yn gorwedd ar ei gefn mewn pwll o waed du a brân yn sefyll ar ei gorff. Gwthiodd y drws ar agor ddigon iddo gael gwasgu i mewn i'r iard. Hedfanodd y frân gan grawcio'n flin. Herciodd Felix yn araf a gwyliadwrus tuag at y Portakabin oedd wrth wal dalcen y tai teras i'r chwith. Roedd y drws yn agored led y pen. Neidiodd Felix allan o'i groen pan welodd frân feiddgar arall yn crawcian allan o'r düwch, ac yn ei bachu hi o'r cwt ac yn hedfan i ffwrdd uwch ei ben.

Arhosodd am ychydig cyn dechrau cripian yn ei flaen, ei droed chwith yn llusgo ar y concrit oherwydd bod ei ben-glin wedi dechrau cloi.

'Helo?' meddai'n dawel i mewn i'r düwch. Dechreuodd ogleuo'r drewdod digamsyniol. Roedd Felix wedi'i ogleuo sawl gwaith yn y gorffennol. Marwolaeth. Cymysgedd ffiaidd o nwyon a chynhwysion perfedd, a dyn wedi rhyddhau'i afael ar bethau. Claddodd Felix ei drwyn, unwaith eto, yn nyth ei benelin wrth gamu drwy'r drws. Clywodd sŵn y pryfaid yn heidio cyn i'w lygaid ddygymod â'r tywyllwch. Yna gwelodd ddyn wedi'i glymu, â thâp gludiog brown o gwmpas ei gorff a'i freichiau, i gadair swyddfa ar olwynion. Nid oedd ei goesau byr yn cyrraedd y llawr ac roedd hyn yn gwneud yr olygfa yn hyd yn oed yn fwy pathetig, tybiai Felix.

Yncl Geoff, y dyn bach pygddu. Ei wddf wedi'i hollti ar yr ochr chwith nes bod Felix yn gallu gweld asgwrn ei afal freuant. Gwyrodd ei ben i'r dde a dawnsiodd pla o bryfaid duon ar wyneb ei lygaid agored. Edrychodd Felix ar y stwmp lle'r arferai llaw dde Yncl Geoff fod, a gweld ei fysedd fel tshipolatas bob sut ar y llawr. Gorweddai pleiars yn euog waedlyd wrth eu hymyl.

Edrychodd Felix o gwmpas y cwt yn gyflym heb symud o'r adwy, yn ysu am gael dianc. Gwelodd lawddryll tywyll ar y bwrdd ymysg y tŵls.

Dryll Geoff, siŵr o fod, meddyliodd Felix. Ddylai'i fod o wedi'i iwsho fo, ella fysa'i fysedd, a'i fywyd yn dal gynno fo.

Camodd i mewn i'r cwt a chydio yn y dryll; cododd y pryfaid yn swnllyd o'u gwaith am eiliad cyn dychwelyd at y corff marw. Rhuthrodd allan o'r Portakabin gan aros nes ei fod wrth y drysau cyn cymryd anadl ddofn. Pwysodd yn erbyn y drws a gwasgu'r botwm wrth ymyl top yr handlen i ollwng y magasîn allan o waelod y dryll. Roedd y magasîn yn dal pymtheg bwled ac roedd Felix yn gallu gweld un deg pedwar ynddo. Trodd y dryll ar ei ochr: Glock 19C, wedi naddu i'w flaen, ac yna, *Made in Austria*. Tynnodd gorff y dryll yn ôl tuag ato gan ddatgelu'r baril a daeth y pymthegfed bwled allan o ganol yr arf i orwedd yn ddiniwed rhwng ei fawd a'r handlen.

Rhoddodd y fwled yn y magasîn cyn ei ddychwelyd yn ddwfn i handlen y dryll â chlep derfynol.

Cerddodd Felix at y BMW, plygodd ac estyn am y goriad o'r ecsôst. Aeth i eistedd yn y sedd gefn ac estyn y ffôn o'r blwch yng nghefn y sedd flaen. Eisteddodd yno'n syllu ar y ffôn am amser hir, ei feddwl yn wag a'i foch yn curo'n uffernol o boenus. Nid oedd dim ond un person y gallai feddwl amdano fuasai efallai'n gallu'i helpu. Deialodd rif.

Atebodd rhywun ymhen ychydig a dweud, 'Felix. Ti'n iawn?'

'Llyn. Lle wyt ti?' mwmialodd Felix wrth ei hen ffrind.

'Ti'n swnio'n rhyfadd. Ti mewn twnnel neu rwbath?'

'Na. Dwi 'sho ffafr. Lle wyt ti?' gofynnodd eto, ei leferydd yn ei atgoffa o'r tro diwethaf iddo gael tynnu dant gan y deintydd.

'Be sy'n bod, gyfaill?'

'Lle ffwc wyt ti?'

'Olréit, olréit. Yn y swyddfa, ti'n gwbod. Y Syndei Taims yn Llundain.'

'Gwranda rŵan. Dwi yn Stockport . . .'

'Stockport? Gogledd Lloegr?'

'Dio'm 'di symud, naddo? Cau dy geg am funud. Dwi angen doctor, yn go handi.'

'Felly be 'di'r broblem? Dos i unrhyw ysbyty, dio'm ots dy fod ti'n Lloegr, 'sdi. Yr NHS ydi'r NHS, waeth ots lle wyt ti.'

'Dwi'm yn gallu. Dwi 'di ca'l 'yn saethu yn 'y mhen.'

'Cer o 'ma!' bloeddiodd y Llyn cyn oedi am eiliad ac yna sibrwd, 'Ti o ddifri?'

'Trw' 'moch. Fewn i 'ngheg ac allan. Fedri di feddwl am rywun? Doctor? Nyrs? Ffycin fet, neith tro. Ond rhywun agos, dwi'm yn teimlo'n rhy sbeshal.'

'Ti'm yn tynnu 'nghoes i?'

'Tegid Bala! Ar fy llw.' Doedd dim arall amdani ond defnyddio enw iawn y Llyn. 'Ac edrych ar y niws, hefyd. Trafyl-loj yn Ellesmere Pôrt.'

Arhosodd y Llyn am amser hir cyn dweud, 'Ffonia i chdi'n ôl.'

'Brysia.'

'Dau funud,' meddai ei gyfaill ac aeth y lein yn farw.

Roedd hi yn nes at ddeg munud cyn i'w ffôn ganu. Yn y cyfamser roedd Felix wedi gwrando ar hanner dwsin o negeseuon ar y ffôn gan Tecwyn Keynes. Nid oedd ganddo'r egni i'w ffonio'n ôl, felly dyma fo'n gyrru neges destun gyflym yn dweud y buasai'n cysylltu'n fuan a bod ganddo lawer o ddatblygiadau diddorol i'w hadrodd. Yndysteitmynt of the ffycin îyr, meddyliodd wrth wasgu *Send*. Pwysodd yn ôl ar y sedd wedyn a cheisio canolbwyntio ar ddigwyddiadau'r dydd er mwyn anwybyddu'r boen.

Pwy oedd y dyn mewn du, Felix? gofynnodd iddo'i hun. Pwy oedd y ffycin Ffarmwr, 'na? A pam oedd o'n dal yn fyw ar ôl ca'l 'i saethu dwn i ddim faint o weitha? A ble ma nhw, rŵan? Yn farw tu allan i ffenest y gwesty? Os felly, bydd y cops yn ffeindio'r laptop yn y bag ar gefn y dyn ac wedyn fydd hi ar ben ar Walter Jones. A finna hefyd.

Tynnwyd ei sylw gan gar yn troi'r gornel allan o Grafton Street fel roedd y ffôn yn canu yn ei law. Tacsi Redfire. Nid oedd Felix yn gallu gweld y dreifar drwy ffenestri tywyll y Bîmyr ond roedd o'n gwybod yn iawn pwy oedd yno. Suddodd ychydig yn ei sedd wrth ateb y ffôn wrth i'r Ffarmwr yrru heibio a'i wyneb yn ddifynegiant a rhwymyn gwyn, fel polo-nec, o amgylch ei wddf.

'Llyn?'

'Iesu Grist, Felix! Be ti 'di bod yn neud?'

'Dio'n edrych yn ddrwg?' mwmialodd Felix, a'i eiriau'n colli'u siâp, fel ynganiad taflwr lleisiau gwael.

'Brêcing niws ar y sianeli newyddion i gyd. O leia dau wedi marw, mwg du yn dod allan o ochr yr adeilad. Heddlu, ambiwlans a'r frigâd dân yn bob man. Be uffar ddigwyddodd?'

'Os byswn i'n gwbod, fyswn i'n deud 'tha chdi. Dim ond dau gorff ti'n ddeud?'

'Be ti'n feddwl – dim ond?' gofynnodd y Llyn yn anghrediniol.

'A'th 'na ddau allan drwy'r ffenest. Oeddwn i'n meddwl fysa o leia un wedi . . . ti'mbo?'

'Be ti'n feddwl – allan drwy'r ffenest? Iesu mawr, Felix!'

'Beth am y busnas doctor 'ma? Unrhyw lwc?'

Aeth y ffôn yn ddistaw a gallai Felix weld ei ffrind, yn llygad ei feddwl, ei ben wedi'i blygu ac un llaw rawaidd yn crafu drwy'i wallt gwyllt. Daeth ochenaid, un araf a gostyngedig, allan o'r ffôn. ''Sgyn ti gar?' gofynnodd y Llyn yn dawel.

'Oes.'

'Tydi Stoner ddim yn rhy bell. 'Sgin ti *sat nav*?'

'Rojyr ddat.'

'Rho Belgrave Avenue, Eccles, i fewn.'

'Pwy 'di'r boi 'ma? Stoner ddudest ti?

'Capten William Stoner. Ecs-armi. Dwi 'di bod o gymorth iddo fo yn y gorffennol, felly . . .'

'Sut ma hen soldiwr yn mynd i helpu?' gofynnodd Felix, a'i foch yn curo fel tonnau gwyllt y môr ar graig noeth.

'Llawfeddyg ydi o. Neu oedd o, ffîld syrjyn. 'Di bod yn Iwerddon, Bosnia, Irac, bob man. Dyn da hefyd.'

'Sut ti'n gwbod neith o gau'i geg?'

'Arna fo fwy nag un gymwynas i fi, Felix. A dwi'n trystio'r dyn. Mae o'n awyddus i helpu a does gin ti ddim llawer o ddewis, dwi'm yn meddwl. Wiw i dlotyn . . . fel maen nhw'n ddweud.'

∎

Lai na hanner awr yn ddiweddarach, a'r haul yn marw'n waedlyd uwch toeon y tai o frics coch, gyrrai Oswyn Felix ar hyd Belgrave Avenue. Roedd ei lygad chwith wedi cau'n llwyr ac roedd y boen yn ei foch mor ddwys nes ei fod o fewn dim i lewygu.

Clarendon House – dyna ddywedodd y Llyn oedd enw tŷ'r dyn ac roedd Felix yn gorfod stopio o flaen pob tŷ i edrych ar ei enw cyn gyrru ymlaen i lawr y lôn dawel. Nid oedd yn bosib gyrru a chwilio â dim ond un llygad iach. Stopiodd am y chweched tro ac wrth droi ei ben i edrych, disgynnodd Felix i bwll du, diddiwedd anymwybod.

14

Eisteddodd Carl Gunther wrth y bwrdd brecwast yng nghegin lwm Tyddyn Afallen. Cododd ei wefus uchaf mewn poen wrth iddo dynnu'r rhwymyn gwyn oddi ar ei wddf a hwnnw'n glynu wrth y gwaed rhuddgoch, sych. Nid oedd y fwled wedi tyllu trwy'i wythïen garotid ar ei ffordd drwy'i wddf ac felly roedd y ffarmwr moch, y llofrudd, yn fyw o hyd. Gorweddai fest Kevlar ar gefn y gadair, dilledyn oedd wedi rhwystro'r ddwy fwled arall rhag darganfod eu ffordd i'w galon. Disgleiriai dau glais anferth fel staeniau gwin coch ar ei fron noeth. Gafaelodd mewn talch o ddrych ac astudio'r twll ym mlaen ei wddf. Twll glân, lliwgar a blin yr olwg.

Rhwygodd baced o Always ar agor a gosod un o'r cadachau misglwyf o amgylch ei wddf a dros y ddau dwll. Estynodd rwymyn glân a chlymu'r cadach yn dynn am yr achollion.

Edrychodd ar y pymtheg pwyth yr oedd o wedi'u gwnïo i mewn i'w glun chwith rai munudau ynghynt. Nid oedd yn teimlo unrhyw boen gan ei fod wedi chwistrellu'i hun gyda lidocen ac adrenalin a roddodd daw ar y gwaedu hefyd.

Digwyddodd yr hollt yn ei glun wrth iddo ddisgyn allan o ffenest y gwesty. Rhwygwyd y cnawd ar ddarn o goedyn o'r prysglwyn islaw'r ffenest. Roedd y tyfiant hefyd wedi helpu i arbed y ddau ddyn rhag cael eu lladd gan iddynt ddisgyn ugain troedfedd, bron, i'r ddaear. Gunther oedd y cyntaf ar ei draed, a'r dyn laddodd Judy Fisher yn griddfan ar ei gefn wrth ei ochr, y dryll yn dal yn ei law dde. Penderfynodd Gunther ddianc o olwg y dyn yn hytrach na chythru am y dryll. Ac ni wnaeth hynny eiliad yn rhy hwyr chwaith, gan ei fod yn clywed twrw'r arf yn poeri-pylu bwledi y tu ôl iddo wrth ddianc.

Roedd yn rhaid iddo fynd yn ofalus rhag cael ei weld gan y bobl oedd wedi ymgasglu'r tu allan i'r gwesty, a chanfod ei ffordd at y tacsi i'r chwith o flaen yr adeilad. Cafodd gipolwg ar Audi Judy Fisher yn gadael y maes parcio, gan wybod nad hi oedd yn ei yrru.

Ni welodd lofrudd Judy eto wedyn ond roedd o'n gwybod yn reddfol mai fo oedd yn berchen ar y fan lwyd oedd wedi'i pharcio ychydig i lawr y lôn o'r gwesty. Stopiodd Gunther y tacsi Redfire, aeth allan a thrywanu ei deiar blaen â'i gyllell hela. Dim ond un teiar, digon i arafu'r dyn, dim digon i dynnu sylw'r awdurdodau. Nid dyna oedd ei waith na'i fwriad.

Dial oedd ei fwriad. Am y tro cyntaf ers amser maith roedd Carl Gunther wedi'i wylltio.

■

Saethodd Simonds sawl gwaith ond roedd blaen y dryll yn chwifio'n wyllt ac yntau ar ei gefn ar lawr. Diflannodd y dyn. Edrychodd i fyny ar y mwg du'n byrlymu allan o ffenest y llawr cyntaf uwchben.

Sut uffar ddigwyddodd hynna? gofynnodd iddo'i hun wrth godi ar ei draed ac archwilio'i gorff am unrhyw anafiadau. Yn wyrthiol, roedd o'n holliach ond roedd yn gallu clywed a theimlo'r gliniadur yn symud yn ddarnau yn y bag ar ei gefn. Ochneidiodd yn araf wrth gerdded i ffwrdd i'r un cyfeiriad ag yr aeth y dyn a'i gwthiodd o allan drwy'r ffenest. Nid oedd Simonds am frysio oherwydd, yn y bôn, roedd o wedi llwyddo yn yr hyn yr oedd am ei gyflawni. Gallai'r darnau rhydd, anniben ddisgwyl am ychydig cyn eu twtio. Chwarddodd iddo'i hun wrth feddwl am y dyn â'r llygaid od yn codi o farw'n fyw.

Nid oedd yn hapus ar ôl iddo gyrraedd ei fan a gweld y teiar fflat, ond cymerodd ei amser yn gosod yr olwyn sbâr. Nid oedd hyd yn oed wedi poeni dim am y dryll yn ei wain pan stopiodd un o aelodau'r nifer heddlu a basiodd i ofyn a oedd o angen cymorth.

'I'm fine officers. Thanks for the offer, almost done. Bloody puncture!' meddai gan wenu a gwthio'i sbectol dywyll i fyny allt ei drwyn.

Yna, gyrrodd allan o Ellesmere Port â faniau teledu a'r dysglau lloeren ar eu toeau ac ambiwlansys ac injans tân, i gyd yn mynd y ffordd arall.

15

DEFFRODD Felix â'r ddelwedd o'r dyn yn estyn cerdyn busnes Tecwyn Keynes allan o boced ei siaced denim ddu yn sgrechian fel diweddglo hunllef yn llygad ei feddwl. Eiliad yn ddiweddarach, agorodd ei lygaid a sylwi ei fod yn gorwedd ar sgiw hir mewn cegin lân a modern. Roedd ei ben wedi'i droi ar ei ochr ac nid oedd gan Felix unrhyw syniad ble roedd o na pham yr oedd yno. Roedd yn ymwybodol fod ei lafoer wedi ei ludo at y tywel gwyn dan ei ben. Ond pan gododd ei ben fymryn i edrych, gwelodd mai gwaed oedd yn fwyaf cyfrifol am yr uniad. Daeth coesau dyn mewn trywsus llwyd, ac arno smotiau o waed tywyll, i'r golwg a sefyll o flaen ei wyneb.

'You're awake,' meddai'r dyn mewn acen Albanaidd gref.

Ceisiodd Felix ateb ond ni allai symud ei wefusau na'i ên. Cododd ei fysedd i fyny at ei foch.

'I wouldn't do that if I were you, lad.'

Pan gyffyrddodd Felix ei foch aeth mellten o boen trwy'i benglog. Disgynnodd yn ôl i lawr i bwll du.

■

Deffrodd Felix eto, â'r un olygfa'n ymddangos yn llygad ei feddwl. Roedd o'n gallu gweld wyneb y dyn y tro hwn wrth iddo astudio'r ysgrifen ar y cerdyn busnes: dyn eithaf golygus â barf deuddydd a gwallt du. Roedd ganddo dalcen uchel a gên gadarn.

Agorodd Felix ei lygaid a gweld ei hun yn gorwedd ar ei gefn ar wely mewn ystafell eithaf tywyll, a golau dydd yn gwasgu drwy ymylon y cyrtans caeëdig. Roedd ei ben yn glir a gallai deimlo'r twll yn ei foch yn pylsio'n ddig. Nid oedd y chwydd yn tynhau cymaint ar ei groen mwyach a gallai Felix weld drwy ei ddwy lygad. Ysgydwodd fysedd ei ddwylo o'i flaen cyn eu rhwbio yn ei gilydd i weld pa mor hyblyg oeddynt; gwnaeth yr un peth hefyd gyda bodiau'i draed o dan y flanced ysgafn. Popeth i'w weld yn iawn. Cododd ei law i gyffwrdd â'i foch, yn ymwybodol o beth ddigwyddodd y tro olaf iddo geisio gwneud y fath beth. Teimlodd ddefnydd esmwyth dan ei fysedd. Rhwymyn, dyfalodd. Gwelodd ddrych maint corff dyn rhwng dau ddrws wardrob fawr wrth ochr y ffenest. Lluchiodd y flanced i'r naill ochr a gweld ei fod yn dal i wisgo'r un dillad. Cododd yn araf oddi ar y gwely a cherdded, yn teimlo fel llo newydd ei eni, tuag at y drych.

Edrychodd ar y sanau ar ei draed a chofio mwyaf sydyn am y co' bach yng ngwaelod ei esgid. Cododd ei ben at y drych a gweld ei wyneb wedi'i rwymo'n wyn, ei drwyn, ei wefusau a'i lygaid yn ynysoedd o groen ar fôr llaethog.

'Ffyc mi,' ebychodd, a'r ynys isaf yn ffrwydro i ddatgelu'i llosgfynydd aur. Crafodd y dannedd blaen wrth edrych o gwmpas y llawr tywyll am ei Doc Martens.

'Downstairs,' meddai'r Sgotyn yn adwy dywyll y drws agored. Trodd Felix yn rhy sydyn i edrych arno a theimlo'i ben yn nofio'n chwil am rai eiliadau. 'Yer shoes, and yer wee thingummy.' Safai yno'n cydio mewn gwydriad o rywbeth meddwol a sylwodd y dyn ar Felix yn edrych ar y ddiod. 'It's a whiskey. Irish, a *uisce beatha* as they say over there. And yes, I'm Stoner.' Ni symudodd y dyn na Felix am amser hir, a Felix ddim ond yn rhy falch o roi'r cyfle i'r stafell beidio â throi. 'And before you ask, it's a quarter past ten.' Cododd y gwydriad eto a chymryd llymaid. 'It's just what I do.'

Dyma Felix yn shifflad heibio'r dyn ac allan o'r ystafell wely yn araf.

'Straight ahead, don't pull the chain and run a tap at the same time, it makes a hell of a noise,' meddai Stoner heb symud.

Cerddodd Felix i mewn i'r bathrwm a chau'r drws.

■

Cododd oglau coffi i'w ffroenau wrth iddo symud yn dawel yn nhraed ei sanau i lawr y grisiau.

'In here.'

Dilynodd drywydd llais y Sgotyn Stoner i lawr y coridor byr i gefn y tŷ. Eisteddodd y dyn tal ar y sgiw o bren golau yn y gegin. O'i flaen, ar fwrdd nad oedd yno ynghynt pan orweddai Felix ar ei hyd ar y dodrefnyn, roedd *cafetière* o goffi du a'i hidlwr heb ei wthio i lawr.

'There's milk in the fridge. Got nae sugar.'

Eisteddodd Felix ar yr unig gadair, gyferbyn â'r Sgotyn. Gwthiodd yr hidlwr a thywallt mygiad llawn o'r hylif du, poeth iddo'i hun. Roedd Felix wedi tynnu gwaith rhwymo'r dyn oddi arno ac wedi'i ailrwymo o gwmpas ei ben ac oddi tan ei ên fel bod ei wyneb cleisiog yn y golwg.

'Ecs-armi, Tegid sed,' mwmialodd Felix, yn teimlo'n rhyfedd yn defnyddio enw bedydd y Llyn.

Nodiodd Stoner cyn gofyn, 'And yersel'?' Ysgydwodd Felix ei ben. 'But you've bin in the wars these past few days, that's fer sure.'

Chwarddodd Felix yn fyr ac edrych i fyw llygaid y dyn, a'r rheiny'n nofio'n goch mewn haen o hylif trwchus, fel dagrau na allai byth ddisgyn. 'Haw did ai . . . ?'

'You were outwith the house, yer hid on the horn, makin' a racket. I guessed you were who I was waitin' for. So I pushed yae along and drove yer wee car intae me drive. Patched you up and here you are, gid as new.'

'Thancs.'

'Nae bother, lad.' Cododd Stoner ei ddwylo i'r amlwg; roeddent yn gafael mewn gwydriad o wisgi.

Pwyntiodd Felix â'i drwyn a gofyn, 'Can ai haf sym of ddat? Ffor medisinal pyrpysus, Doc.'

Tywalltodd William Stoner hanner ei ddiod feddwol i fŷg Felix. 'Never did me any harm . . .' arhosodd eiliad gan syllu, heb wenu, i fyw llygaid Felix cyn ychwanegu, '. . . he lied.'

■

Cyn troi i mewn i'r dreif roedd Felix yn gwybod bod rhywbeth mawr o'i le. Nid oedd Tecwyn wedi ateb ei ffôn drwy'r bore ac roedd y darlun o'i gerdyn busnes yn dod allan o boced Felix yn y gwesty yn chwarae drosodd a throsodd yn ei feddwl. Ysgwyd ei ben ddaru Stoner pan roddodd Felix ei sgidiau am ei draed a dweud ei fod am fynd, hanner awr ar ôl mentro i lawr y grisiau. Dweud dim. Dim ond ysgwyd ei ben.

Gyrrodd i fyny'r dramwyfa i dŷ Tecs a gweld drws ffrynt y byngalo yn llydan agored. Cydiodd Felix yn y Glock ar sedd y teithiwr a lladd injan y Bîmyr. Tynnodd yr het bysgota roedd Stoner wedi'i rhoi iddo i gymryd lle'r dryll ar y sedd. 'People will notice, you driving around like a mummy,' oedd yr hen lawfeddyg wedi dweud wrth osod yr het am ei ben. Cerddodd Felix yn ofalus tuag at y portsh. Roedd hi'n chwarter wedi tri; roedd bron i ddiwrnod wedi mynd ers iddo gael ei saethu yn ei ben ac roedd Felix yn awyddus i osgoi rhoi ail gynnig i'r dyn. Tynnodd ar gorff y dryll gan yrru bwled i'w siambr. Cociodd y gwn a gosod ei fys bawd yn barod wrth y taniwr. Gwthiodd ei gefn yn erbyn y drws ffrynt wrth groesi'r trothwy a theimlo'r gwaed yn curo yn ei fron a'i foch. Dechreuodd lithro'i gefn yn araf ar hyd wal y coridor, a cherdded fel cranc tua chanol y tŷ. Sathrodd ar wydr a chymerodd gipolwg cyflym ar y llun o Tecwyn Keynes, ei ddyweddi Amélie a'u mab ar lawr – beth oedd ei enw fo, hefyd? Bertrand, neu rwbath tebyg – ei ffrâm yn ddarnau. Gwydr ym mhobman. Aeth yn ei flaen ac ymddangosodd yr ystafell fyw fawr o'i flaen. Roedd yr ystafell yn rhyfedd o olau ac yn gwrthgyferbynnu â'r coridor tywyll. Gwelodd Felix gefn Tecwyn Keynes yn eistedd ar gadair ledr foethus, yn syllu'n llonydd allan drwy'r wal o ddrysau gwydr ar y patio a thua'r ardd daclus tu hwnt.

'Tecs?' sibrydodd Felix. Dim ateb. 'Tecs?' Dim ateb.

Cerddodd Felix ar hyd y rŷg porffor gan gadw'i ddryll wedi'i anelu tuag at agoriad y coridor arall ym mhen draw'r stafell. Edrychodd o gwmpas ond nid oedd unrhyw olwg o drais na chyffro. Aeth i sefyll heb fod yn bell oddi wrth Tecwyn a chymryd cipolwg ar ei wyneb gwag a gwelw yn syllu'n syth o'i flaen. Arhosodd ei ddryll a'r rhan fwyaf o'i sylw wedi'u hoelio ar ddüwch yr ail goridor oedd yn arwain allan o'r ystafell.

'Tecwyn, be sy'n bod?' gofynnodd yn blaen. Dim ateb.

Cydiodd yn ysgwydd ei gyfaill a'i ysgwyd yn ysgafn. Trodd Tecwyn Keynes i edrych i fyny arno, ei wyneb yn llonydd heblaw am y cryndod rhyfeddaf o gwmpas ei lygaid coch. Dechreuodd y dagrau ddisgyn yn dawel i lawr ei foch ac aeth yn ôl yn araf i syllu'n syth o'i flaen. Gwasgodd Felix ei ysgwydd cyn mynd i archwilio gweddill y byngalo.

Roedd yna dri drws ar y coridor cyn iddo droi cornel naw deg gradd: y cyntaf yn gilagored, yr ail ar agor yn llwyr a'r trydydd ar gau. Cerddodd Felix yn ofalus a thawel at ymyl y drws cyntaf cyn ei wthio, yn gwichian yn isel, â blaen y Glock i agor yn araf. Roedd y cyrtans ar agor – ystafell plentyn. Ystafell hogyn tua phum mlwydd oed, tybiodd Felix o edrych ar y teganau ar y llawr a'r gwely Spiderman gwag. Neb yno. Aeth yn ei flaen ac edrych i mewn i'r ystafell ganol, dywyll. Tynnodd ar gortyn a goleuo ystafell ymolchi foethus, y toiled, y *bidet* a'r bath yn wyn, sgleiniog. Y llawr a'r waliau o farmor du, gloyw. Neb yno. Aeth Felix yn ei flaen heibio'r trydydd drws caeëdig ac edrych rownd y gornel. Drwy ddrws ffrynt agored y byngalo gwelodd y BMW lle roedd o wedi'i adael y tu allan. Roedd y tŷ yn dawel fel tŷ haf.

Camodd Felix yn ôl a chnocio'n ysgafn ar y drws. Dim ateb. Trodd ddwrn y drws a'i agor yn araf gan aros y tu allan. Roedd yr ystafell wely fawr yn dywyll, ond roedd Felix yn gwybod bod rhywun yno. Rhoddodd y dyrnwr yn ôl i nythu'n ofalus yng nghefn y Glock cyn ei roi i gadw ym mhoced fewnol ei siaced denim ddu.

Cerddodd i mewn i'r ystafell yn hanner-gweld a hanner-synhwyro rhywun yn gorwedd yn y gwyll ar lawr rhwng y gwely a'r wal bellaf. Roedd cyrtans tywyll a thrwchus yn gorchuddio rhan ganol y wal, o'r nenfwd hyd at y llawr.

Gafaelodd Felix yng nghanol y cyrtans, eu hagor, a gadael hollt o olau llachar i mewn i'r stafell. Eisteddai Amélie mewn pelen ar y llawr yn cydio mewn bachgen yn dynn at ei chorff – Bertrand, mae'n rhaid. Codai'i gwallt du yn dresi afreolus ar hyd y papur wal gwyn lle roedd hi wedi llithro'n swp i'r llawr, ei llygad chwith wedi chwyddo ynghau.

'Amélie?' Pwysodd Felix tuag ati, gan adael i'r cyrtans ddisgyn, a'r ystafell yn dywyll unwaith eto. 'Amélie, wat hapynd?'

'Go away,' meddai Amélie, ei llais yn ddemosiwn a thawel.

'Is ddy boi . . . ?'

Roedd y tawelwch yn erchyll cyn iddi ateb. 'He's asleep.' Roedd goslef ddidaro ei llais yn sicrhau Felix mai dyma oedd y gwir ac ochneidiodd yn fyr wrth godi'n araf o'i gwrcwd. Cliciodd ei ben-glin yn boenus. Aeth allan o'r ystafell a chau'r drws yn dawel.

'Be ddigwyddodd, Tecs?' Roedd Felix wedi llusgo otoman llwyd, gwlanog o flaen y drysau gwydr ac eisteddai arno'n syllu'n syth i wacter wyneb drychiolaeth Tecwyn Keynes.

Disgynnodd ei ben i'w ddwylo wrth iddo ddianc o'i

lesmair trist, mwyaf sydyn. 'Doedd gynna i mo'r dewis, Felix. Dwi'n sori, dwi'n sori.'

'Dyn hefo sailensyr ar ei wn, ia? Gwisgo du?'

'A balaclafa.' Nid oedd Tecwyn yn edrych arno, a chwaraeai ei fysedd drwy'i wallt byr.

''Nes ti'm gweld 'i wyneb o. Mae hynna'n beth da, Tecs. Rhwbath da iawn.'

'Dim ond chdi oedd o isho.' Stopiodd rwbio'i benglog ond ni ddangosodd ei wyneb.

'Fi?' Nodiodd Tecwyn ddwywaith. 'Pryd oedd o yma? Pryd a'th o?'

'Bore 'ma, tua tair awr . . . deg munud wedyn, oedd o . . .'

'. . . 'Di ca'l be oedd o isho.' Gorffennodd Felix y frawddeg iddo. 'Be ddydes ti wrtho fo, Tecs?'

'Be oeddwn i'n wbod.' Edrychodd i fyny, roedd o'n edrych ugain mlynedd yn hŷn. 'Ffycin hel, Felix. Roedd o'n gafal yn Amélie gerfydd 'i gwallt, fel ci, ti'n gwbod? Nath o 'nghloi i a Bert yn y bathrwm. Y sgrechian, wedyn. Y sgrechian. Ffycin hel, Felix.' Suddodd ei ben yn ôl i'w ddwylo a rhoddodd Felix ei law ar ei gefn.

'Lle 'nest ti yrru fo, Tecs?'

'Tŷ dy gariad di, Felix. Yn Dwylan. Dwi'n sori, Felix.'

Gwthiodd Felix ysgwydd Tecwyn Keynes yn araf a gorfodi i'w ben godi. 'Tair awr yn ôl?'

Nodiodd Tecwyn arno, ei wyneb wedi crebachu wrth i'w holl enaid wingo yn wyneb noeth ei frad. Cododd

Felix i sefyll, ei ben-glin yn gwneud twrw fel clecian bysedd. 'Pwy oedd o?' gofynnodd Tecwyn wrth i Felix gerdded allan o'r stafell.

'Dyn drwg, Tecwyn. Dach chi'n lwcus bod chi'n fyw,' meddai Felix heb stopio na throi.

■

Brasgamodd o'r tŷ yn gwasgu llinell hir o Bonjela allan o'r tiwb ar ei fys bawd. Rhwbiodd yr hylif i mewn i'w geg er mwyn lliniaru peth ar y boen. Pwniodd rif i'r ffôn symudol wrth eistedd yn y BMW a chychwyn yr injan. Rhoddodd y ffôn at ei glust wrth facio allan o'r dreif yr un pryd.

'Karen, ateb dy ffôn, ffor ffycs sêcs,' mwmaliodd wrth i gefn y car daro'r lôn yn rhy galed a gwichian ei brotest a Felix yn troi'r olwyn i'w sythu.

'Helo?' meddai Karen, yn amlwg yn amheus o'r rhif ffôn diarth.

'Fi sy 'ma. Lle wyt ti?'

'Felix? Ti'n swnio'n ffyni. Paid â ffonio rhywun os ti'n ganol byta rhw . . .'

'Karen!' torrodd Felix ar ei thraws a phanig yn ei lais. 'Lle ffwc wyt ti?'

Distawrwydd am eiliad. 'Tu allan i Lidl, Port, ac yn dechra mynd yn pisd off. Pam ti'n bod yn flin?'

'Sori am weiddi. Lle ma Neville?'

'Gwaith. Pam?'

'Dos i weld Neville, 'nei di? Ac arhoswch ym Mhortmeirion. Y ddau ohonoch chi. Ocê?'

Dim ateb.

'Karen! Ocê?' Saethodd poen fel mellten i lawr ei wddf wrth iddo weiddi i mewn i'r ffôn.

'Iawn, iawn. Down't panic. Be ma hyn i gyd amdan?'

'Mès llwyr. Siriys rŵan, Karen. Paid â mynd ar gyfyl Dwylan nes dwi'n ffonio chdi'n ôl. Ocê?'

'Beth am Heddwyn?'

'Ia, dwi'n gwbod. Dwi'n mynd i nôl Heddwyn rŵan hyn. Dwi'n mynd, iawn?'

'Ti'n dychryn fi rŵan, Felix. Pam mae dy lais di'n od?'

'Wela i chdi cyn bo hir. Paid â poeni. 'Na i esbonio'r sioe i gyd i chdi nes ymlaen, ocê?'

'Bydda'n ofalus ta,' sibrydodd Karen, ac roedd Felix yn synhwyro maint ei gofid yn yr ychydig eiriau.

'Ffonia fi 'nôl ar y rhif yma os ti'n methu cael gafal ar Neville, 'nei di? A deu'tha fo i beidio mynd yn agos at Dwylan. O ddifri rŵan.'

'Olréit, olréit.'

'Welai di,' meddai Felix wedyn. isho dweud wrth Karen faint roedd o'n ei charu hi ond ddim am godi hyd yn oed mwy o fraw arni. Diffoddodd y ffôn a'i luchio ar yr het ar y sedd wrth ei ochr.

■

Canodd y ffôn wrth i Felix yrru allan o dwnnel Penmaen-bach. Edrychodd ar y rhif. Y Llyn. Gyrrodd oddi ar yr A55 prysur i lawr lôn ochr dawel, a'r ffôn yn dal i ganu'n undonog.

'Hei,' atebodd Felix, yn teimlo'n sâl i'w stumog yn fwyaf sydyn. Arafodd y car i stop.

'Wel,' dechreuodd y Llyn mewn llais rhesymol. 'Dwi'n gyrru i fyny i Manceinion a ti'n diflannu i Duw-a-wŷr lle. Wel?'

'Ma'r boi ddaru saethu fi yn gwbod lle mae Karen yn byw. Felly dwi ar fy ffordd i Dwylan.'

'Dwylan?'

'Ma Karen yn ocê. Jyst mynd i nôl Heddwyn dwi.'

Distawrwydd am eiliad wrth i Felix ddisgwyl ymateb ei ffrind pennaf. 'Ma 'na ddyn uffernol o beryg, hefo gwn, sydd wedi dy saethu di yn dy wyneb yn barod, yn chwilio amdanach chdi, a ti'n penderfynu'i ddilyn o i Dwylan.'

'Pan ti'n 'i ddeud o fel 'na, tydi o'm yn swnio'n syniad grêt, dwi'n cyfadda,' meddai Felix yn ysgafn. Yna gwasgodd cramp poenus ar ei stumog. Agorodd ddrws y car a chwydu cymysgedd poeth o hylif brown, drewllyd a phoer gludiog ar y gwair, ei geg yn blasu'n afiach a'i friw yn llosgi'n frwnt.

'Felix? Felix? Felix!' Ailgydiodd yn y ffôn a oedd wedi disgyn o dan glytsh y car wrth ei draed. Roedd ei ben yn teimlo fel tunnell o gur wrth iddo blygu i'w nôl.

'Dwi yma, dwi yma. 'Nes i ollwng y ffôn.'

'Be oedd y twrw 'na?'

'Dim byd. Dwi'n goro' mynd. 'Na i ffonio chdi.'

'Be ti 'sho fi neud?'

'Diolch i Stoner i fi, 'nei di? A diolch i chdi hefyd.' Diffoddodd y ffôn cyn i'r Llyn gael cyfle i ddweud dim. Mwy o gwestiynau siŵr o fod. A Felix heb unrhyw un o'r atebion.

■

Canodd y ffôn eto wrth i'r BMW wibio wyth deg milltir yr awr rhwng y Groeslon a Phenygroes. Lai na deg munud i ffwrdd o Dwylan.

Karen.

'Helo?'

'Felix, dwi 'di chwilio'n bob man. Dwi'n methu ffeindio Neville. Mae'i ffôn o'n mynd yn syth i foismeil a tydi'r hen gar 'na ddim yma chwaith.' Suddodd calon Felix fel llong danfor i waelod ei fol. 'Felix? Ti yna?'

'Paid â poeni, dwi bron yna. Dio'm 'di mynd yn bell. Ffonia i chdi'n ôl mewn chwarter awr, dwi'n addo.' Lluchiodd y ffôn ar y sedd a gwthio'i droed ar y sbardun i'r llawr.

■

Pe buasai'r heddlu wedi digwydd dod ar ei draws wrth iddo ddyrnu'i ffordd i Ddwylan buasai'r cyfan wedi bod ar ben. Ella fysa hynna wedi bod yn beth da, meddyliodd Felix wrth droi i fyny am y pentref oddi ar yr A487. Roedd dagrau o chwys oer wedi casglu ar ei dalcen a gallai deimlo'r halen yn pigo'i friw ar waelod ei foch drwy'r rhwymynnau tamp. Teimlai'i fol fel ogof anferth, yn rhy fawr i'w gorff rywsut. Cyrhaeddodd ysgol y pentref ac edrych i fyny ar y ddau dŷ bychan ynghlwm wrthi.

Drws ffrynt fflat 1 y tŷ pen yn llydan agored.

Ffyc!

Gwichiodd y Bîmyr mewn protest wrth i Felix dynnu'r handbrec cyn i'r olwynion stopio, a'r car wedyn ar ongl flêr wrth ochr y lôn ar waelod allt fer i dai'r ysgol. Cydiodd yn y Glock a'r ffôn a rhuthro allan o'r car, â chwistrelliad cryf o adrenalin yn lladd y boen ac yn dod â ffocws miniog i'w synhwyrau. Roedd Felix yn gweld a chlywed popeth, ei reddf amddiffynnol yn hollol effro. Cerddodd yn llawn pwrpas i fyny'r allt, a sŵn plant yn cydadrodd rhyw rigwm telynegol yn crwydro ar yr awel o'r cae chwarae ar yr ochr bella i'r ysgol. Cuddiodd y dryll yng nghysgod ei siaced agored, ei fys ar y taniwr. Gwthiodd drwy'r giât yn ddidrafferth, ei lygaid wedi'u hoelio ar ddüwch y drws agored o'i flaen. Camodd i mewn i'r tŷ a daeth â'r dryll i'r amlwg o'i flaen wrth gerdded yn ofalus drwy'r cyntedd: grisiau ar y chwith ac yna cegin o'i flaen, drws y parlwr ar gau ar y dde wrth droed y grisiau. Nid oedd neb yn y gegin fechan.

Rhwbiodd dalp o chwys oddi ar ei dalcen a gwlychu llawes ei siaced, gan glipian ei lygaid yr un pryd i waredu'r diferion hallt. Gwthiodd y drws ar agor a gweld y corff marw ar y soffa, gwaed tywyll wedi socian i'r defnydd llwyd ac yn bwll du ar y carped.

Corff Heddwyn.

Wedi'i saethu'n farw wrth orwedd ar y soffa, ei dafod hir yn hongian yn sych allan o ochr ei geg, ei ben ar ongl ryfedd, ei lygaid ar gau.

Ar gau am byth.

Camodd Felix i mewn i'r ystafell a syrthio i'w benliniau yn y pwll du, gan anwybyddu'r boen wrth i'w esgyrn glicio. Disgynnodd y dryll yn ddiymadferth wrth ei ochr a suddodd ei fysedd i mewn i gôt ddu ei gi anferth. Daeth ton ar ôl ton o alar drosto, storom wyllt o dristwch a phoen, ei galon fel petai'n cael ei mygu gan ddos gormodol o emosiwn. Nid oedd yn gallu cael ei wynt ato ac roedd dagrau wedi hanner ei ddallu. Dechreuodd duchan a sylwodd fod ei fysedd yn crynu wrth deimlo croen caled, oer Heddwyn o dan ei flew.

'O! Heddwyn, Heddwyn. Be ti 'di neud rŵan?' Rhoddodd ei ben i gyffwrdd talcen y *schnauzer* mawr. Gwthiodd ei drwyn o dan glust y ci ac anadlu oglau unigryw, hyfryd y man arbennig hwnnw yn ddwfn i'w ysgyfaint. Teimlodd ei ddagrau'n glynu cnawd ei foch at flew ei ffrind. Nid oedd Oswyn Felix wedi teimlo'r fath golled erioed yn ei fywyd. Cododd ei ben a rhoi mwythau, am y tro olaf, i ben Heddwyn. Safodd a rhwbio'r dagrau o'i lygaid.

Ti 'di neud hi, rŵan, meddyliodd, a'i dymer yn codi ynddo fel swnami i foddi pob emosiwn arall. Ti 'di ffycin neud hi, go iawn, rŵan.

■

Disgynnodd Felix yn un swp ar lechen stepen y drws ac edrych ar hen ddynes Gymreig – roedd o'n ei hadnabod ond ddim yn cofio'i henw – yn cerdded heibio at ei gar. Roedd ei goes chwith allan yn syth o'i flaen i osgoi plygu'i ben-glin ddiffygiol.

'Dach chi isho fi gau hwn?' gofynnodd y ddynes, yn pwyntio at ddrws agored y Bîmyr oedd yn rhwystro'i siwrnai ar hyd y pafin. Nodiodd Felix arni'n ysgafn a chodi'i law mewn ymddiheuriad. Gwthiodd y drws yn hanner cau a mynd ymlaen â'i phererindod.

Clywodd Felix dwrw digamsyniol y VW Golf cyn i'r car ymddangos rownd y gornel o ben arall y pentref. Neville wrth y llyw. Gwasgodd ei dalcen â'i law agored, ddim yn edrych ymlaen at orfod torri'r newyddion i'r llanc a oedd lawn mor hoff o'r hen gi ag yntau. Rhuthrodd yr hogyn i fyny'r allt fer tuag ato.

'Be ffwc sydd 'di digwydd i chdi?' gofynnodd yn ei fest waldio-gwragedd gwyn â thop ei ofarôls garddio wedi'i glymu o amgylch ei ganol.

'Nev.' Edrychodd Felix i fyny ar Neville ac roedd o'n gwybod bod mynegiant ei lais yn dweud y cyfan.

Ymlaciodd y cyhyrau yn wyneb Neville wrth iddo syllu arno am eiliadau hir.

Gwthiodd heibio iddo ac i mewn i'r tŷ ac o fewn dim dechreuodd yr hogyn weiddi, 'NA! NO WEI! No ffycin wei!'

Eisteddodd Felix ar y stepen am dros bum munud yn gwrando ar Neville yn crio yn y tŷ y tu ôl iddo. Aeth i'w boced ac estyn y ffôn.

'Felix?'

'Hei, Karen. Ma Nevs yn fama, hefo fi.'

'Yn Dwylan? Dio'n iawn?'

'Yndi, mae o'n olréit. Paid â poeni. Fydd o'n ôl yn fanna mewn hanner awr, ocê?'

'A chdi?'

'Ma gynna i rwbath dwi'n goro' neud, gynta.'

'Beth am Heddw . . . ?'

Rhoddodd Felix y ffôn yn farw yn ei boced a chodi'n araf gyda chymorth ffrâm y drws, ei ben-glin yn stiff fel cangen dderw.

16

AR ÔL SEFYLL o dan y gawod am amser maith, teimlai Felix ychydig yn well, ac yn llawer mwy glân. Herciodd i mewn i'w ystafell fechan yn y Travelodge ym Mhorthmadog yn noeth, gan sychu'i wallt â thywel, yn ofalus, rhag peidio â chyffwrdd yn ei foch. Rhoddodd y tywel ar y gwely cyn eistedd arno a thywallt gwydriad mawr – ei ail – o'r botel Glenlivet ar y cabinet bach wrth ei ochr.

Ers iddo helpu Neville i gario Heddwyn i'r Golf, ar ôl i Neville lapio'r corff mewn darn o darpolin, bu Felix yn brysur. Diolch byth, roedd yr hogyn wedi gwrando arno, heb gwyno'n ormodol. Edrych ar ôl dy fam, meddai Felix. A ffeindia rywle neis i gladdu'r hen Heddwyn, 'nei di? Yn y coed, ella? Rhoddodd fil o bunnoedd iddo a dweud wrth y ddau ohonynt am aros ym Mhortmeirion hyd nes roedd Felix yn dweud yn wahanol. Wedyn, roedd o wedi hel yr hogyn ar ei ffordd i'r pentref hynaws. O bosib, dyna'r lle mwyaf diogel yng Nghymru.

Nesa, roedd o wedi ffonio'r Llyn ac wedi gofyn iddo fynd i aros gyda Karen a Neville ym Mhortmeirion, jyst rhag ofn. Rhag ofn be? roedd y Llyn wedi gofyn. Atebodd Felix ddim. Nid oedd Felix yn gwybod beth oedd yr ateb. Dyna lle roedd Oswyn Felix am fynd nesa. Ar drywydd yr atebion. Roedd o hefyd wedyn wedi bachu gliniadur Neville cyn gadael Dwylan a bwcio i mewn i'r Travelodge yn Port. 'Free WiFi' roedd yr arwydd wedi'i ddweud wrth y drws. Dyna'n union be dwi isho, meddyliodd Felix.

Roedd y ferch ifanc wedi edrych yn syn arno wrth iddo dalu arian parod am un noson â het bysgota Stoner am ei ben, ei wyneb yn bob math o ddim-yn-normal. Roedd wedi bod yn siop ddillad Davies yn prynu trywsus a dau grys newydd. Paced o dri thrôns a dau bâr o sanau. Wedyn i lawr y lôn i'r offi a phrynu potel o'r stwff gorau roedd ganddynt i'w gynnig. Eisteddai ar y gwely rŵan yn tynnu'r labeli oddi ar y dillad ac yn llymeitian ei ddiod. Edrychodd ar y gliniadur ar y bwrdd coffi isel o flaen cadair fwced, anghyfforddus o fach yr olwg, a'r co' bach yn gorwedd yn ddisgwylgar wrth ei ymyl. Roedd o hefyd wedi ymweld â'r fferyllydd ar waelod y stryd fawr ac wedi cael parasetamol a rhwymynnau glân. Prynodd becyn o'r plastrau mwyaf oedd ganddynt ac ateb arsylliadau'r ddynes fach dew tu ôl i'r cownter drwy ddweud – Bachu'n hun yn 'sgota; dwi'm yn gallu dal annwyd, heb sôn am frithyll! Ac roedd y ddynes wedi gwenu arno mewn cydymdeimlad ac wedi llyncu'r abwyd celwydd yn well nag unrhyw bysgodyn.

Ar ôl gwisgo amdano estynnodd Felix y gliniadur, ei

agor a'i roi ar y gwely. Goleuodd y sgrin ac ymddangosodd y Diwc – John Wayne – yn bapur wal du a gwyn, ei Colt 45 yn anelu'n syth am Felix. Grêt, meddyliodd, jyst be dwi isho'i weld. Rhoddodd y co' bach yn un o'r porthladdoedd USB a disgwyl i bethau danio.

Cymerodd Felix tua phum munud i ddarganfod y ffeiliau penodol, y lluniau a'r fideo o Walter Jones yn ymhél â thrawswisgwr a phutain. A drws nesaf iddynt, ffeiliau dan y teitl WFC + GreenSteer. Be 'di rhain ta? Clicio arnynt. Dwy ffeil fideo a ffeil â'r teitl Photos. Clicio ar y lluniau.

Hen ddyn bach tew yn noeth mewn ystafell gwesty yn rhywle. Yna dynes noeth. Yna'r ddau'n sniffian a rhwbio cyffuriau ar gig eu dannedd. Cocên, mwy na thebyg. Yna lluniau o'r ddau'n cael rhyw. Yna dynes fawr arall yn cyrraedd. O! Nage chwaith, dyn ydi o wedi'r cyfan. Mwy o ryw, mwy o gymryd cyffuriau . . . ac yn y blaen, ac yn y blaen . . .

Agor y fideo a gweld yr un digwyddiadau, ar ffurf ffilm y tro hwn, a Felix yn neidio'r stori yn ei blaen ar y sgrin fesul chwarter awr. Ar ôl ychydig dyma'r dyn bach crwn, ar ei ben ei hun erbyn hyn, yn cysgu'n drwm ar y gwely. Symudodd Felix y fideo yn ei flaen bron hyd at y diwedd. Daeth dau ddyn i mewn i'r ystafell ac roedd Felix yn eu hadnabod yn syth. Y dyn penfelyn a'r Yncl Geoff bach pygddu. Dechreuodd y dyn penfelyn dynnu'r camerâu oddi ar y waliau ac aeth y sgrin yn dywyll.

Diffoddodd Felix y fideo ac eistedd yn ôl yn erbyn cefn y gwely a cheisio meddwl beth yn union oedd yn digwydd.

Beth oedd Judy Fisher wedi'i ddweud hefyd? Pan holodd hi 'nôl yn Ellesmere Port. *Who sent you?* roedd hi wedi'i ofyn. Ac enw wedyn? Be oedd yr enw, ddudodd hi wedyn? *Who sent you? Adams?* Dyna fo, Adams.

Agorodd dudalen Google ar y cyfrifiadur a theipio Adams yn y blwch cyn pwyso 'Images' ar dop y dudalen. Roedd o'n adnabod rhai o'r bobl: yr actores Amy Adams, Gerry Adams y gwleidydd, Douglas Adams y nofelydd ac Ansell Adams, y ffotograffydd enwog, oedd y dyn bach du a gwyn yn yr het Banama, siŵr o fod. Efallai fod yr hen gamera bocs yn ei law yn dipyn o gliw hefyd, meddyliodd Felix wrth barhau i sgrolio i lawr y rhestr. Roedd o'n adnabod llai a llai ar y bobl wrth i'r dudalen sgrolio tuag i fyny ac yna – Bingo? Y dyn bach crwn yn gwenu'n hyderus wrth syllu'n syth allan o'r sgrin arno. Llun swyddogol, â'r dyn yn gwisgo siwt a thei ac wedi cribo'i wallt yn daclus – ynteu llygoden fawr wedi marw ar ei ben o ydi hwnna? Cliciodd Felix ar y ddelwedd a'i chwyddo i lenwi'r sgrin. Cliciodd ar y cyfarwyddyd i 'visit page' wedyn, a dyma fo:

Richard Adams AM
(Minister for Economy, Science and Transport)

'Ti wedi bod yn hogyn drwg,' sibrydodd Felix. 'Ble wyt ti yn hyn i gyd?'

■

Edrychodd Felix arno'i hun yn y drych hir ar gefn drws y wardrob. Penderfynodd nad oedd angen y rhwymyn o gwmpas ei ben gan fod y plaster mawr o liw heb fod yn rhy annhebyg i liw croen yn cuddio craith twll y bwled. Er nad oedd wedi siafio ers dyddiau a bod clais amryliw yn gorchuddio hanner ei wyneb, a gwyn ei lygad chwith yn goch dwfn, roedd Felix yn teimlo'i fod o'n edrych yn olréit. A chysidro. Gwisgodd ei siaced denim ddu ag un ochr yn suddo dan bwysau'r Glock a sythodd goler ei grys llewys byr newydd oddi tano. Edrychodd ar ei ddwylo, ei fysedd yn gwbl lonydd ar ôl noson o gwsg. Arwydd da. Gadawodd y botel hanner llawn o wisgi ar obennydd y gwely yn bresant i'r sawl oedd yn glanhau'r ystafell, cydio yn y ffôn symudol a gadael.

■

Ti'n gorfod caru Google! meddyliodd Felix wrth i Richard Adams gerdded i mewn i'r haul diwedd prynhawn o gysgod y flanced o bren anferth uwchben y grisiau wrth y mynediad i'r Senedd.

Safai Felix ar waelod y grisiau'n pwyso ar y rheilen yn

edrych ar hen fap a gawsai hyd iddo ym mlwch menig y Bîmyr. I fi ga'l edrych fel twrist, go iawn.

Dechreuodd ddilyn y gwleidydd ar ei ffordd i'r chwith o'r fynedfa gan gadw'n ddigon pell oddi wrtho â'r het bysgota'n cysgodi'i lygaid. Roedd y corrach o ddyn yn cerdded yn llawn pwrpas a thynnodd siaced ei siwt lwyd wrth iddo fynd, a'r haul yn taro'n boeth ar ddiwedd y pnawn. Nid oedd traed bach prysur y gwleidydd wedi'i gario'n bell cyn iddo stopio ac eistedd wrth un o'r byrddau tu allan i ryw far neu gaffi. Wynebai mynediad y lle – Bar One oedd ar yr arwydd uwchben y drws – ben ôl oren Adeilad Pen y Pier, a daeth Felix i stop a phwyso'n erbyn plinth delw efydd o Ivor Novello. Edrychodd ar y gwleidydd Richard Adams a smalio astudio'r map yn ei ddwy law. Arhosodd i weld a fyddai rhywun yn ymuno ag ef am gyfarfod, neu rywbeth. Aeth braich Adams i fyny, a dyma ferch ifanc a phrysur yr olwg yn gwibio tuag ato gan estyn pad o'i ffedog a phensal o gefn ei chlust.

Arhosodd Felix.

Chwilotodd y gwleidydd yn ei friffces ac estyn rhyw ddyfais electronig – iPad efallai? Dychwelodd y ferch gyda photel o win gwyn ac un gwydr. Ni chododd Adams ei ben o'r ddyfais wrth iddi dywallt ychydig o'r gwin iddo a gadael. Dyn ar frys am ei ddiod gyntaf, a dim ond un gwydr. Neb yn dod i rannu yn yr hwyl felly.

Neb mae o'n ei ddisgwyl, beth bynnag, meddyliodd

Felix wrth ollwng y map i fin cyfagos a cherdded yn syth tuag at y gwleidydd.

'Helo,' meddai Felix gan eistedd ar y gadair wrth y bwrdd bach arian gyferbyn â'r gwleidydd a gosod yr het bysgota dros y botel. 'Dach chi'n meindio?'

Edrychodd Adams i fyny a golwg flin ar ei wyneb crwn. 'Sori?'

'Am be?'

'Sori?'

'Sori, am be?' holodd Felix yn dawel a phwyllog.

'Dwi'm yn dilyn?'

'Na, fi sydd yn dilyn chdi.'

'Dilyn fi?'

''Na chdi. Ti'n dechrau'i dallt hi.' Gwenodd Felix â'i ddannedd aur ar y dyn gan symud ei bwysau o un foch o'i din i'r llall yn anniddig. 'Be sy'n bod, Richard?'

'Ydw i'n nabod chi?' gofynnodd Adams, ei wyneb yn llawn penbleth.

'Fysa'n ffrind gora i prin yn fy nabod i, fel dwi'n edrych rŵan,' meddai Felix gan bwyntio at dystiolaeth maes y gad ar ei foch.

'Beth digwyddodd?'

'Ges i'n saethu yn 'y mhen, Misdyr Adams.' Pwyntiodd Felix ei fys i mewn i'w geg. 'Trwy 'ngheg ac allan.'

Daeth y ferch ifanc i sefyll rhwng y ddau wrth y bwrdd, ei phad papur yn barod, pensal yn ei llaw.

Edrychodd Felix arni a chan godi'i het oddi ar y botel, gwenu a dweud, 'Jyst gwydr arall, plis.'

'Sorry?'

Ochneidiodd Felix. 'Ynyddyr glàs, os gwelwch yn dda.'

'Another glass?' gofynnodd y ferch ac edrych ar Richard Adams. Nodiodd y gwleidydd arni'n fyr a diflannodd hithau o'u golwg.

'Pwy ydach chi?' gofynnodd Adams.

'Ti 'di clywed am Judy Fisher erioed?' Ysgydwodd y gwleidydd ei ben, ychydig yn rhy gyflym, ei wyneb yn wag. 'Paid â deud clwydda, Richard. Dwi wedi gweld y llunia ohonach chdi a'r parti bach 'na ges di.' Newidiodd hynny ystum Adams ac aeth cefn ei law i fyny at ei wefus.

'Be dach chi isho?'

'Be dwi isho? Dwi 'sho'n nau ddant yn ôl. Dwi 'sho bod 'na ddim twll mawr yn 'y moch i. Dwi isho 'nghi fi godi o farw'n fyw. Dwi isho bod cariad fy ffrind ddim wedi cael 'i ffycin reipio a'i churo. Dwi isho bod hogyn ifanc, talentog ddim yn cael dinistro'i fywyd gan giang o blacmeilyrs.' Dywedodd hyn oll heb gynhyrfu dim, ei lais yn rhythmig yn ei bwyll.

Cyrhaeddodd y ferch â'r gwydr gwin. 'Diolch,' meddai Felix, ond roedd hi wedi mynd mewn fflach. Tywalltodd wydriad o'r gwin gwyn iddo'i hun a chymryd llymaid i flasu. 'Stwff da.' Edrychodd ar y label. 'Château Carbonnieux Blanc, dwy fil ac un ar ddeg. Bordeaux gwyn. Mae hwnna 'di costio tipyn i chdi, Rich. Rich 'ta Dic? Ti'n fwy o Dic, ar ôl meddwl am y peth.'

Ochneidiodd Richard Adams ac edrych o'i gwmpas fel pe bai'n disgwyl i rywun ddod o ganol y prysurdeb pobl o'i gwmpas i'w achub. 'Beth yn union ydach chi'n ddisgwyl i fi wneud am y sefyllfa, Mister . . . ?'

'Gad i fi esbonio un peth pwysig i chdi, Dic. Wedyn ateb di gwpwl o gwestiynau i fi, ocê? Ma Judy Fisher wedi marw. Hi oedd yn dy flacmeilio di. Cywir?'

''Di marw? Sut?' gofynnodd Adams, gan ateb cwestiwn Felix yr un pryd.

'Yr un boi â ddaru'n saethu i, ond 'i bod hi heb droi'i phen munud ola.' Rhoddodd Felix ddau fys i fyny at ganol ei dalcen er mwyn eglurdeb. 'Chdi ddaru 'i yrru fo, dwi'n cymryd. I gael gwared ar y dystiolaeth dy fod ti ar ben dy ddigon yng nghwmni hwrod, tranis a drygs.'

'Polîs wyt ti?' gofynnodd Adams, yn edrych o'i gwmpas eto. Gwgodd Felix arno a chymryd llymaid arall o win. 'Ti'n gwisgo weiran ta? Yn tapio'r sgwrs?'

Pwysodd Felix ymlaen, ei benelinoedd ar y bwrdd. 'Ti 'di gweld gormod o ffilms, Dic. Jest deud 'tha fi be ti'n wbod ac ella 'na i ddim slapio chdi o gwmpas y sgwâr 'ma o flaen pawb cyn gyrru'r ffilm a'r llunia budur 'na at y wasg a'r cops. Sut ma hynna'n swnio?'

Syllodd Richard Adams ar Felix yn pwyso 'nôl yn ymlaciol yn ei gadair wedyn. Gwenodd Felix arno a rhoi cipolwg arall o'i ddannedd aur iddo.

'Dyn tal, Saesneg? Gwallt du, taclus ac yn eitha handsym?' holodd Adams wedyn.

'Mae hwnna'n swnio fel rhywun,' atebodd Felix gan eistedd yn ôl eto a chyffwrdd yn ysgafn ar y plaster ar ei foch.

'Simonds. Rait-hand-man Ryland McNevis. Dim fi sydd yn rhedeg y sioe 'ma.' Gafaelodd Adams yn nhop ei drwyn, ei lygaid ar gau, wrth iddo siarad.

'Ryland Mac-pwy?'

'McNevis, Ryland McNevis.'

''Dio'n rwbath i neud efo'r holl lorris a dymp-trycs 'ma o gwmpas y ddinas? McNevis Construction?'

'Ryland *ydi* McNevis Construction. Fo ddaru yrru Simonds i chwilio am y blacmeilyrs.'

'Pam felly? Pam fysa'r McNevis yma'n poeni am unrhyw drafferth ti'n ffeindio dy hun yn'o fo?'

'Achos dwi fod i edrych ar ei ôl o. Dim y ffordd arall rownd,' dywedodd Adams a thywallt gwydriad mawr o'r gwin gwyn iddo'i hun, ei law yn crynu.

'Be ti'n feddwl?'

'Mae 'na gyfres o gontracts – renewabyls a drilio am nwy – ar fin cael eu cymeradwyo gan y Cynulliad. Dwi mewn sefyllfa bwerus i allu rhoi help llaw i McNevis Construction. Ond wedyn, dyma'r blacmeil yn dechrau.'

'So, be ti'n ddeud ydi dy fod ti ym mhoced y Ryland McNevis 'ma. Ond ma Judy Fisher yn trio ca'l chdi i roi'r contracts 'ma i rywun arall, ia?' Nodiodd Adams, ei wyneb crwn yn cochi. 'Ydi WFC a GreenSteer yn golygu rhywbeth i chdi?' gofynnodd Felix.

'Dyna'r cwmnïau roedd y ddynes Judy 'na am i fi helpu i sicrhau'r contracts iddyn nhw – cwmnïau ynni anferth Willis Fortuné Corporation a GreenSteer. Dwi'm yn meddwl bod nhw'n gwbod dim am fy . . . nealltwriaeth i gyda McNevis.'

'Pam ti'n meddwl hynna?'

'Achos dydi hi ddim wedi sôn dim am Ryland McNevis. A phan ti'n sathru ar fodiau dyn peryg fel McNevis, ti'n gwneud yn siŵr nad ydi o'n ffeindio allan mai chdi nath.'

'Felix, ydw i. Oswyn Felix,' meddai, ac agor ei siaced fel bod Richard Adams yn gallu gweld y Glock ym mhoced ei siaced. 'Ffonia'r McNevis 'ma, deu'tha fo hefo pwy ti'n rhannu dy botel win neis.' Edrychodd Adams arno'n syn. 'Rŵan hyn, Dic. Estyn dy ffôn.'

17

'It might be a trap,' meddai Simonds, yn sefyll o flaen y teledu oedd wedi'i ddiffodd ar y wal wrth ei gefn.

'Ôl hi wants is ddy myni, man. Probabli scêrd shitlys, ddy wei iw carid on yp north,' atebodd Ryland McNevis, yn eistedd ar y soffa yn hel ac yn cyfri dyrneidiau o arian papur rhydd allan o fag plastig John Lewis. Roedd tri bwndel taclus o'r arian ar y bwrdd coffi marmor rhyngddynt.

'He might've gone to the cops.'

'And wat dys gifing him thri hyndryd grand prŵf? Nything. Dder won't bi eni copyrs. Ddat's wai hi tshôs ddy miwsîym, so ddat hi ffîls seiff.'

'I still smell a rat, boss. He shouldn't be down here trying to bleed money out of you after what happened up north. He should be scared out of his wits in some hole in Thailand or Spain or somewhere. This guy's got some balls on him. He was half dead when I last saw him.'

Rhythodd McNevis arno a stopio cyfri'r fodfedd o bres yn ei law. 'Hi shwd bi ôl-ded. Ddat was shodi wyrc, Simonds. Pis pŵyr.'

Rhoddodd Simonds ei fys yn ei glust cyn crafu cefn ei ben a dweud, 'He'll have a plan. He'll switch the money easily enough if we follow him, and . . .'

'Ai don't gif y ffyc abawt ddy myni, Simonds. Just mêc siwyr iw ffycin cil ddy bastard ddis taim.' Cododd McNevis i sefyll wrth i'w lais godi gan roi cerydd i'w ddyn. 'No mistêcs.'

'He might've made copies of the photos, as insurance.'

Ochneidiodd McNevis cyn disgyn i eistedd ar y soffa yn araf a thawel. 'Ddat's wai iw haf to tortshyr him biffôr iw cil him,' meddai'n bwyllog. 'Wotyrbôrd ddy lityl ffyc, ddat shwd dw it.'

'I don't think waterboarding's been proved to be very reliable, boss. People tend to say anything when they think they're drowning . . .'

'Cyt his ais awt dden. Thretyn his ffamili. Or dw ddat thing ddy wetbac dryglords dw in Mecsico. Dip him ffît ffyrst in boiling wotyr, til hi starts tw cwc.'

'Got the message.'

'Gwd, 'chan. Ai'm going ffor y slash.' Cododd McNevis a dweud wrth Simonds, 'Ffics mi y Negroni, wil iw? Dybl jin.' Nodiodd Simonds arno ac aeth McNevis i fyny'r ddau ris ac allan o'r estyniad modern i mewn i'r hen dŷ.

Cerddodd Simonds tu ôl i'r bar, agor caead y gasgen fach a rhoi llond dwrn o giwbiau rhew mewn tymbler crisial trwchus. Tywalltodd drwch bys yr un o Campari a Martini Rosso i'r gwydr cyn arllwys tua'r un maint eto o'r jin Brecon Cymreig am ei ben. Rhoddodd ffon goctel yn y tymbler a'i defnyddio i gynhyrfu'r rhew drwy'r gwirodydd i'w cymysgu'n lliw rhuddgoch rheiddiol. Tywalltodd ddau fys arall o'r jin iddo'i hun mewn gwydr tebyg, heb ychwanegu dim arall. Cerddodd at y bwrdd coffi a gosod diod McNevis wrth y bwndeli pres. Cerddodd ymlaen gan edrych arno'i hun wedi'i adlewyrchu yn nrych fin nos y wal o wydr wrth iddo agosáu at y ffenest. Syllodd allan i ddüwch llwyr y tyfiant tu hwnt i'r dreif, a'r awyr uwchben yn borffor tywyll ar derfyn y dydd. Meddyliodd am y dyn yn y gadair, Oswyn Felix, a'i waed yn tasgu ar y wal wedi iddo'i saethu yn ei wyneb. *Sut uffar oedd o wedi cael ei hun allan o'r ystafell 'na? Hefo'r tân a phob dim?*

Cymerodd Simonds lymaid o'r jin, ei wyneb yn gwingo wrth i'r ddiod feddwol gydio yn ei ddannedd ôl fel bachau poeth. Clywodd ei fòs yn cerdded ar y grisiau y tu ôl iddo ac roedd ar fin troi i edrych arno pan ddaliodd rhywbeth ei sylw yn y gwyll o'i flaen, rhywbeth mwy du na'r tywyllwch. Gwelodd goesau'n ymddangos ar y dreif, ac yna gwelodd gorff. Yna daeth wyneb i'r amlwg o dan oleuadau allanol y tŷ.

Oswyn Felix â dryll yn ei law yn cerdded yn gyflym, yn syth amdano.

Aeth Simonds i nôl ei ddryll yntau o'i wain dan ei gesail a gweld Felix yn codi'i fraich. Trodd Simonds

gan blygu yr un pryd â gweiddi ar Ryland McNevis.
'Get down!'

■

'Fedrwch chi'm jyst gadael fi yn fama,' bloeddiodd Adams mewn llais uchel a phathetig drwy ddrws y wardrob.

Gwasgodd Felix ail bren hongian dillad yn groes i'r cynta i greu clo tyn drwy handlenni'r dodrefnyn cadarn. 'Paid â gwastio ocsijen, Dic. Ella fyddi di 'i angen o cyn i'r ferch llnau adal chdi allan bora fory.'

'Mister Felix, byddwch yn rhesymol.'

Ond roedd Felix ar ei ffordd allan drwy'r drws.

■

Ar ôl siarad ar y ffôn gyda McNevis, tu allan i'r Bar One, roedd Felix a'i Glock wedi mynnu cwmni Dic Adams yn ei westy oddi ar Rodfa Lloyd George – Travelodge arall ar Ffordd Hemingway, dim mwy na phum munud i ffwrdd o'u bwrdd, a dau bapur ugain o dan y botel win wag.

'Pam? Be dach chi isho efo fi?' roedd Adams wedi gofyn.

''Na i esbonio yn yr hotel,' oedd ateb Felix, yn gelwydd noeth. Nid oedd wedi esbonio'r un gair i'r gwleidydd pwdr ond yn hytrach, ar ôl cyrraedd ei ystafell, wedi'i fwndelu'n ddiseremoni i'r wardrob wag.

'Oswyn Felix,' roedd Ryland McNevis wedi'i ddweud wrtho ynghynt wedi i Dic Adams drosglwyddo'i ffôn symudol iddo. 'Chi'n fachan anodd i bino lawr.'

'Ti'n Gymro,' meddai Felix. 'Doeddwn i'm yn disgwyl hynna. Tydi McNevis ddim yn swnio'n rhyw Gymreigaidd iawn.'

'Tad-cu nhad ddoth lawr i witho'n y docie. Fforth jenyreshyn, Mister Felix.'

'Tri chan mil, McNevis. Cash.'

Arhosodd Felix am ateb a synhwyro'r dyn yn meddwl, yn teimlo'i ddichellgarwch yn ffisian yn y distawrwydd. 'Lle y'ch chi, Mister Felix?'

'O gwmpas y lle, yn rhwla. Papurau pump a deg.'

'A beth odw i'n ca'l?'

'Fatboi Slim yn fama, a'r llunia a'r ffilm o'r ffyc-parti 'na gath o. A fi yn diflannu ac yn cael syfîyr bawt o amnesia. Sut mae hynna'n swnio?'

'Itha bargen.' Distawrwydd am eiliad hir. 'Erbyn pryd chi moyn yr arian?'

'Fory'n rhy gynnar?'

'Pryd a ble, Mister Felix?'

'Amgueddfa Genedlaethol. Amser cinio yn y cyntedd. Hanner dydd?'

'Hai nŵn, Mister Felix. Fel Gary Cooper, 'slawer dydd.'

'Heb y gynnau, heb y drama. Jyst helo a hwyl fawr.'

'Sut 'newn ni ffindo chi?'

'Fi fydd y dyn efo twll yn 'y moch. Fydd Simonds yn siŵr o gofio. Dwi'n cymryd mai fo fydd yn dod.'

'Peidiwch â 'nghroesi i, Mister Felix. Odych chi'n clywed?'

'Y pres, McNevis. A wedyn fydda i ddim yn broblem. Ocê?' Diffoddodd Felix y ffôn ac yn lle'i roi yn ôl i'w berchennog, rhoddodd y teclyn ym mhoced ei siaced. 'Ti'm yn meindio, nadw't Dic? Rhag ofn i Ryland ffonio 'nôl.'

Wrth gerdded am y gwesty gollyngodd Felix y ffôn i mewn i fin sbwriel, yn ddiarwybod i Adams. Jest rhag ofn, meddyliodd. Holodd y gwleidydd wedyn am McNevis a'i fusnes. Holodd am ei gartref a'i deulu. A'r gwleidydd yn parablu ei atebion, yn methu stopio siarad oherwydd ei nerfusrwydd amlwg.

'. . . hen dŷ – Rhoshouse 'di'r enw – yn Bonvilston. Ddim yn bell o'r ddinas, ond allan yn y stics. 'Di prodi peth ifanc. Tits a gwallt. Rosie neu Rita, rwbath tebyg. Hen dŷ mawr . . .' Roedd Adams yn creu'r darlun pensaernïol â'i ddwylo yn yr awyr o'i flaen wrth gerdded ar hyd Rhodfa Lloyd George. '. . . ac ecstenshyn modern – wal hanner crwn o wydr – a gerddi matiwyr o gwmpas y propyrti. Miliynêrs' pleigrawnd, chi'n gwbod? Pwll nofio rownd y cefn a brons statiw ar y dreif, Henry Moore, efallai.'

Diolch am hynna Dic, meddyliodd Felix, yn cerdded hanner cam y tu ôl i'r gwleidydd.

■

Ar ôl cadw'r gwleidydd yn y wardrob aeth Felix yn y Bîmyr i Dresimwn a gweld, wrth fentro i mewn i'r pentref bychan, mai dyma'r enw Cymraeg mewn llythrennau llawer iawn llai ar yr arwydd i Bonvilston. Gyrrodd heibio'r agoriad i'r lôn breifat i Rhoshouse a gweld hefyd fod giatws bychan ar ochr y ffordd a rhwystr hir ar draws y lôn. Gyrrodd ymlaen, ar hyd wal oedd yn rhedeg ddeg troedfedd o uchder wrth ochr y ffordd dawel am ddau neu dri chan metr. Yna caeau o ddefaid a'r wal uchel yn troi tua naw deg gradd i lawr ar draws y tir pori. Gyrrodd Felix ymlaen hyd nes iddo ddarganfod rhywle hawdd i droi'r car yn ôl a heibio'r giatws am yr eildro. Parciodd wrth y pafin i lawr y stryd o'r tai teras cyntaf iddo ddod ar eu traws ar ei ffordd yn ôl i mewn i Dresimwn. Cerddodd wedyn yn ôl heibio'r giatws – golau melyn yn llenwi'r unig ffenest ar y llawr isaf – gan gadw i'r cysgodion ar y gwair ar yr ochr draw i'r ffordd.

Roedd yr haul yn gwaedu arlliwiau oren a phinc o'i belen goch wrth iddo ddechrau disgyn o'r golwg dan y goedwig drwchus tu hwnt i wal yr ystad. Croesodd Felix y ffordd a neidio'n syth ar ben wal is, yn y cae pori, ym mhen draw wal yr ystad. Gafaelodd yn y garreg gornel fawr ar dop y wal uchel a llusgo'i hun nerth ei freichiau i ben y wal, ei DMs yn brwydro i gael gafael. Gwelodd olau cerbyd yn dod o gyfeiriad y pentref, a lluchiodd ei goesau dros y wal a suddo'i gorff yn erbyn cangen coeden binwydd aeddfed, sawrus, ei ben-ôl yn eistedd ar ymyl y garreg gornel. Aeth fan fawr las heibio, ac arosodd Felix iddi ddiflannu cyn llithro oddi ar y wal a chydio yng nghangen y goeden a'i defnyddio fel rhaff. Glaniodd yn ysgafn ar garped trwchus o nodwyddau pinwydd, y goedwig yn dywyll a thrwchus, a'r waliau'n taro'n oer wrth ei gefn. Brwydrodd Felix drwy'r goedwig binwydd gan gadw wal y cae pori ar ei ochr chwith; ymhen ychydig dyma ddryslwyn anferth o ddrain yn ei orfodi i symud i ffwrdd oddi wrth y wal. Bum munud yn ddiweddarach roedd Felix yn gorfod edrych i fyny ar y mymryn lleiaf o awyr oedd i'w weld uwchben y goedwig er mwyn canfod unrhyw oleuni o gwbl, a'r pinwydd yn gymaint o drwch du o'i gwmpas. Ceisiodd beidio â throi ei gorff ond yn hytrach anelu ymlaen i'r cyfeiriad lle dyfalai y dylai'r plasty fod. Roedd o'n chwysu chwartiau erbyn hyn ac yn dechrau mynd yn flin hefo'i hun am beidio â defnyddio tacteg mwy uniongyrchol.

'Chwara o gwmpas yn y ffycin twllwch,' mwmaliodd. 'Chwysu'n 'lyb socian. Twpsyn gwirion.'

Yna agorodd y coed o'i flaen, mwyaf sydyn, gallai Felix weld y tir yn codi'n ddu o'i flaen ac awyr lwydbinc y dydd yn marw yn fendith iddo uwchben y bryn. 'Diolch i Dduw,' meddai'r anffyddiwr gan hel haen o chwys oddi ar ei dalcen ar lawes ei siaced denim.

Sgrialodd i fyny'r bryn serth o gerrig cymysg, y rhai lleiaf yn dawnsio'u ffordd i lawr y llethr yn sgil cyfarfod â'i DMs. Cyrhaeddodd ben y bryn a synnu gweld ei fod yn edrych yn syth at Rhoshouse a wal wydr yr estyniad wedi'i oleuo ar y tu mewn a'r tu allan. Yn union fel yr oedd Adams wedi'i ddisgrifio ynghynt.

'Ffliwc,' sibrydodd, ac agor botymau'i siaced ac estyn y Glock. Yna, tynnodd ei siaced a gosod y dryll arni cyn tynnu'i grys, oedd yn damp o'i chwys a'i ddefnyddio fel cadach i sychu'i wyneb, ei geseiliau a'i gefn gwlyb. Plygodd y crys tenau'n ofalus a'i stwffio i boced fewnol ei siaced. Gwisgodd y siaced denim ddu dros ei gorff noeth a chau pob botwm namyn y ddau uchaf. Yna dechreuodd blethu'i ffordd i lawr y bryn rhwng y planhigion aeddfed: grug, magnolia, y cysgadur a'r rhosod a'r iwca, a'r llawr o ddarnau bach o lechen yn canu wrth iddo droedio arnyn nhw. Cadwodd ei lygaid ar y golau yn y tŷ. Wrth iddo ddisgyn yn is daeth dau ddyn i'r golwg, un yn eistedd a'r llall yn sefyll. Roedd Felix yn adnabod y dyn ar ei draed: Simonds, oedd yr enw roddodd Adams arno. Simonds y saethwr. Simonds y llofrudd. Simonds y treisiwr.

Cyfri arian roedd y dyn arall yn ei wneud, ac yn eu gosod yn fwndeli o bapur ar fwrdd isel o'i flaen. Ryland McNevis yn cyfri arian Oswyn Felix. Arian yfory Oswyn Felix, i fod.

Ond ma gynna fi syrpréis i chi, bois!

Symudodd yn ei flaen at waelod y bryn gan gadw'i lygaid ar y dynion. Cododd McNevis a gadael yr ystafell drwy'r cefn, a mynd i mewn i'r hen blasty a'i ffenestri blaen i gyd yn dywyll. Cerddodd Simonds ar draws yr ystafell. Llenwodd y gwydr yn gyntaf â rhew i ddisgleirio fel diemwnt anferth o bellter, cyn cymysgu diod iddo o boteli lliwgar. Tywalltodd ail ddiod syml a chlir, a chrwydro 'nôl at y bwrdd isel gan osod y ddiod gochlyd arno a cherdded yn syth tuag at Felix.

Gan Felix roedd y fantais y tro hwn. Roedd o yn y cysgodion. Nid wedi'i glymu wrth gadair ac yn ddiobaith.

Roedd y Glock yn drwm yn ei law dde, ond yn ysgafn fel pluen hefyd. Dechreuodd y graith yn ei foch gosi, fel rhyw arwydd gan y duwiau hynny nad oedd yn credu ynddynt. Efallai iddi fod yn cosi ers tipyn ond ei fod o heb sylwi tan y foment honno. Roedd o'n cerdded yn ei flaen drwy'r gwely blodau amryliw a phrydferth. Nid oedd Felix yn cofio penderfynu symud ond dyna roedd o'n ei wneud. Cyrhaeddodd gerrig mân golau'r dreif – roedd yn dal i fod yn y cysgod – ac yna cerddodd yn gyfochrog â'r cerflun pres, ei gorff yn amlygu'i hun ym mhelydrau golau allanol yr estyniad. Edrychai Felix yn syth yn ei flaen ar Simonds drwy'r amser.

Wrth iddo ddod i'r amlwg, gostyngodd pen Simonds ychydig, a'r gwydr yn ei ddwy law o'i flaen. Mewn eiliad gwelodd Felix McNevis yn sboncio i lawr dau ris yng nghefn yr ystafell anferth a Simonds yn dechrau troi, cyn newid ei feddwl ac edrych eto ar Felix yn brasgamu tuag ato. Cododd Felix ei fraich dde yn syth, a gollyngodd Simonds y gwydr a dechrau pwyso ymlaen, ei law dde yn croesi'i gorff i chwilio am ei ddryll.

Ffrwydrodd y panel gwydr anferth wrth i'r Glock danio. Un, dwy, tair, pedair clec. Diflannodd Simonds am amrantiad wrth i'r gwydr chwalu'n ddarnau pitw a throi'r wal yn wyn cyn iddi ddisgyn yn gawod ddychrynllyd. Nid oedd Felix fwy nag ugain metr oddi wrth y dinistr ac roedd yn gallu gweld bod Simonds wedi'i daro ac ar ei gefn ar y llawr a McNevis yn y cefndir yn rhuthro ar ei gwrcwd, o'i olwg, i mewn i'r hen blasty. Saethodd Felix unwaith i gyfeiriad McNevis i adael iddo wybod ei fod wedi'i weld.

Newidiodd y twrw dan ei draed wrth iddo symud oddi ar y cerrig mân i droedio dros y gwydr mân wrth yr agoriad newydd a grëwyd i'r tŷ. Camodd dros ffrâm y ffenest, a Simonds yn bacio'n ôl ar ei gefn ar hyd y carped lliw hufen moethus. Roedd o'n gafael yn ei ysgwydd chwith a gallai Felix weld ei ddryll yn dal yn ei wain dan ei gesail.

'Helo,' meddai Felix gan bwyntio'i ddryll tuag at wyneb Simonds.

Gwgodd hwnnw arno, â llysnafedd o'i drwyn yn wyn ar ei wefus uchaf frown. Poerodd wrth ddweud, 'How's the face?'

'Fel 'ma ma rhoi ci i lawr,' meddai Felix, a'i saethu yng nghanol ei dalcen.

Brasgamodd yn ei flaen drwy'r stafell, heibio i'r bwrdd a'r mynydd bach o arian arno, mwy o bapurau wedyn mewn bag plastig gwyn a gwyrdd ar y soffa. Dilynodd McNevis i lawr coridor byr a thywyll, a drws wedi'i gau ar y pen. Ciciodd Felix y drws ar agor heb darfu dim ar rediad cyson ei gamau a thasgodd hwnnw ar agor i daro'n swnllyd yn erbyn wal. Coridor arall, heb ddrysau ar ei waliau, wedi'i oleuo'n isel y tro hwn, yn troi naw deg gradd yn y pen pellaf. Aeth yn ei flaen yn bwrpasol ac i'r ochr dde rownd y gornel, i mewn i ystafell fwyta fawr lle roedd hen fwrdd anferth â chadeiriau cain yn ganolbwynt. Cerddodd yn sydyn o gwmpas y bwrdd ac agor y drws caeëdig cyntaf o'r ddau yn y stafell: cyntedd y plasty â grisiau hynafol, llydan yn ei ganol. Cafodd gip ar McNevis yn rhedeg o'i olwg ar hyd y landin hir i'r dde o ben y grisiau. Camodd Felix, dri gris ar y tro, i ben y grisiau, oedd â dau ddrws ar wal y landin i'w chwith, yr agosaf ohonynt ar agor. Roedd drws arall ar ben y landin lle diflannodd McNevis. Roedd y golau ynghyn a gwely i'w weld yn pwyso'n erbyn papur wal lliw ferdigris cyfoethog. Daeth McNevis allan o'r stafell wely yn cydio mewn gwn haels ac yn canolbwyntio'i sylw ar symudiad mecanyddol y gwn, yn edrych i weld a oedd cetrisen yn y baril.

'Dim cweit digon ffast, McNevis,' meddai Felix, ei fraich allan a'r Glock yn pwyntio'n syth ymlaen, a'r landin cyfan rhyngddynt.

Ymlaciodd ysgwyddau McNevis, a disgynnodd y gwn haels i hongian ar hyd ei freichiau. 'Beth ti'n mynd i neud? Saethu dyn in cold blyd?'

'Yn dy wythiennau di ma'r gwaed oer. Os ti'n aros yn fyw, fydda i ddim. Ddim am yn hir, beth bynnag.'

'Beth am . . .' dechreuodd McNevis, a gyda hyn dyma ferch ifanc yn camu allan drwy'r drws agosaf i sefyll ar y landin. Gwisgai grys-T llaes lliw pinc ac roedd pâr o glustffonau mawr, gwyn gyda 'b' fach lliw coch arnynt yn eistedd dros ei chustiau a'i gwallt hir. Dim byd arall. Yn amlwg nid oedd y ferch yn ymwybodol o'r sefyllfa yr oedd hi wedi camu i mewn iddi. Trodd i wynebu Felix a gwelodd yntau fraw sylweddoliad ar ei hwyneb tlws a wnaeth iddi neidio, ei bronnau'n dawnsio fel cwningod mewn sach. Cododd Felix ei ddryll yn reddfol i bwyntio at y nenfwd uchel a dyma ochr y ferch yn ffrwydro'n ddarnau porffor a choch, a diferion o'i gwaed yn glawio ar wyneb Felix. Chwibanodd clustiau Felix mewn protest er nad oedd yn gallu cofio clywed y tanio. Disgynnodd y ferch a gwelodd Felix McNevis yn tynnu ar gorff y gwn haels i yrru'r getrisen wag allan ohono ac ail-lenwi'r baril. Oherwydd y sioc roedd Felix yn rhy araf i allu ymateb â'r Glock, a'i unig ddewis pan gododd McNevis y gwn tuag ato ef eto oedd neidio i lawr y grisiau. Disgynnodd blith draphlith yn belen flêr, yn ddiolchgar fod carped go drwchus ar y grisiau llydan ac yn ymwybodol fod McNevis wedi tanio'r gwn haels eto.

Glaniodd ar ei gefn ar y llawr pren a tharo'i ben yn boenus. Sglefriodd y Glock o'i afael a diflannu o dan gabinet ar y wal ar yr ochr dde. Ffyc, meddyliodd a chodi'i ben i weld McNevis yn brysio hyd y landin a'i wn wedi'i godi ac yn poeri ail getrisen allan. Ruthrodd Felix heibio ar ei bedwar a diflannu o'i olwg i mewn i'r ystafell fwyta gan dynnu'r drws ar gau ar ei ôl. Neidiodd ar ben y bwrdd bwyd anferth a chymryd y llwybr byrraf i'r coridor ar yr ochr bella. Clywodd dwrw cyfarwydd y drws yn taro'r wal wrth iddo gael ei agor y tu cefn iddo, a chlec fyddarol y gwn haels wedyn yn tynnu talp allan o gornel wal y coridor. Meddyliodd Felix am ddryll Simonds wrth deimlo'i ffordd yng ngwyll cymharol yr ail goridor. Agorodd y drws i'r estyniad, ei glo'n chwilfriw wedi iddo'i gicio'n agored ynghynt. Doedd dim mwy na phump eiliad o fantais ganddo ar McNevis. Cyrhaeddodd gorff Simonds a stwffio'i law dan ei gesail i nôl y dryll. Ond roedd y wain yn wag.

Cododd fraich farw chwith y dyn – dim dryll ar y llawr chwaith. Rholiodd y corff ar ei gefn a gyda hyn dyma Ryland McNevis yn ymddangos ar ben y ddau ris a'r gwn haels wedi'i bwyntio tuag at Felix. Arafodd y miliwnydd ei gam wrth weld nad oedd modd i'w ysglyfaeth ddianc o'i afael.

Doedd ganddo nunlle i fynd, dim unrhyw le i guddio.

'Allwn ni stopo rhedeg, nawr?' gofynnodd McNevis gan chwythu a gwenu am yn ail. 'Smo fi'n ddigon ffit, 'chan.'

'Ti'n fastad llwyr, dwyt?' meddai Felix gan godi ar ei draed a theimlo'i fyd yn crebachu. Roedd popeth a ddigwyddodd iddo yn ei fywyd erioed wedi arwain at y foment hon. Yr eiliad dyngedfennol.

''Mond un bywyd chi'n ca'l, Mister Felix. Allwch chi wastad ga'l gwraig newydd.'

Chwarddodd Felix unwaith a throi ei gefn ar Ryland McNevis. Caeodd ei lygaid a meddwl am Karen, a dweud sori wrthi gan edrych i mewn i'w llygaid glas, treiddgar.

Taniodd y gwn haels a theimlodd Oswyn Felix y cyffro yn ei galon.

Dyma fel ma marw'n teimlo? meddyliodd, cyn sylwi bron ar yr un pryd ei fod dal yn fyw. Trodd i weld beth roedd McNevis yn ei feddwl roedd o'n ei gyflawni drwy oedi ar y mater.

Safai dyn wrth y bar yn gafael mewn bwa croes oedd eisoes wedi'i danio, a hwnnw'n anelu tuag at McNevis. Sgrechiodd McNevis a disgyn i'w bengliniau. Roedd y saeth wedi teithio drwy ei law dde, drwy'r gwagle, yn agos at driger y gwn haels, ac yna drwy benelin ei fraich chwith gan uno'r cwbl at ei gilydd. Sgrechiodd McNevis eto, y boen yn amlwg yn annioddefol a'i wyneb yn ystumio fel gargoel.

Poerodd fflachiadau trydanol allan o'r twll mawr yng nghornel ucha'r teledu ar y wal gyferbyn â'r bwäwr. Roedd y twll hwnnw i fod yng nghefn Oswyn Felix.

Syllodd ar y dyn yn edrych yn ôl arno'n ddifynegiant, erbyn hyn. Ei lygaid yn byllau duon.

Y Ffarmwr.

Sgrechiodd McNevis eto, ei lais yn uchel fel merch ifanc, a phoer yn stribedu allan o'i geg agored. Cerddodd y Ffarmwr o amgylch y bar a gadael y bwa croes ar ôl arno. Roedd dryll llaw yn ei law. Safodd uwchben McNevis, oedd yn udo fel anifail ac yn edrych i fyny arno, ag ofn a dim arall yn ei lygaid. Gwthiodd y Ffarmwr ef ar ei ysgwydd â'i ben-glin a disgynnodd McNevis ar ei ochr gan yrru'r saeth yn ôl yr un ffordd ag y daethai. Dim ond ryw ychydig. Cyrhaeddodd ei sgrechian lefel mor uchel nes bod Felix yn gorfod rhoi ei ddwylo dros ei glustiau.

Cerddodd y Ffarmwr tuag at Felix yn hamddenol. 'Oes 'na rywun arall yma?' gofynnodd mewn llais uchel ac undonog.

'Sori?'

'Yn y tŷ.'

'Dwi'm yn meddwl. Ma 'na giatws wrth y ffordd, ac mae 'na ola mlaen yn fanno.'

'Dwi wedi sorto hwnna mas. 'Sneb yn yr hen dŷ?' Awgrymodd y Ffarmwr y dylai Felix symud ac anelu am allan drwy'r ffenest deilchion, drwy'i bwnio'n ysgafn â'r dryll.

'Merch ifanc ga'th 'i saethu. 'Di marw dwi'n meddwl.' Cerddodd Felix allan dros y darnau gwydr, ei ddwylo'n dal i fod i fyny wrth ei glustiau. 'Gwn Simonds 'di hwnna?'

'Hwn ar lawr? Simonds yw ei enw fe?'

'Ia.'

'Ma fe'n lwcus bod ti 'di ladd e. Bachgen lwcus.'

Cerddodd Felix ymlaen tuag at y cerflun pres yn ymwybodol fod y Ffarmwr yn ei ddilyn. Gwelodd fan dywyll wedi'i pharcio i fyny'r dreif. Roedd o'n eithaf sicr nad oedd hi yno ynghynt. Trodd ar ôl cyrraedd plinth marmor y cerflun, a sgrechiadau McNevis yn ddim uwch na chlebran y brain yn y coed erbyn hyn. 'Sut *ti'n* digwydd bod yma heno?'

'Dilyn ti. Mynd i weld y politishyn o'n i hefyd. Wedyn

gweld ti 'to. Mae'n hawdd dilyn dyn sydd yn dilyn dyn. 'Smo fe'n meddwl drychid dros 'i ysgwydd 'i 'unan.'

Pwysodd Felix ei gefn yn erbyn y marmor oer â'i holl boenau'n dychwelyd wrth i'r adrenalin bylu. Rhoddodd ei law ar ei wyneb i lanhau gwaed y ferch oddi arno a rhyfeddu wrth deimlo tyllau shot y gwn haels yn smotiau caled a phoenus ar ei foch dde. Edrychodd ar ei ysgwydd a gweld dwsin neu fwy o dyllau bach yn ei siaced denim hefyd. ''Nes i'm teimlo dim.'

'Fydd rhaid i ti ga'l tynnu rheina mas,' meddai'r Ffarmwr yn gwbl ddidaro.

''Sna bwynt?' dywedodd Felix gan edrych ar y dryll yn rhyw hanner anelu yn ei gyfeiriad cyffredinol.

'Hwn?' Rhoddodd y Ffarmwr y dryll i gadw ym melt uchel ei drywsus. 'Sa i'n mynd i dy ladd di. Sa i'n credu, 'ta p'un 'ny.'

'Pwy wyt ti?'

'Pwy wyt ti?'

'Fi ofynnodd gynta,' meddai Felix yn blentynnaidd.

'Ti ddim moyn gwbod. Ti ddim am ddod i wbod neu fydd rhaid i fi neud rhwbeth am y peth. Ti'n deall?'

Syllodd Felix i mewn i'r llygaid rhyfeddaf a welsai erioed: pyllau duon wedi'u suddo'n ddwfn i'w benglog crwn. Fel edrych i mewn i gawl o nadroedd du, meddyliodd. Tydi'r dyn yma ddim yn ei lawn bwyll.

'Be sy'n digwydd nesa?' gofynnodd Felix o'r diwedd.

'Fi'n mynd â'r dyn 'na 'da fi.'

'McNevis?'

'Dyna enw'r dyn, McNevis?'

'Fo 'di'r bòs. Giangstyr mawr o gwmpas y lle 'ma, 'swn i'n ddeud.'

''Smo fe'n ddyn mawr nawr.' Cerddodd y Ffarmwr i ffwrdd oddi wrth Felix. Er bod ganddo'r cyfle i redeg yn y munudau a gymerodd y dyn od i ddreifio'i fan a'i stopio wrth y ffenest fawr, nid oedd ganddo'r awydd nac efallai'r egni i wneud ychwaith. Safodd gan bwyso yn erbyn y plinth a mwynhau'r awel oeraidd yn mwytho'i wallt blêr yn ysgafn. Cerddodd y Ffarmwr yn ôl i sefyll lle roedd o wedi sefyll funudau ynghynt. Yn union yr un lle, tybiodd Felix.

'Helpa fi 'da'r cyrff.'

'Helpu nhw i lle?'

'I'r fan.'

Edrychodd Felix ar y fan tu ôl i'r Ffarmwr, fan fawr las tywyll. Y ffycin fan ddaru 'mhasio i pan oeddwn i ar ben y wal! Tuchodd a dweud, 'Be wedyn?'

'Wedyn dwi'n mynd i tortsho'r lle.'

'Be wedyn?'

'Ti'n gorffod diflannu am dymed bach. Ti 'di ca'l dy aresto 'riod?'

'Naddo, dwi'm yn siŵr sut ffwc ddim chwaith,' mwmialodd Felix, yn teimlo'i foch yn tynhau wrth chwyddo.

'Felly fydd y polîs ddim yn ffindo hi'n hawdd conecto ti i'r busnes 'na yn yr hotel. 'Newn ni i fan hyn drychid fel gŵr yn mynd off 'i ben a lladd 'i wraig, wedyn arson, a McNevis yn rhedeg bant. A wedyn ni'n diflannu gyda'r arian 'na 'nôl yn y tŷ. Well i ti adel y wlad am 'bach.'

Siaradai'r dyn fel pe bai'n trafod y tywydd gyda dyn dieithr, ei osgo'n gwbl hamddenol ac ymlaciol, a'i lais rhyfeddol o uchel yn bwyllog ac ysgafn. 'Ti'n meddwl fedrwn ni guddiad rwbath fel 'ma? Ti'm yn ffycin gall!'

Difarodd Felix ddweud hyn yn syth. Wrth gwrs nad oedd y dyn yn gall. Seicopath llwyr oedd o. Tynnodd y Ffarmwr gyllell hir a miniog allan o wain ar ei felt uchel am ei ganol. Yn gyflym a thawel, camodd o fewn cylch cyrraedd Felix a gyrru'r llafn arian yn syth at ei foch dde. Safai Felix yn gwbl lonydd. Glaniodd blaen miniog y llafn yn ysgafn, ysgafn ar y cnawd. Yna trodd y Ffarmwr ei ben y mymryn lleiaf cyn pwyso'r llafn filimetrau i lawr o dan wyneb y croen. Tynnodd y gyllell yn ôl a'i chadw, yn rhyfeddol o gyflym, yn ôl yn ei gwely wrth ei ystlys. Glaniodd un darn o shot yn drwm ar un o DMs Felix. 'Well i ni ddechre, 'sda ni ddim drw'r nos.'

Cerddodd y Ffarmwr yn ei flaen tua'r fan a dilynodd Felix o, fel pe bai mewn breuddwyd, gwaed yn diferu'n ddeigryn coch i lawr ei foch.

Agorodd y Ffarmwr gefn y fan, oedd yn llawn o focsys mawr cardbord a Dodson & Horrell PIG GROWER wedi'i brintio arnynt. Gafaelodd y Ffarmwr mewn darn bach o raff o ganol llawr y fan a'i dynnu tuag ato. Agorodd ochr chwith y bocsys yn un drws. Cydiodd yn yr ochr dde a gwthio dau ddrws ffug ar agor i ddatgelu ystafell fawr yng nghefn y fan. Roedd hi wedi'i gorchuddio â llenni plastig clir, fel yn yr ystafell ymolchi 'nôl yn y Travelodge. Gorweddai corff dyn anferth yng nghefn pella'r fan, ei gorff yn wynebu'n groes i'w ben, a'i wddf yn lliw porffor afiach.

'Jîsys! Pwy 'di o?' Camodd Felix yn ôl a siarad drwy lawes ei siaced.

'Dyn y gêt-haws. O'dd e'n ddyn mowr i godi mewn ar ben 'yn hunan. 'Sa i moyn slipo disg.'

Ac felly dechreuodd y ddau gyda'r ferch: Felix yn cario'i choesau, y Ffarmwr ei phen, a'i chorff yn siglo'n ysgafn ar hamog o blastig clir. Gwyddai Felix y byddai'n deffro dan grynu mewn boddfa o'i chwys oer ei hun am flynyddoedd, â'r ddelwedd o'r pysgodyn glas ar ei chrys-T pinc yn flaenaf yn ei feddwl. Os câi fyw. Syllodd ar yr ysgrifen o dan y pysgodyn, 'For Cod's sake eat Hadd . . .' Nid oedd modd darllen gweddill y neges gan fod y darn yna wedi diflannu, ynghyd â thalp anferth o'i hystlys hi. Syniad y Ffarmwr oedd ei gadael ar y llawr tu allan, yn agos at y gwydr, i'r heddlu gael ei darganfod. Yna rhoddwyd Simonds yng nghefn y fan. Yr holl amser hwn roedd McNevis yn crio'n gwynfanllyd ar ei gefn ar lawr; weithiau byddai'n sgrechian os oedd y saeth yn symud ryw fymryn yn ddwfn yn ei gnawd.

Yn olaf, dyma'r Ffarmwr yn mynd i sefyll uwchben McNevis. 'Cil mi!' poerodd y miliwnydd yn erfyniol.

'Fi'n siarad Cymrag,' meddai'r Ffarmwr gan ddangos

y teclyn mawr torri bolltau roedd ganddo wedi'i guddio y tu ôl i'w gefn.

Roedd raid i Felix fynd allan i'r dreif, y botel jin oedd ar dop y bar yn ei law, tra udai McNevis fel blaidd wrth i'r torrwr bolltau dorri'r gynffon oddi ar y saeth.

'AaaaaAAaaAAaaAAAAAAA!' sgrechiodd McNevis pan dynnwyd y saeth drwodd. Aeth Felix yn ôl i mewn drwy'r ffenest gan geisio peidio ag edrych ar gorff truenus y ferch dlos. Roedd McNevis yn dawel, yn ddiymadferth ar y llawr. Cydiodd y Ffarmwr ym maril y gwn haels, a menig duon am ei ddwylo. Lluchiodd becyn o linynnau hir, plastig, du tuag at Felix. Ni wnaeth unrhyw ymgais i'w dal, a dyma'r pecyn yn ei daro ar ei ysgwydd a glanio wrth ei draed.

'Clyma fe.'

Cododd Felix y pecyn wedi ymlâdd yn llwyr; roedd am i hunllef y noswaith hon ddod i ben. Nid oedd unrhyw ran o'i gorff na'i enaid nad oedd yn erfyn am gael dianc a diflannu i lonyddwch du y nos.

Rhwymodd goesau McNevis ac yna'i freichiau â'r llinynnau, gan gadw llygad ar y Ffarmwr yn cerdded allan o'r tŷ ac yn gosod y gwn haels ar y dreif heb fod yn bell o gorff gwraig McNevis. Wedi i'r Ffarmwr ailymuno â'r ddau, gafaelodd yn y torrwr bolltau a rhoi un ddolen rhwng coesau McNevis a thrwy'r rhwymyn plastig. Defnyddiodd y dolenni wedyn i lusgo'r dyn i lawr y ddau ris, ei ben yn taro fel drwm wrth iddo fynd, ac ar hyd y llawr tuag at y wal wydr. Cymerodd Felix lymaid arall allan o geg y botel jin a dechrau chwerthin yn hurt cyn stopio wrth sylwi, mwyaf sydyn, fod ei gorff hefyd yn siglo 'nôl a mlaen yn ddiarwybod iddo. Ma hyn yn ormod, ma hyn yn ormod. Y mantra'n nofio fel sliwen wallgof drwy ei ben.

Gadawodd y Ffarmwr a dychwelyd yn cario pecyn plastig sgwâr a phâr o fenig rwber lliw hufen. 'Gwisga rhein,' meddai, gan daro'r pecyn yn erbyn bron Felix a'i orfodi i gydio ynddynt.

Ofarôls gwyn o blastig tenau. Gwadnau fel gwadnau fflip-fflops i'r traed a bandiau elastig o gwmpas y garddyrnau, hwd ag elastig i'w roi am ei ben. Rhoddodd Felix y menig am ei ddwylo ac edrych arno'i hun, yn nrych un o'r paneli, ar y wal wydr.

Fforensigs, meddyliodd. Cofiodd am rywbeth a cherddodd i mewn i'r hen blasty; cerddodd o amgylch y bwrdd bwyd anferth ac i mewn i'r cyntedd cyn plygu i lawr, edrych o dan y cabinet ac ailafael yn y Glock.

'Lle ti 'di bod?' gofynnodd y Ffarmwr, oedd yn gwisgo ofarôls tebyg i rai Felix a thun petrol mawr wrth ei draed.

'Ble cefest ti hwnna?' gofynnodd wrth i Felix godi'r Glock a'i bwyntio tuag ato.

Saethodd Felix bum neu chwe gwaith yn olynol cymerodd y Ffarmwr un cam yn ôl, heb unrhyw fynegiant yn dangos ar ei wyneb crwn. Ni ddaeth unrhyw waed i lenwi'r tyllau tywyll yn yr ofarôls gwyn a dyma Felix yn cofio'r Travelodge yn Ellesmere.

Gwenodd y Ffarmwr.

'Dim tro 'ma,' meddai Felix a'i saethu yng nghanol ei wyneb. Disgynnodd y Ffarmwr i'r llawr ar ei gefn, yn syth fel coeden. Eisteddodd Felix yn drwm ar ris ucha'r ystafell fyw a chydio yn y botel jin oedd ar lawr wrth ei ochr. Rhoddodd y botel i lawr eto heb gymryd llymaid cyn codi a cherdded heibio corff y Ffarmwr ac allan drwy'r ffenest. Gafaelodd yn y gwn haels a cherdded yr ychydig gamau at gefn y fan.

Roedd McNevis yn effro ac yn gorwedd ar ei ochr yng nghefn y fan, â rhwymyn yn dynn o amgylch ei geg.

'Sori, dim dewis,' meddai Felix a thynnu ar gorff y gwn a gyrru'r getrisen wag i lanio ar y dreif ac ail-lenwi'r baril. Agorodd llygaid McNevis yn fawr a dyma Oswyn Felix yn ei saethu yn ei ben a hwnnw'n ffrwydro fel melon dŵr.

'Ffy-cin-hel,' meddai'n ara deg gan edrych ar y difrod roedd y gwn haels wedi'i wneud.

Cerddodd Felix i mewn i'r tŷ unwaith eto, agorodd zip yr ofarôls ac estyn y crys tamp o boced ei siaced.

Treuliodd hanner awr yn glanhau'r rhannau o'r tŷ lle roedd yn amau y buasai wedi gadael trywydd a phrawf o'i bresenoldeb gyda chadach ei grys – olion bysedd a gwaed. Yna rhoddodd hanner yr arian a oedd ar y bwrdd yn ôl yn y bag John Lewis a gwasgaru'r gweddill o gwmpas y llawr yn flêr. Cydiodd Oswyn Felix yn y botel jin a gadael Rhoshouse; dechreuodd gerdded i lawr y dreif a gadael i'r tywyllwch ei lyncu.

Epilog

CRWYDRAI arth o ddyn yn hamddenol heibio i'r rhes o ddynion du oedd yn sefyllian wrth ochr eu nwyddau. Posteri print rhad o luniau enwog o gyfnod y Dadeni ac ambell lun o'r Ponte Vecchio o'i flaen a galeri'r Uffizi wrth ei gefn, ambell lun wedi pylu yn yr haul a'r rhan fwyaf wedi'u gorchuddio â phlastig tenau i'w harbed rhag y cawodydd. Nid ei bod hi'n bwrw nawr, a'r awyr yn las tywyll a'r haul yn codi'n gynnes. Wrth ddod allan o'r cysgodion i lygad yr haul, gafaelodd yn ei Ray-Bans, a oedd yn gorwedd ar flaen ei het ffedora Borsalino wen, a'u gosod ar ei drwyn.

Croesodd y bont hynafol dros afon Arno gan anwybyddu'r dorf o dwristiaid a'r barceriaid oedd yn ceisio gwerthu'u tlysau a'u swfenîrs rhad. Arhosodd ar ôl croesi, ac edrych ar ei ddewisiadau – tair prif rodfa yn eu cynnig eu hunain – cyn penderfynu'n gyflym mai yn syth ymlaen yr âi. Roedd y bobl fel pryfaid yn mynd bob sut a'r ceir a'r mopeds yn canu'u cyrn wrth bwffian mynd drwy'r dorf.

Firenze, ganol haf – bendigedig! meddyliodd, a phwt o dacsi bach gwyn yn gyrru dros flaen ei sandalau gan brin fethu ei fodiau. 'Hei!' bloeddiodd a chodi'i ddwylo mewn protest cyn curo to'r car, fel pe bai'n frodor o'r ddinas.

Bîp, bîp, atebodd y car bach a llaw yn ymddangos drwy'r ffenest fel pe bai'n disgwyl i rywun daflu pêl iddi.

Ymlaen wedyn, a stopio yn y sgwâr bach nesaf ac edrych i fyny a chael cadarnhad ei fod yn y lle cywir gan arwydd bach o garreg galch – Piazza Santa Felicita. Trodd i'r chwith, heibio Trattoria Celestino a thrwy fwa hynafol yn waliau'r sgwâr ac i lawr lôn gefn fechan. Roedd hi'n dipyn poethach ar y stryd gefn gan fod yr haul yn digwydd bod yn canolbwyntio arni yr adeg hon o'r dydd. Er nad oedd blewyn o awel, roedd fel pe bai'r dillad ar falconïau'r fflatiau uwchben yn dawnsio yn nhonnau'r gwres. Tynnodd y dyn ei het a chasglu ei chwys i hances wen cyn ailosod y ffedora ar ei ben a throedio yn ei flaen i fyny allt ysgafn oedd yn ymdroelli i'r chwith yn ôl tuag at yr afon.

Gwelodd ddau far drws nesaf i'w gilydd a chanopïau parhaol yn cynnig cysgod i nifer o fyrddau ar lwyfannau bas y tu allan i'r drysau blaen agored. Edrychodd i fyny ar enwau'r ddau eiddo cyn mynd i eistedd wrth y bwrdd agosaf yn y bar ar ei law dde – y bwrdd pellaf i ffwrdd o ddrws y bar. Yr enw ar y bar oedd La Volpe Astuta – y llwynog craff.

'Ia,' meddai'r dyn a gwenu wrtho'i hun gan edrych

ar fwydlen syml a byr o fyrbrydau blasus. Eidaleg ar un ochr, Saesneg ar y llall.

Ymddangosodd dynes o dywyllwch y bar yn gwisgo ffedog ddu. Troediodd y llwyfan pren yn bwrpasol tuag ato. Estynnodd lyfryn bach o'i ffedog wrth ddod yn agosach, cyn taflu'i phen yn ôl yn sydyn i hel ei gwallt hir, tywyll yn ôl dros un ysgwydd. Roedd hi'n hogan hynod o dlws ond bod ganddi hen graith dywyll yn hollti'i thalcen. Chwaraeai cerddoriaeth jazz yn ysgafn o rywle y tu mewn i'r bar, piano Thelonious Monk yn canu tu ôl iddi.

'*Si signore?*' meddai'r ferch yn gyfeillgar gan edrych arno a gwenu'n agored.

'*Ciao* Eliana,' atebodd y dyn, ei lais fel llais llew peth cynta'n y bore, pe bai llew'n gallu siarad. '*Come va?*'

Diflannodd y wên wrth i'r ferch syllu ar y dyn, ei beiro'n dal i hofran yn llonydd dros y pad papur. Tynnodd y Llyn ei ffedora a'i sbectol haul a gwenu'n oddefus arni. Ochneidiodd y ferch, yna trodd ar ei sawdl a cherdded yn ôl i mewn i'r bar.

Arhosodd y Llyn gan graffu i mewn i'r bar bach prysur a'i hanner dwsin o fyrddau tu allan yn llawn cwsmeriaid hapus. Clywodd Almaeneg a Sbaeneg yn cael eu siarad yn ogystal ag Americanwyr yn bloeddio'u hanesion mewn Saesneg acennog uchel – Califfornia, tybiodd y Llyn. Ambell Eidalwr yn parablu'n rhy gyflym iddo allu dilyn y sgwrs. Ymhen ychydig gwelodd gysgod cyfarwydd yn croesi heibio'r drws ac estyn yn uchel am botel o win o wal chwith y bar a oedd yn llawn dim byd ond poteli gwin. Cerddodd y dyn allan o'r Volpe Astuta â dau wydr gwin mawr yn ei law arall.

'Tegid Bala Lewis,' meddai Oswyn Felix, ei ddannedd aur o'r golwg yn nüwch tyfiant ei farf drwchus, oedd yn ddu ac yn frith.

'Y llwynog craff ei hun,' atebodd y Llyn.

Eisteddodd Felix yn y sedd gyferbyn â'r Llyn, a gosod y gwydrau ar y bwrdd. Bachodd declyn allan o'i boced, tynnodd gyllell fechan ohono a thorri cylch i ffwrdd o dop y botel win. Rhoddodd y darn, fel ceiniog ddu, yn y blwch llwch ar ganol y bwrdd, cadw llafn y gyllell a thynnu ei gorcsgriw allan. Agorodd y botel yn ddidrafferth, tynnodd y corcyn oddi ar y teclyn a chadw'r ddau beth ym mhoced ei ffedog ddu. Tywalltodd y gwin gan adael y botel ar y bwrdd rhyngddynt, y label yn wynebu'i ffrind.

'Barolo. Neis, neis iawn,' meddai'r Llyn, a chymryd llymaid. 'Ww! Neis iawn iawn.'

'Os oedd 'na rhywun yn mynd i ffeindo fi . . .' meddai Felix.

'Doeddwn i ddim yn siŵr nes i mi dy weld di yn llygaid Eliana, rŵan hyn,' meddai'r Llyn yn enigmatig.

'Dim ond chdi oedd yn gwbod bo' fi'n ffrindia hefo Eliana, felly . . .'

'Felly, dyma fi!' meddai'r Llyn gan estyn ei freichiau hir allan fel adenydd eryr. Cydiodd yn ei wydriad gwin eto a chynnig llwncdestun. 'I hen ffrindia.'

'Hen ffrind,' ategodd Felix, eu gwydrau'n cyffwrdd yn ysgafn. Eisteddodd y ddau yn ôl yn eu seddi gan syllu ar ei gilydd, yn dweud dim. Chwarddodd y Llyn. Aeth munud neu ddau heibio, a dyma Felix yn chwerthin ac yn ysgwyd ei ben.

'Ti'n gwbod sut mae gadael mès ar dy ôl, dwyt?' meddai'r Llyn o'r diwedd.

'Pwy sydd ar 'n ôl i?' gofynnodd Felix yn ysgafn, ei droed yn siglo'n braf o dan y bwrdd.

'Y copars. Isho gair efo chdi. Dim byd mwy. Tydyn nhw'm yn gallu gwneud synnwyr o'r peth, dwi'm yn meddwl. Y lladd a'r tân yn y gogledd, a'r gyflafan lwyr wedyn, lawr yn y sowth. Maen nhw'n gwbod bod y ddau yn gysylltiedig ond ddim yn gwbod sut, ti'n gwbod?' Tywalltodd y Llyn wydriad arall iddo'i hun. 'Sut uffar ddest ti drwyddi, Felix? Maen nhw 'di ffeindio tua hanner dwsin efallai o gyrff ar fferm foch y Carl Gunther 'na. Ac yn dal i chwilio. Sut uffar ti ddim yn un o'r rheini?'

'Cwestiwn da. Weithia dwi'n meddwl fysa petha'n well os byswn i.'

'Be ti'n feddwl?'

'Dim.'

Tywalltodd Felix wydraid arall o'r Barolo iddo'i hun, rhoi clec iddo ac ail-lenwi'i wydr.

'Ti'm yn gorfod dreifio adra, dwi'n cymryd.'

'Byw uwchben y siop, fel maen nhw'n ddeud. Dwi 'di ffonio Luigi i ddod i fewn heddiw, felly . . .' Cymerodd lymaid arall o'r hylif porffor tywyll, yn fwy hamddenol y tro hwn.

'Ffeindiodd yr heddlu ffatri ganabis anferth yn yr hen dwneli rheilffordd ym Mangor wythnos dwytha,' meddai'r Llyn.

Edrychodd Felix i mewn i'w wydr a dechrau chwerthin yn ysgafn, â gwên yn cuddio yn nhyfiant ei farf. 'Ddudes i bysan nhw.'

'Tecwyn Keynes yn rhedeg y sioe, yn ôl y sôn. Wedi'i miglo hi ar ôl busnas y pêl-droediwr 'na. Neb yn gwbod i ble. Gadael 'i ddynes a'i blentyn.'

'Ia, wel. Fel ddudest ti, ffwc o fès.'

'Pryd ti'n dod yn ôl?' gofynnodd y Llyn cyn ychwanegu. 'Ti'n dod yn ôl o gwbl?'

'Lle ma 'nôl, Llyn?' gofynnodd Felix yn ddidaro. 'Does 'na ddim 'nôl. Dim ond ble rwyt ti. Rŵan. Lle ma dyn, rŵan hyn.'

Daeth Eliana allan o'r dafarn yn gafael mewn potel arall o win. Roedd hi wedi bod yn gweini byrddau eraill tra oedd y ddau'n siarad ond dyma'r tro cyntaf iddi anelu am eu bwrdd nhw. Tywalltodd weddillion y botel i wydr y Llyn cyn gosod ail botel o'r union un Barolo, wedi'i hagor eisoes, i gymryd lle'r gyntaf ar y bwrdd. Rhoddodd Felix ei law yn dyner ar ei chefn, trodd Eliana a mynd â'r botel wag gyda hi.

'Mawredd, Felix. Pam fysa chdi'n gadael hyn?' gofynnodd y Llyn, a dyma'r ddau'n chwerthin gyda'i gilydd. Ar ôl ychydig, dyma'r Llyn yn dweud, 'Farwodd Stoner.'

'Pryd?'

'Tua dau fis yn ôl. Yfed ei hun i farwolaeth. Ystrydebol. Dyn yn methu byw gyda'i ellyllon, neu'i atgofion, neu'i gydwybod, neu rwbath. Ddudodd o dy hanes wrtha i.'

'Nath o addo peidio,' meddai Felix yn hamddenol.

'Teimlo ddylai rywun wybod beth ddigwyddodd i chdi. Ffrind i chdi.'

'Felly mae o'n mynd ac yn dweud y cyfan wrth newyddiadurwr,' meddai Felix a gwenu. 'Grêt, diolch Doc! Oeddwn i hefo fo ym Manceinion am bythefnos, cyn gadael. Fel ddudes i, tipyn o fès arna i.' Edrychodd Felix o'i gwmpas yn hamddenol cyn gofyn, 'Beth am Karen? Sut ma hi?'

'Tri deg mil o bunnoedd, Felix! Dim nodyn, dim galwad ffôn. Dim ond bag o bres. Wyt ti o ddifri, dwa'?'

'Be fyswn i 'di gallu 'i ddeud? Oeddwn i fel cragen wag, Llyn. Fatha plisgyn wy 'di ferwi, ti'mbo? Dim byd ar ôl.'

Ochneidiodd y Llyn yn uchel, ei fron yn chwyddo'n fawr, a rhoi ei ddwylo i orwedd ar y bwrdd o'i flaen. 'William Davies. Dyn ifanc o fferm Penrhiw, tu allan i Aberystwyth . . .' dechreuodd.

'Beth amdano fo?' gofynnodd Felix ar ei draws.

Cododd y Llyn un bys hir a syllu ar ei gyfaill. 'Stori wir, Felix. Dal sylw, am funud. Ella ddysgi di rwbath. Rhwbath amdanach chdi dy hun.

'Oddeutu cant a hanner o flynyddoedd yn ôl, a'r Diwygiad ar ei anterth yng Nghymru, roedd y William

Davies 'ma wedi bod yn gweithio yn cynaeafu yn Lloegr ac yn awyddus i ddychwelyd adra i Benrhiw er mwyn helpu'i dad yng nghyfraith i hel yr haidd. Yr unig broblem oedd ei fod o wedi'i gadael hi braidd yn hwyr i gychwyn ar ei siwrna. Erbyn iddo gerdded i Llanfihangel-y-Creuddyn roedd hi'n fore Sul, ac roedd o'n ofni byddai pobl y pentref, oedd yn ei nabod, yn ei weld yn ei ddillad gwaith yn mynd am adra ar y Sabath. Felly, dyma William yn sefyll uwchben y pentref ac aros i'r bobl adael am eu capeli a'u heglwysi cyn mentro yn ei flaen. Yr ochr draw i'r pentra, aeth i mewn i gae anferth o haidd aeddfed ac anelu am adra. Ymhen ychydig, daeth cenfaint o foch bach a'i amgylchynu'n dawel a phrysur. Fel yr oedd William yn rhyfeddu iddo'i hun fod rhywun wedi gadael cymaint o foch bach i grwydro'n rhydd ar y Sul, dyma nhw'n diflannu o'i olwg i'r haidd. Aeth yn ei flaen â'r haul yn dechrau suddo yn yr awyr. Peth nesa, dawnsiai nifer di-ri o lygod o gwmpas ei draed a rhannu'i siwrna drwy'r caeau haidd am awr neu fwy, cyn diflannu mor gyflym a thawel ag yr ymddangoson nhw.'

Rhwbiodd Felix ei foch drwy'i farf hir, ei dalcen wedi'i chrychu'n ddwys wrth wrando ar ei ffrind. Aeth y Llyn yn ei flaen. 'Erbyn hyn, wrth gwrs, roedd William druan wedi dechrau difaru cychwyn ar ei daith pan ymddangosodd ci tywyll, anferth o'i flaen ar y llwybr. Gwyllgi.' Agorodd y Llyn ei lygaid yn fawr.

'Gwyllgi?' gofynnodd Felix yn amheus.

'Y diafol, medd rhai.' Agorodd y Llyn ei ddwylo'n

llydan, a'i benelinoedd ar y bwrdd. 'Ac er ei fod o'n lolian mynd o flaen William, ei ddilyn o mae o'n ei wneud go iawn, cadw llygad arno fo. Roedd y Gwyllgi'n edrych yn ôl arno wrth fynd, ei lygaid yn goch a glafoer fel ewyn gwyn yn disgyn o'i weflau, ac yn gwenu'n dawel ar ei gyd-deithiwr. Cerddodd y ddau fel hyn am yn hir, y Gwyllgi yn dal i edrych yn ôl arno dros ei ysgwyddau cyhyrog.'

Disgynnodd dwylo anferth y Llyn i orwedd yn dawel ar y bwrdd. 'Yna diflannodd y Gwyllgi, a meddwl William erbyn hyn yn llawn gwewyr. Arhosodd am sbel ar ôl cyrraedd Llanilar, heb fod yn bell o adref, y nos yn dechrau cloi o'i gwmpas pan gododd gwallt ei ben wrth i geffyl hyrddio'i hun yn wyllt i lawr y llwybr cul tuag ato. Neidiodd William i'r ffos fel y rhuthrodd ceffyl gwyn heb ei ben heibio.'

'Heb ben?' gofynnodd Felix.

'Heb ben,' atebodd y Llyn.

'Stori wir?' gofynnodd Felix wedyn, â gwen fach slei rywle dan ei farf.

'Fel y medri di ddychmygu,' meddai'r Llyn gan anwybyddu'i ffrind. 'Roedd gan yr hen William ofn drwy dwll 'i din ac allan erbyn hyn ac yn dechrau parablu adnodau o'r Beibl wrtho'i hun wrth barhau â'i siwrna. Pasiodd fferm Tan'rallt, drws nesa i Benrhiw, a sefyll wrth y giât yn cysidro a ddylai fynd yno i chwilio lloches am y noson. Penderfynodd, yn hytrach, gymryd y llwybr llygad drwy gae Tan'rallt, gan anelu am y bwlch yn y clawdd terfyn. Cyrhaeddodd y bwlch ac yno gallai weld y golau'r ochr draw yn ffenestri Penrhiw, a dechreuodd ymlacio a diolch i Dduw yr un pryd fod ei dreialon bron ar ben. Aeth at y bwlch gan fwriadu mynd drwyddo ond ni allai fentro ymhellach gan fod dynes noethlymun yn gorwedd yno, ei gwallt hir lliw aur yn symud ar y gwynt, ei llygaid glas yn syllu arno'n ddengar. Disgynnodd William yn bentwr o ddagrau a dechrau sgrechian yn wallgo, cyn llewygu mwyaf sydyn.'

Cymerodd y Llyn lymaid o'r Barolo cyn ychwanegu, 'Er i'w ffrindia a'r gweinidogion lleol geisio'i ddarbwyllo mai rhithweledigaethau a ffantasi oedd y cyfan a welsai, roedd William Davies yn ddi-droi; roedd o'n siŵr o'i betha. Gwelsai'r hyn welsai. Ac er iddo fyw i fod yn hen, hen ddyn, ni wnaeth fentro torri'r Pedwerydd Gorchymyn eto. Weithiau, Felix, ma 'na bethau mewn bywyd sy'n rhy erchyll i'w diodda.'

Edrychodd Felix arno am amser hir, ei wyneb yn ddifynegiant cyn gofyn yn dawel, 'Be ffwc ma hynna i fod i feddwl?'

Hoffwn ddiolch i Cynan a Twm am helpu i danio fy nychymyg, i Elinor a phawb yn Gomer am eu hamynedd a'u hymdrechion clodwiw wrth baratoi'r *Gwyllgi*, ac i'r Cyngor Llyfrau am fy nghadw i mewn cwrw a chnau.

Diolch i Sion Ilar, unwaith eto, am y clawr.

Diolch fel arfer, ond byth am fy mod yn ei chymryd yn ganiataol, i Hawis am ei chymorth a'i chyngor parod a'i chwmni cariadus.

Y gyntaf yn nhrioleg Oswyn Felix . . .

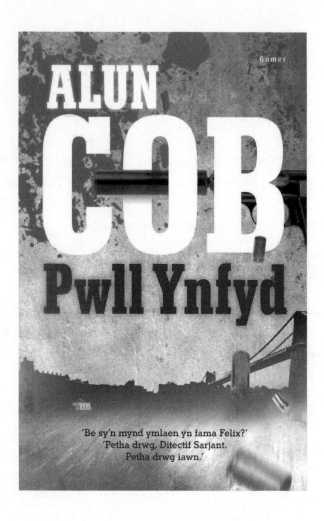

Gomer

ALUN
COB
Pwll Ynfyd

'Be sy'n mynd ymlaen yn fama Felix?'
'Petha drwg, Ditectif Sarjant.
Petha drwg iawn.'

Y nesaf yn nhrioleg Oswyn Felix . .

Branch	Date
TS	12/13